故往情思

余恕莲　著

对外经济贸易大学出版社

中国·北京

图书在版编目（CIP）数据

故往情思 / 余恕莲著 . —北京：对外经济贸易大学出版社，2024. 2

ISBN 978-7-5663-2590-7

Ⅰ. ①故⋯ Ⅱ. ①余⋯ Ⅲ. ①散文集—中国—当代 Ⅳ. ①I267

中国国家版本馆 CIP 数据核字（2024）第 044847 号

故往情思

GUWANG QINGSI

余恕莲 著

责任编辑：汪洋

出版发行：对外经济贸易大学出版社
社　　址：北京市朝阳区惠新东街 10 号
网　　址：www.uibep.com
资源网址：www.uibepresources.com

邮政编码：100029
邮购电话：010-64492338
发行部电话：010-64492342
E-mail：uibep@126.com

成品尺寸：160mm × 230mm
印　　张：20.5
字　　数：225 千字
ISBN 978-7-5663-2590-7

印　　刷：北京市泰锐印刷有限责任公司
版　　次：2024 年 2 月北京第 1 版
印　　次：2024 年 2 月第 1 次印刷
定　　价：66.00 元

序

我有两个哥哥和两个姐姐，这让我的童年和青少年时期充满了温暖和快乐！对哥哥姐姐的记忆，最早的就是小姐，相处时间最多的也是小姐。小姐在二哥逝世一周年时的深情怀念我感同身受，其后读她怀念二哥的诗与文章更是思绪万千！

小姐有着深厚的家国情怀，强烈的怀旧情结，一颗感恩的心，对故乡亲人充满了爱。她要将她的思念与情感记录下来，于是历历往事，逝去的先人，亲朋故交，等等，一幕幕场景，一个个人物，流入了她的计算机文档，整理成集，便有了《故往情思》。

将军岭是我们的根，走到哪里我们都不会忘记。无论是读书还是工作，无论是书信还是电话，小姐总是要询问一番故乡的人和事。凡能得空儿，总想回故乡走走看看。

是的，那里的每个角落，都有我和姐姐二十多年的足迹，那里的一草一木，无不牵动着我们怀乡的心，引起莫名的兴奋或惆怅！然而，一次次的回乡，由于城市化迅速发展的冲击，将军岭乡村集市的人气每况愈下，地标景物消失殆尽，仅存的几家商店也日渐萎缩，门可罗雀。历史古镇将军岭，也曾有过它的神秘与繁华：鸡鸣山的神奇传说，老石碑的三国故事，凤凰墩的松涛呼号，老河筒的神秘阴森，将军庙下的小桥流水，卫山头上的葱茏树木，永不干涸的大沙井，三担六斗田中的动人故事……东西长街南北巷子，每到逢集人头攒动，早点铺油锅里翻滚着金黄色的油条、糍糕，不觉馋涎欲滴……古老的集镇演绎了多少人间故事！这乡愁，现在只能在记忆里寻找了。姐姐的《曹河古镇将军岭》追忆儿时的记忆以及长辈们的讲述，还查找了曹操屯兵挖河的历史资料，可信真实、有趣耐读。

就在分享她此文后的两年，将军岭的小岭南已成为合肥市乡村游网红打卡之地。最近，蜀山区政府又准备拨巨资重新规划将军岭老街，让将军岭成为休闲美食的好去处、留得住乡愁的好地方。得知这一消息，姐姐欣喜万分！

将军岭厚实的历史底蕴，极好的旅游资源和优越的地理位置，已经得到了有识之士的青睐，引起了政府的高度重视，相信将军岭一定会有更好的发展！

小时候也听过祖父和父母谈及我们家族过去的事，可能是我年纪小或是不够用心。姐姐以简单朴素的语言，娓娓道来，读“故乡”与“祖父”，我似乎置身于20世纪20年代的家乡，兵荒马乱、匪徒猖獗、社会混乱无序，吞噬着先人们的勤劳、智慧与艰辛。字里行间流露出姐姐深厚的家国情怀，对国家一百多年来苦难历史的思考，对近几十年国家发展、振兴强盛的兴奋与欣慰！

在“叔侄情深”“我的父亲”等篇章中，我读到了家族近百年来沧桑的坎坷脉络与兴衰起落，看到了优良家风尤其是重视教育的家风的形成与传承。时代的命运无法选择，但良好的家风家教一定是家族兴旺的根基，尊师重教崇尚学习的家族，定然是生机勃勃！

“我和弟弟”又让我回到了童年的故乡，在那里姐姐陪我捉泥鳅，放工后打笆梗，跟父亲挑土坯砌猪圈，是故乡童年的实景回放！

同时也让我想起了一家人在困难与特殊岁月里的困苦和坚韧，乐观和坚强。姐姐的回忆，只轻轻地触及过去的困境，读来却是美好的回忆，变成了值得骄傲的经历。读小姐的作品，沉吟其中，虽然眼里充满泪水，但心底溢出温暖。艰辛化作彩虹，回望真是莫大的享受！

姐姐乐观阳光，身于任何环境，总是直面现实尽力处之。自上学与姐姐分别，后来工作及建立家庭，与小姐很少聚会，对她的工作学习也不甚了解。读她的“读书厦大”“教书贸大”及“给孩子老师的信”，感受到了姐姐读书的快乐、工作的乐趣，以及她对教育的灼见。

“越洋怀思”展现了她海外求学的生活片段，其中并未陈述她多次离开幼小的孩子，远涉重洋的困难与艰辛，却是多彩而有趣的经历。读来如临其境，除了异域的景物风情，更深切体会到了小姐与那些留学生们求学的刻苦与奋进，感受到他们之间相互帮助的同胞情深、人性之美。姐姐结识了那么多的海外学子、同事同学，得到了他们许多的帮助，也和他们一起度过了难忘的快乐时光！姐姐爱国爱家、诚实勤奋、自尊自爱，赢得了外国友人的信任、尊重与友谊，他们也给予了姐姐许多的帮助。

在这之前，小姐从未向我提及过这些，读来趣味盎然！

姐姐的作品，无论写人叙事，都一一求证，真实感人，皆栩栩如生。姐姐记忆非凡，且有画面动感，凡亲为亲历的故往之事，均记忆犹新，乃至细节之准确，每当谈及往事，莫不令人惊叹。对家族过往的历史事件，经反复求证仍旧存疑或不确凿的地方，在文中一概不予采用，且每一篇文章都经过了反复的修改。姐姐做事效率高，记忆力强，一个重要的原因就是她心无杂念，用心专一，用老子的话说，就是“见素抱朴”，这是一种情怀，也是一种境界。

姐姐的作品，文如其人，文笔直白，朴素自然，像是信手拈来，有的地方甚至絮絮叨叨。但我倒觉得恰到好处，促膝谈心，自然流露，如叙家常，平添了几分温馨。

姐姐的作品，传递的都是正能量。她乐观向上，不抱怨不畏难，在坎坷的环境中活出了精彩的人生。她的身上似乎有一种力，那就是自信、自立和自强之力，触动着我，也激励着我。

姐姐的作品，无论随想还是诗作，爱是贯穿始终的主线，爱生活，爱自然，爱足下的每一片土地，爱那些勤劳善良的人们。对历史和人生也有自己的思考和探寻！她坚信，“明年春色倍还人”。

余恕敏

于 2023 年 5 月

目　录

第三部分：越洋怀思

第四部分：诗 作

第一部分

故乡亲人

1

曹河古镇将军岭

将军岭，我的故乡小镇！地处安徽省合肥市郊往西偏北约二十多公里处。将军岭的历史可以追溯至三国时期，曹操取得江淮之地之后，修建曹河以贯通江淮水系，直下长江，直取东吴[①]。

据说曹操命姜将军和黄将军两员大将督军修建曹河。两名将军恪尽职守、勤勉尽职，日夜操劳，亲自上工地，督军挖河，功劳卓著。终于曹河挖掘达到了一定的规模，但却始终有一段白天挖出来的河床，每到鸡叫天明，便重新恢复原样，总是无法达到通航的要求，最终两位将军累死督战现场。曹操为了纪念这两位将军，在他们生前的驻地修建了南北两座将军庙，将军岭因此得名，可见将军岭小镇因修曹河而诞生。

想象当时的小镇，驻扎着曹营将士和挖河的民工，街市是何等的喧闹与繁荣！鸡鸣令河床恢复原样的地方得名鸡鸣山，地处合肥至将军岭间约三分之一处。而鸡鸣山往西的一处高地据说落过凤凰，故名

① 如今，曹操打通江淮水系的设想也将实现，目前贯通长江与淮河水系的江淮运河正在建设之中，听说近两年将会竣工通航。振奋！

凤凰墩。2014 年，合肥市文物管理处在原老石碑处所立的凤凰礅墓葬碑，成为当今承载古镇将军岭厚重历史的唯一标识！

凤凰墩

这段历史是否真实，现在已经难以考证，但是曹操河和鸡鸣山却真实存在，我的家乡小镇将军岭，就坐落在曹河古道北岸。而今，因为造田修路，绵延十多里的曹河古道早已不复存在，小镇将军岭也已经面目全非，儿时记忆中的将军岭却隐含着几分神秘，显露出几分古色。街坊邻居们的和睦善良，让人温馨无限。

而我记忆中的将军岭，在此之前一定是经历过了许多的变迁，近几十年的变迁更是有目共睹。而我希望通过记录前人的讲述和自己的经历，记下 20 世纪三四十年代及儿时的将军岭小镇，让将军岭的后人们了解家乡小镇的厚重历史和古色底蕴。

将军岭小镇处于曹河西段北岸，南边临水，乡亲们称之为小河，也就是曹河的一小段遗址。小河真的很小，河上有一座小石桥。以小石桥为界的小河上下游和南面都是水田，称之为河田。河田终年不会断水，只能种水稻。夏天发大水，水稻全被淹没。河田自东向西，绵延数公里。往东距将军岭小镇约一公里处有一块水田非常奇特，此处流出的水如兵分两路各奔东西，得名分水岭。我小时候经常去分水岭周边割草，长大后也曾在分水岭的田里插秧。后来兴修水利，在分水岭处筑起了一座大坝，将东面的曹河围成一个水库，西边平整为良田，分水岭从此成为人们追寻的陈迹。

分水岭向东称为老河筒，类似干涸的河道，即曹操河故道。底部河床如同小河边的河田，终年有水，时多时少。两边堤岸有的陡峭有的倾斜度小，分水岭往东的堤岸比较陡，大多约 50~70 度，有两三丈高。分水岭往西的坡度比较缓，大多 30~50 度。堤的斜坡或长满荒草小树，或开出小块旱地，种棉花、红薯或豆类。小时候常去老河筒拾柴割草，因为年纪小走出去不会太远，最远的只有约两三公里即凤凰墩附近。那里曾立有一座石碑，碑上刻有字，约一人多高，人们称之为老石碑。小时候不知道那是古迹遗址，没有仔细观察过上面都记录了些什么。老河筒最远延伸到哪里？未曾远足无法得知，想来遗憾。老河筒的两岸，三四百米开外散落着一些村落，村落比较密集，相邻的村子最多相隔一公里。

分水岭往西都是冲田，靠近小镇的河田应该属于曹河的河床。与分水岭东边相比，河岸较低且坡度较小。将军岭小镇就坐落在河道的北岸，依傍斜坡沿河田建街市。河田两岸由于雨水注入带来许多有机物，非常肥沃，不用施肥，稻子也会疯长倒伏。街上有一条穿过主街、南北贯穿的巷子，称为南北巷。南巷子坡度大概不到20度，自北向南顺坡而下，止步于小河。

河上不足两米的小石桥下游，是小河最宽也是水最深的地方，因为有机物丰富，常见成群结队游弋的小鱼小虾，吸引着孩子们常在此捞鱼摸虾，是孩子们夏天戏水游泳的乐园，更是南街住户的水源。过了小桥，两块河田之间的一条小路可以通往街南的农田菜地。街南的农田处于河堤斜坡上，或是河堤大决口的开阔之处，多为旱地。沿小路往南约八百米左右上坡，记得有一座小庙，就是将军庙。庙前可见一些破瓦碎石，儿时对小庙十分敬畏，从不敢上前仔细观看。

北巷子平坦，没有坡度。北巷外也有一座将军庙，规模比南面的将军庙大。姐姐说她小的时候这个将军庙还在，庙里还有一位守庙的老人，人称小庙老头。逢年过节，乡邻都会给他送去点心及咸鱼腊肉。但到我记事的时候，街北的将军庙早已不知去向。这两座庙大概为同一时期为纪念修建曹河而献身的两位将军所建。

小河往西仍是河田，究竟绵延多远？小时候只远足过三五里地，不得而知。河田两旁斜坡上的旱地夏天种棉花、豆类，秋天种小麦、油菜。春天金色的油菜花、碧绿的麦浪，美极了，但儿时游走于其中，却浑然不知。20世纪60年代修建淠河，切断了河田，20世纪70年代平整土地，河田彻底消失。

将军岭老街由东西长街、南北巷子构成，长约两公里之多。东起卫山头，西至曹河分叉处，南北约一公里多之长。北巷子远端以一棵几个人合围的大皂角树为标志，南巷子止于小河。主街和南北巷子交叉形成的十字街口，是整个小镇最繁华的地段。听说20世纪三四十年代将军岭兴盛时期，商家集聚、商铺林立。

小镇有多家饭馆，十字街口就有三家，其中一家还兼营客栈。街东和街西两头还各有两三家饭馆，几家饭馆经营各异，吸引八方来客。街西的一家饭馆坐北朝南，饭馆西边有一条小沟渠，南北流向，北面高处的雨水经稻田流入这条小沟，南端沿街断头，沟水常年不断，向西流入低洼的冲田。小沟的东面也是一块水田，田埂的南端紧靠着坐北朝南的店家后院北门。水田与小沟渠中间突出一块长约八九丈、宽约两三丈的半岛，半岛上生长着茂密的灌木、草丛，还有两棵大树。孩子们很少有人敢去岛上探险，据说上面有许多蛇、黄鼠狼及各种虫子，即使灌木上结满了诱人的果实，也不敢贸然前去采摘。

南巷子有多家商铺，其中一家在巷子中间坐西朝东，门口蹲着两只石狮子，他家曾经是一家米行。北巷子还有一家类似规模的米行，两家本是兄弟，人称南北行。像这样大的米行，兴盛时期街上大约有六家之多，可想当时的交易量，几家米行的店主全都姓余。街东一家，街中间还有两兄弟各开一家，兄弟俩米行的门面及交易量比南北行更大。20世纪30年代，其父是将军岭的余姓族长，人称余五爷，被当时黑白两道的外地民防团长雇枪手射杀。后余家雇枪手趁民防团长打牌之时欲下手射杀，然而民防团长经验老道，射杀未果，枪手反被活捉且遭受了残酷惩罚。

街东米行的店主也姓余，这家米行早期应该是将军岭的大富户。他家除了拥有街上的店面宅子外，出街往东走约500米的村子小岭头，其大部分房产都是他家的。那些房产一部分是他家祖父的二房沙奶奶居住，另一部分是他家的亲戚居住。之所以说他家是大富户，因为在将军岭，除了他祖父，没听说过还有谁家娶过二房或小妾。

我记事的时候，沙奶奶还在，她高个子，圆脸盘，皮肤白净。当时她虽然年纪不小了，仍然着装干净利索，举止不凡，看得出她年轻时的美貌伶俐。听说她唯一的儿子余德坤仪表堂堂、聪明善良、为人仗义，生前与我父亲相处甚好，曾替我父亲送过夫、顶过差。大约1945年左右，冬天的一个晚上，余德坤应邀出席一家喜得贵子的庆生喜宴，夜间突然口吐白沫大叫身亡，年仅二十多岁，刚订婚不久。那样的年代，蹊跷的死亡根本无人问津，余德坤属于他杀还是发病猝死？无人知晓。沙奶奶遭受打击，精神似乎不太正常，大约在1960年前去世。

他家再往东有一小块草地及浅浅的湿地，街边缘住的是孟家。我记事时孟家只有一个腰弯、个子不高的瘦老太太，还有一个理发师傅，人称广西蛮子，他是随广西驻军来将军岭的，驻军走后，不知他为何就留下了，有人猜测他在家乡或军队可能有命案。新中国成立后他一直跟着老太太住在孟家，直至去世，也无人知晓他的身世。孟家东面有一条小沟渠，后面是一个大园子，栽果种瓜，有人说园子里还种有鸦片。老太太很厉害，园子里瓜香果熟，再嘴馋的孩子也不敢进入。

主街道的外围经营着几家猪行和牛行，最东边和最西边各开一家，北面有两家，我家猪行便是其中之一。夏天南来北往的人都坐在我家门前的大皂角树下乘凉，在路心塘边洗脸。每到逢集，大皂角树下坐满了猪贩子和往来顾客，评估喊价与成交报账声不断。后来我家的住宅换给乡政府，建成了一所小学，我和姐姐、弟弟都在那里读完了小学。

冬春农闲逢集，街东卫山头牛行的土坡上，街西牛行大树下的开阔场地上，经常拴满了赶集的牛。那些牛不一定都是出售的，而是牵来街上溜溜，比比毛色捧捧场，小放牛们则等着牛行撒欢送礼。猪行有时还兼收棉花、兼营鸡鹅鸭等其他农副产品。收购棉花的那阵子，棉虫到处横行，引得鸡鸣鸟叫。

离十字路口饭店不远的东西街道两旁，还有几家商铺经营布匹、鞋帽等用品，店家将各色布匹搬出摆在卷棚下的条案上，供顾客挑选。

除了米行、布店、猪牛行等商家，街上还有好几家豆腐坊、糕饼糖果店，街西还有一家染坊和数家杂货店。我祖父的糕点、杂货店就是其中一家，坐落于十字街路西，坐南朝北，生意很是兴隆。

十字街口往西还有两家坐南朝北的私人诊所，主人坐诊看病也卖药。一家诊所门面不大、房屋狭小。主人姓王，是一位民间医生。他家制卖膏药，小时候常看到他脚踩碾子碾中药。王姓老人腿有残疾，听说他的腿是1942年日军飞机轰炸将军岭时被炸伤的。

轰炸将军岭的前一天，日机自合肥经小蜀山，掠过将军岭，轰炸了将军岭以西的分路口和高刘集。次日早晨日军的两架侦察机在将军岭上空盘旋侦察，我父亲连忙带我大哥和二哥躲到河田上游的一块稻田中，当时的稻子尚未成熟，躲在稻田中飞机不易发现。日军侦察机飞走后，父亲为防不测将大哥、二哥送回乡下。果然日军侦察机飞去不久又来了两架轰炸机，在将军岭上空投下数枚炸弹。因之前日机轰炸了分路口，早上又有日机盘旋于将军岭上空，街上的居民们非常警觉并开始撤离，所以人员伤亡不大。但街上的房屋几乎全部炸毁，损失惨重。我见到的将军岭老屋，全是日军轰炸后重建的，因为重建时物资短缺，所以房屋的质量都比较差。

父亲和两个哥哥藏身的这块稻田面积三担六斗，折合成现在大约36亩，人们称之为三担六，可见这块田有多大。传说，这块大田为一大户人家所有，家中唯一的女儿美丽端庄。老俩口告示：如果哪家小伙子一天插完这三担六斗田的秧苗，即可入赘他家。果然邻村一位英俊的小伙子当即响应，就于次日天明下田插秧。眼看红日西下，三担六斗只剩下中间一小块，即将收工。主人家认为婚事已定，让女儿前去送茶。小伙子见女孩送茶，激动万分即起身招呼。然而一霎那，腰骨断裂当即身亡。主人为小伙子举行了隆重的葬礼，将其葬于稻田中央，于是三担六斗水田中央形成了一个非常规整的圆形孤岛，直径约两丈大小。

我在生产队薅秧割稻的时候上去看过，每年秋后也有人上去割草。弟弟小时候及其小伙伴们秋后常去孤岛上砍柴，看到上面有许多黄鼠狼洞，洞口常见黄鼠狼扒出的棺材板，猜想孤岛一定藏有秘密。但是孤岛在平整土地时被埋，于是孤岛因何事件形成，也就成了永久的谜。

王姓老人的东隔壁也是一家中医，主人姓潘，人称潘先生。潘先生身材高大，面部白净丰满，待人善良温和。潘先生既看病也卖药，门面三间，柜台外坐诊看病，柜台内是药房。中药柜同现在的药铺一样，很多小抽屉存放着不同的药材，品种也非常齐全。潘先生可能是中医世家，颇具现在国医堂国医大师的风范。

潘先生家诊所后门是一个天井，两边厢房连着后排正房，出二进正屋后门下台阶，是一个较大的院子，院子一边的厢房是厨房，另一边则是杂物间。出了后院便是小河。潘家为了方便浆洗涮刷，河边放置了捶打衣物的青石，还有一小段类似浮桥深入河中，方便取水涮洗器物。小时候常去他家与他家的孩子玩耍，经常从前门进去后院出来去到河边。记得他家还有一个伙计，无儿无女吃住在他家，跟他的家人一般，人们称呼他张二头，1960 年前似乎就去世了。

住在街南面的人家，大都与潘家一样，有后门通向小河，在河边放置大石板或跳板，便于洗涮取水。

将军岭小镇向东有大岭头和小岭头两个村庄，大小岭头相隔不到四五百米，紧邻曹河故道，离曹河故道河堤也只有三五百米。将军岭东南面，与大小岭头隔河相对的曹河南岸，坐落着大小岭南两个村庄，同大小岭头相似，离曹河故道河堤也只有五六百米地。这几个村庄称谓都含岭字，应该是修曹河时将士与民工驻扎的地方，与将军岭一脉相承。除了大小岭头、大小岭南外，还散落着多个相隔不远的大小村庄。可想当时的修河大军与后勤服务的劳累忙碌，街镇的繁荣与喧哗。

将军岭周边还有一些小镇，向西行约六七公里是分路口，往北行约六七公里是长岗店，南面偏西是五十里小庙，东偏南是梁墩三十岗。农耕时代，这些小镇是周边农民交换产品、买卖物品的地方。20世纪三四十年代，将军岭应该是周边比较繁荣的集市，尤其是日寇占领南京、合肥后，来自南京、合肥的难民带来了一些资金和手艺，在将军岭做生意谋生，也带来了新的商品和行业，还有城市生活的时尚，如卷烟印染、鞋帽布匹、洋布洋伞等。在日寇轰炸将军岭前，商业有过超前的繁荣。

人民公社化运动时期，周边的几个街镇都成了人民公社政府所在地。20世纪80年代以后，人民公社改为乡政府，再后来撤乡建镇，分路口、梁墩不再是乡政府所在地，将军岭乡也并入了长岗乡。五十里小庙20世纪60年代就是区政府所在地，如今发展成了镇政府所在地。再加上合肥城市规模的不断扩展，五十里小庙几乎与合肥连在了一起。将军岭却从此衰落、萧条，乡亲们大多搬往合肥、县城上派河或五十里小庙，居民大多成为了城市居民。

最近一次去将军岭，恰逢下雨，老街毫无踪影，新街街道宽窄不一，街上不见人影，店面稀少零落，担心下次再来将军岭是否还在？据老人回忆，20世纪三四十年代，将军岭东西长街南北宽巷，店铺林立、商家云集、交易繁荣。我想，如果当时的将军岭老街能完好保存至今，也是对历史的贡献吧。虽然没有奢华的园林楼台、亭阁殿宇，但在我的心中，有着深厚历史底蕴、朴实无华的将军岭毫不逊色于当今各地的古城名镇。不禁让人感叹大自然的鬼斧神工、历史的沧桑巨变！我只能用中华民族最伟大的发明——汉字，记下历史的片段，也记下我无尽的乡愁。

近日家乡有消息传来，将军岭不会被拆迁，划归合肥市蜀山区，将建成为美丽乡村。听此消息，无比欣慰！在建设美丽乡村的过程中，希望能够保存将军岭的历史记忆和片段痕迹。留住她，为美丽乡村的发展振兴，为将军岭后代子孙们的美好生活，作贡献添光彩！①

于 2018 年元月

① 自 2019 年以来，将军岭开始乡村振兴建设，如今将军岭已建成为旅游观光的特色小镇，景色秀美，乡风淳朴。虽然没有了古色古香的古镇风貌，但将军岭没有消失，仍在那里，就非常欣慰了！

2

我的祖父

我记事的时候，祖父就是一位七十多岁的老人了，个头不高但很壮实。那时继祖母还在，她白净清秀，衣着整洁大方，对孙辈们很好。我们的祖母很早就去世了，除大哥外，孙辈们都没见过自己的祖母。孙辈们都将继祖母当亲祖母，很喜欢她。

我祖父生于1883年，属羊，名叫余广治，字孟杰，人称大叠摆，意思是他精于安排善于经营。他是曾祖父的长子，从小就帮助曾祖父管理、掌控四世同堂的大家庭，一辈子务农经商，颇具大将风度。我曾祖父生于1867年，名叫余德施，人送外号子布，即认为他可比三国时期孙权手下的张昭，可见曾祖父的智慧与谋略。曾祖父兄弟四人，曾祖父与他四弟德安同住一个庄子坪塘郢，与二弟、三弟住的庄子曹方郢仅隔一道冲田。四曾祖一角两支挑，即一个人娶两个妻子，都是正房。一个妻子住庄子的北面，

祖父

小时候喊她北头老太太。北头老太太没有生儿子，只生了两个女孩，那个年代母以子为贵，可见北头老太太在家中的地位。另外一个妻子承曾祖父堂兄余恩创之嗣，恩创因膝下无儿由德安为嗣子，他家为德安迎娶了一个媳妇居住在不远的中郢，约定在他家娶的儿媳妇生下的儿女归属他家。结果他家儿媳妇为他家生了两个儿子，现在中郢德安后人人丁兴旺安居乐业。

农耕时代，农忙时节乡民们都是互相雇用、相互支援。我祖父15岁时就给人家干活，有一年春天插秧时节，祖父应邀帮人家插秧。因祖父年纪小个子不高，主人及农友们不待见他，吃饭时没让他坐上正席，喝茶时也不给他倒水。农民插秧通常是插秧的快手先下田，快慢依此而行，最慢的在最后，免得插快的人将先下田的人栽进去，即围夹在中间。我祖父年纪小个头矮，大家都不待见，自然最后下田。可是没想到，我祖父插秧飞快，不一会就将前面的人全部栽了进去，众人只得纷纷让路。中午吃饭再无人敢小觑祖父，祖父被奉为上座。

我祖父兄弟四人，二弟余广训承嗣曾祖父之弟德祥，但他早年病故。我们家乡称祖父辈爹爹，祖父三弟即三爹爹，祖父四弟即四爹爹。三爹爹余广和育有三男三女，四爹爹余广才也育有三男三女。祖父还有三个妹妹，即孙家大姑奶奶、邬家三姑奶奶、小姑奶奶，小姑奶奶前夫姓戴，后远行广西。祖父一生务农经商，年轻时期就帮助曾祖父管理高祖四代同堂的大家庭。大约20世纪初期，曾祖父兄弟分家，祖父开始掌控曾祖父四代同堂的大家庭，一方面指挥家人及长工们耕种自家的地，有时也租种别人家的地；另一方面在合肥和雷麻店做杂货店生意。

祖父掌家后，认为教育很重要，便说服曾祖父，积极筹措学费供四爹爹广才上洋学堂。四爹爹毕业于浙江体育专科学校，成了我们大家族的第一个大学生。四爹爹专科学校毕业后曾供职于安庆驻军，后离开军队去中学任体育教员。四爹爹在安庆时，将我父亲带往安庆读中学，在合肥任体育教师时，又将三爹爹家的保忠带去合肥读小学。从此家族开创了重教尊师的传统。

我家在雷麻店开杂货店大约是20世纪20年代，在这期间雷麻店时有军队驻扎。祖父为人正义豪爽、勇于助人，一次祖父应一士兵请求，答应帮助他逃离军营，回家侍奉老母。具体是先垫支他盘缠，然后帮他卖掉枪支还钱。不料该士兵被岗哨抓住，拷打后供出我祖父。随即祖父被抓去带到蚌埠，严刑拷打，坐老虎凳，小腿肚全部炸裂，还将被处以死刑。家人火速告知军中做事的四爹爹，四爹爹托人运作这才出现转机，祖父才得以生还。

我家在雷麻店做生意的时间比较长，后来因经营困难及老家事务问题，大约在1929年前回到将军岭继续做杂货店生意。我家回将军岭不久，雷麻店即遭到强盗的洗劫，店铺被烧，钱财被掠，人员遭绑架及杀戮。我祖父四儿四女当时并不都在雷麻店，但包括店员有好几个人，如果不回将军岭一定在劫难逃。

回到将军岭开杂货店，我家是新店。将军岭街上商家多是余姓，各家商铺自成垄断，虽然我家上街开店受到一些阻碍，但还是顺利开张了。祖父经营有方，生意自然比较兴旺。祖父的堂弟余伯良上过洋学堂，算是当地有文化之人，他当时任将军岭地方民团团长，为了提高团防的力量，向我曾祖父借用枪支。那年代强盗土匪猖獗，我家四世同堂，人口众多，在当时算是小康人家。为了防备土匪，庄子四周建有围墙，庄内建了两座更楼，还备有枪支及自制火炮。余伯良是曾祖父的侄子，自然热心相助，将枪支借于他用，可是这件事惹下了麻烦。当时另一地民防局的任姓团长官匪两道，一直想搞垮余姓氏族，霸占将军岭垄断生意。之前他雇杀手枪杀了余氏族长余旦府的父亲余五爷，此后余旦府又雇袁姓枪手乘任团长打牌之时刺杀他。可是任团长出手老道，反应敏捷，随手打翻牌桌上的油灯，顿时一片漆黑，行刺失败。任团长还捉拿了袁姓射手，挑其脚筋，砸断其脚踝骨。

这次借枪，任团长算是跟我家结下了梁子，处处找茬。一天早上我祖父正在店堂打点生意，突然任团长带了几个人进店，手枪往案上一拍，要我祖父交出 500 块大洋，否则将人带走。祖父问及什么理由，并且 500 大洋一时也没法筹集。任团长说给祖父一上午的时间筹集，中午时分交钱。他带人在街西头束姓饭店喝茶等候，留下了两个人看住祖父，将祖父软禁在店内。大约 11 点左右，任团长派人催问何时交钱，若中午不见 500 大洋，将立即绑架带走我祖父没商量。来人走后不久，祖父称去束姓饭店找任团长谈条件，便向街西头走去。西去约 50 米，祖父趁任团长的人不注意，快速溜进膏药店王老先生家西边的狭窄小巷，过小河沿小路向我家庄子逃去。任团长得知我祖父逃离，率人追至我家庄子外围，此时我祖父已经逃至庄内，庄子大门紧闭，更楼上长枪土炮对准了任团长。我大伯提出打掉他，曾祖父说不可妄动，否则后患无穷。任团长见我家早有准备，戒备森严，他们的人也不多，便吩咐随从撤离。

自那以后，任团长多次纠集土匪，扬言要洗劫我家。我曾祖父也指挥全家，准备好长枪土炮，更楼上白天瞭望、夜间巡逻守更，曾祖父更是亲自坐在门厅的藤椅上守门，全家上下严阵以待。一次，并无土匪信息，但更楼上的土炮突然齐发。曾祖父上楼察看，楼上并无一人，却发现有土匪由远靠近。土匪见土炮齐发，以为行动早已泄漏，我家已做好了充分准备，他们不敢贸然进攻，只好撤离。曾祖父随即询问家里谁发现土匪并开火炮击，家里上下老幼均称无人知晓。发动土炮至少要两个人合作，一人握稳炮座，一人拉弦。但此次土炮自动发射，曾祖父认为有神灵保佑，从此在更楼上立牌位，每天上香膜拜。

那段时间，土匪洗劫的风声越来越紧，邻村的牛、驴等大牲口都赶到我家庄子，天一擦黑，家里的孩子们全部被悄悄送往庄子外面的田坎下面过夜，男人留在庄内守卫。一天夜里，突然发现大门被打开过，曾祖父立即闭门检查是否有外人潜入。检查结果没有发现任何意外情况，伙计汪胜银告知曾祖父："昨天听守忠说过特别害怕想出走"。经核查家里果然未见我大伯余守忠，可以肯定我大伯趁曾祖父不注意之时打开大门溜出了庄外。全家上下赶紧锁闭大门，不敢懈怠。果然下半夜离天亮还有约两个多时辰，更楼上报告，发现有土匪正在靠近。全家男人和伙计们各就各位，架起长枪火炮装满火药，等待土匪靠近。一会工夫土匪靠近，火炮响起，俄而枪声密集，土匪力图接近围墙打掉更楼上的枪炮，我家则顽强回击，不让土匪靠近。枪战约一个小时，即将天亮时分，突然从马岗方向传来密集的枪声，曾祖父说今天要出大事了，土匪从马岗方向增援，我家凶多吉少，要考虑如何撤离。但是土匪却又突然停止攻击我家庄子，开始调转方向开枪并准备逃走。原来我大伯料定近期有土匪袭击，土匪力量强大，即使准备充分，凭我们一家之力也难以抵挡。不做好积极准备，难免家破人亡，后悔莫及。于是他夜间偷偷出了庄子，去往长岗店找他的表叔夏茂林搬兵，称土匪围困坪塘郢需要急救。

夏家是我曾祖父的姐姐家，夏茂林是曾祖父外甥，是我祖父的表弟，也是我母亲的叔叔，他是长岗店的地方民防团团长，脾气暴，胆子大，人称夏疯子。夏茂林听此信息，赶忙带上手下人连夜赶来。将军岭离长岗店 12 华里，一个多小时就火速赶到，恰遇庄子处于险被土匪攻破的危急时刻。危机消除，转危为安，大伯可是立了大功。

土匪屡次攻打庄子不能得手，策划要在将军岭街上劫持我祖父及伙计，连带洗劫一些店家商铺。但是那天晚上，我家的伙计和家人晚上打牌兴起，后半夜才收场。大家都饿了，又吃了夜宵，结果睡得太晚都起迟了。早上八点多，家人还没上街，自然我家杂货店也还没开门。土匪则天未亮就来到街上，潜入散布在各个重要位置，穿便衣带着盒子枪。

以往我家店铺通常都是不到七点就到人，七点多钟就开门营业。但那天土匪等到八点多还不见我家人影，以为又泄露了消息，觉得不能再等赶快动手。于是开始抢劫开门的店家和早起赶集的人，街上顿时枪声四起。我祖父及家人此时刚过大岭南，离将军岭街东头约一里地。听到街上枪声，知道街上已经出事，便调转头返回坪塘郢庄子，做好准备，应对土匪。街上的土匪以为我家人早上没来街上是早有准备，抢了几家商铺就撤离了。

还有一件更为神奇的事，一天三奶奶带儿子保忠去分路口外婆家，回家路过一座小庙，庙里僧人与三奶奶都是熟人。熟人路过小庙，僧人热情招呼三奶奶进庙抽签。三奶奶随手抽上一签递与僧人。

僧人看后说:“胡姐，签不太吉利，你家有歹人惦记，可要多加谨慎。”三奶奶回家后立即将此话告知曾祖父，曾祖父非常警惕，吩咐家人检查枪支武器做好准备。然而令人奇怪的是，枪支土炮里面的弹匣全部被塞入浸了水的草纸，一旦土匪袭击，哑枪哑炮，后果不堪设想。曾祖父立即吩咐全家闭门检查各房及长工伙计人等，有无外人来访或歇息。查后确认无任何人进入，曾祖父肯定是内贼所为。经审讯，此事是余姓本家伙计余恩柱勾结土匪所为。余恩柱长我曾祖父一辈，他无儿无女，常住我家为我家看门。曾祖父待他如亲叔叔，吃住享用都与曾祖父相同，并承诺负责为他养老送终，对他十分信任。不想人心险恶，他竟被收买利诱勾结土匪，企图里应外合要灭我全家。年轻的大伯见此人恩将仇报，非常愤怒，要杀了他。曾祖父念其本家，想他可能也是一时鬼迷心窍，还是放了他一马，但不能再收留他了，给了他几块大洋让他离开了。

三奶奶回娘家路过小庙抽得此签，也十分令人惊异，是我家为人善良厚道、做生意公平诚信，受到神灵庇护保佑，还是小庙僧人得此信息，暗中巧妙帮助我家?也未可知，三奶奶更是功不可没。但我曾祖父确信同上次更楼上土炮自动发射一样，定是神灵保佑我家不灭，此后更是烧香拜佛，行善乐施。

任团长洗劫我家的决心从未放弃，后来又找借口雇用土匪围堵我家，土匪光天化日之下就驻扎在离我家庄子500米左右的老侯郢。一天土匪头子出来喊话，我大伯在更楼上瞄准向土匪头射击，子弹从土匪头子的腋下穿过，吓得土匪头掉头逃去。后来土匪头让人带话，叫我祖父不带武器出来谈判，谈判地点就设在我家庄子与老侯郢中间的侯大塘的塘埂上。大伯担心有诈不让祖父出去，祖父认为有必要谈判，否则长期围堵，全家不能出门耕种田地，也不能做生意，难以维持全家生活。祖父如约，出大门前往水塘大埂，对面走来土匪头子。两人相距约 50 米处，双方如约停止前进，两人对话谈判无第三人听见。土匪头子跟我祖父说，他也是应约奉命例行公事，他们佯装围堵，我家积极备战，双方对峙但不要开火，再过 10 日不能拿下，他们就会自动退兵。后来过了 10 日，土匪果然自动撤离。后来听说任团长雇用的土匪头子与我小姑奶奶前夫戴家的某人有交情，其人从中斡旋，估计我祖父也有所许诺打点，否则也难以有这样的好结果。

后来我家与任团长还对簿公堂，槽坊郢余伯良写状子，我父亲出庭答辩。任团长蛮横狡诈，我父亲为了坪塘郢今后免遭洗劫，息事宁人，最后同意和解。为打官司四爹爹奔走找人，刚有点眉目，知道父亲庭上同意和解，前功尽弃，回来后还将父亲大骂了一顿。

这样担惊受怕的生活大约自 20 世纪 30 年代初延续多年，家里的女人和孩子几次都被送往高刘集的亲戚家躲土匪。1934 年，我三姑妈出嫁，土匪围堵，三姑妈吓得不肯上轿。家里派人武装护送，婆家也派人武装迎接，伴随枪声花轿出后门，直奔十五里外的谭郢姑父家去。大约 1937 年前后，任团长被国民党县政府以官匪两道等罪名镇压，我家及将军岭周边才得以安宁。当时的县长唐晓光是中共地下党员，后来，国民党知道了他的身份，前来抓人，唐县长已早获知消息，成功撤离。他的名字新中国成立初期曾在媒体上出现过。

大约 1938 年左右，我祖父兄弟分家。三爹爹厚道本分，乡下种田务农，新中国成立后虽被划为富农，但他是军属并未受到影响。

四爹爹离开军队后，任教于合肥庐州师范学校，乡下庄子有他的房屋田地。四爹爹新中国成立后被划为地主，1950年后大多数时间住在合肥大儿子余忠家里。1957年，他跟随大女儿余贞去了武汉。分家后曾祖父跟我祖父一起生活，于1952年夏天去世。听说他去世前一天晚上还自己倒洗澡水，次日清晨在街上杂货店中平静离世，享年86岁。分家后我祖父在街上继续做杂货店生意，乡下庄子也有房屋田地，主要由大伯带领三叔等人耕种。

1939年冬，我祖母生病不治离世，年仅五十多岁。祖母生于1886年，一辈子苦多福薄。娘家十分贫穷，小时候记得舅祖父家住在离将军岭约五六华里、老河埂最高的地方，田地贫瘠干旱，草房破屋。舅祖父和两个表叔，都是个高、骨瘦、老实憨厚。听说我祖母生我大伯时，派人去外婆家报喜，外婆将报喜的红鸡蛋剥去外壳让人带回，意思是：外婆家很穷。我祖母十几岁被送到余家做童养媳，成家后祖父强势能干常年在外，妯娌们的娘家都比较富裕，祖母与人只能低声小语，起早贪黑干农活带孩子，养育四儿四女。父亲成年后十分孝敬祖母，每从街上回庄子，总会给祖母买几根油条或割半斤肉。分家后祖母可以当家做主，可以说是苦尽甜来，但却罹患疾病不久离世，真是命苦。此时我父亲参加县政府保长训练班，后留任县文书一职。祖母离世，父亲请长假回来为母亲守孝，此后没有再回县政府工作。

此后父亲上街帮助祖父开杂货店，也是祖父有意让他跟班学习经营商业。在这期间我祖父开拓经营范围，在将军岭街北边大皂角树下买下一处宅地，开了家猪行，即生猪交易所，聘请了生猪价格评估师，父亲为店主及账房先生。

1945年，我父亲兄弟分家，大伯分得杂货店门面，我父亲经营猪行，三叔和四叔分得乡下房屋田产，祖父的一份与四叔合在一起。奶奶去世时，四叔才十三岁。母亲去世后四叔去外地读初中，毕业后考入甘肃骑兵军官学校；骑兵军官学校毕业后，赴新疆国民党军队服役，任排长；后所在部队起义成为一名解放军军官。分家后祖父跟大伯说，分给大伯的杂货店门面由他继续经营，乡下的田地由大伯耕种。大伯和大妈在乡下种田直至1960年，三年困难期间因饥饿浮肿而亡。大伯为人耿直诚实，困难时期他负责看护生产队场地，村里的人说，若他少许拿一点场地上的粮食，也不至于活活饿死。

四叔余永忠在上海——20世纪80年代

祖母去世后，祖父一人经营杂货店生意，此时祖父将近60岁，儿女各自成家立业，生活无人照顾。1946年左右恰巧雷麻店一位女子的丈夫离世，跟随儿女生活也极为不便，经人介绍双方见面，都很满意，祖父续弦，她即为继祖母。继祖母清秀整洁，对祖父照顾也非常周到，但她患有抑郁症，再婚十年后约1957年，她称要去雷麻店看望儿子，在儿子家中自杀身亡。此后祖父再未续娶。

新中国成立后公私合营，祖父并未进入合营企业，仍旧经营针头线脑，虽然政府管控市场，但我祖父年事已高又是军属，所以经营并未受到太大影响。加上编草鞋、种菜，还有四叔接济少许，不仅自食其力，还能帮助子孙。我二哥 1954 年初师毕业后保送六安师范学校，少许学费也难以筹集，祖父送给他 100 双草鞋，让他沿路卖了做盘缠交学费。1957 年，二哥中师毕业后保送合肥师范学院，但母亲犯愁，希望二哥毕业后不上大学，工作挣钱，帮助父母供弟妹们上学，但祖父坚持说，别人想上大学还考不上，我家孙子保送上大学，再难也得让他上。在祖父的支持和帮助下，二哥上了大学。

我小的时候，经常穿祖父给我编的最舒服最漂亮的草鞋，糯稻草质地十分细软，夹杂着从裁缝店捡来的碎布条编织成的草鞋，我敢说比现在的高档凉鞋好得多。在所有孙子辈中，只有我家住在祖父身边，我和祖父在一起的时间最长。记事时哥哥姐姐都在外地上学，祖父锤草时大多要我调草，一人或两人抡木锤子轮流敲打，直到糯稻草被锤软锤熟为止。所谓调草就是将稻草把保持在木墩子或石墩子之上，不断滚动，好让草把得到均匀捶打。革草绳子时也让我调绳，调绳就是在祖父制作草绳时，照着他的手法及方向将单根草绳缠到另一根固定的绳子上。记得有一次，祖父眼神不好，剪绳头时把我的手指剪去一块，疼得我大跳大叫起来。祖父赶紧抓起一把烟丝按在伤口上，包上布，伤口几天就好了。

祖父不仅草鞋打得好，各种农活、土木手艺样样精通。我家的土灶都是祖父垒砌，不仅好用且占地少又省柴火。房屋墙皮剥落、屋顶漏雨，祖父也能修旧如新。祖父还能观风识云预测天气，可以说是将军岭的气象预报员。每逢多日天旱少雨，周边的农民总来询问天气动向。祖父的预测也是八九不离十，人们赞叹他似神仙。婚嫁生子等庆贺之事，也请我祖父择取吉日良辰。小孩走失牲口被盗，也请祖父测算，询问小孩走失或盗贼逃离的方向。

1960 年经济困难时期，我祖父似乎还是商业户口，供应粮很少也不够吃，曾全身浮肿，还好祖父善于安排，总算渡过了难关。那时他曾经跟我母亲说过：日子不会总是这样的，努力熬过去，将来不仅有饭吃还会有肉吃。我母亲后来不止一次惊叹祖父的远见。困难时期过后，允许自家种菜，祖父八十多岁还开荒种菜，由河田挑水上坡二三百米浇灌菜地。夏天，祖父在菜地的高处搭起一间草棚，好多个夏夜我和姐姐都在草棚里过夜，给祖父看菜地，不让人偷南瓜。记得有一天，住大塘坎村一个姓李的老头偷摘了祖父一个大南瓜，祖父追及老头对他说：“伙计，真不厚道，摘南瓜也不打一声招呼！”但祖父并未要回南瓜，而是将南瓜送给了李老头。

“文化大革命”开始，祖父也受到冲击。记得 1966 年 7 月的一天晚上，父亲叫我代他去翻场，即牛拉石磙子压碾稻草脱粒，每碾一次就得翻过来再次碾压，直至稻粒完全脱尽。翻场结束以后回到我家小院，见到小院狼藉，母亲平时用来腌菜的青瓷蓝花罐子被打碎在地，一条原来就破的毯子被撕作几段，门被贴上了封条。我非常害怕，不知所措，父母和弟弟都蹲缩在小院门口，战战兢兢地告诉我说是红卫兵来抄家了，一家人不知道明天还会有什么不测。

第二天一早，红卫兵敲锣打鼓上街，不仅带走了我父母，还带走了祖父，也带走了街上其他的“四类分子”及平时干农活少的女子，红卫兵认定她们为腐败分子。红卫兵将抓去的人带到小学校的院子里罚站，在七月的烈日之下，不许走动。后来听旁观的人说，那天红卫兵用毛笔蘸黑墨，在抓来的人脸上画成牛鬼蛇神模样。在我祖父脸上作画时，祖父不卑不亢推开作画人的手说：“小汉子别操！”意思是说：小家伙别乱来。那天有几个体弱的人再加上害怕，晒晕倒在了地上。

祖父虑事非常周全。1968 年，大哥大嫂在县城生活困难，大哥只好回家乡教书。大哥学校离家有六里地，大嫂要干农活，祖父要不时帮助看管重孙子，这样祖父的两间正屋、两间厢房及后来搭建的一间小屋，住了三家人祖孙四代。我家富农成分，父亲又被定为历史反革命，即使有能力，想盖房子也难。祖父找到生产队长，希望他能将街东卫山头上一间破房子卖与他，祖父说孙子家孩子吵，自己想单独住。

卫山头原来有户徐姓人家，冬天取暖导致火灾，房屋全部烧毁，女主人也被烧死了。那间房子可能是独立于正屋，火灾时才得以幸免。那房子经多年风吹雨打，墙土脱落，屋顶漏雨，原是村里人杀猪的地方，屋小墙矮，生产队长觉得闲着也无用，以 50 元卖与了祖父。买到房子以后，祖父又跟生产队长商议想在烧毁的原址上盖房。

队长母亲姓余，按辈分队长喊我祖父为舅舅。那地方遭过火灾，被认为风水不太好，所以一直空着，队长很给祖父面子，答应了给盖房子。我父亲和祖父议定盖三间房子，买来的小屋修缮后做厨房。房子由生产队建造，土工费 35 元一间，合计土工费 135 元。开工之前二哥叫我去合肥，问了盖房子的情况，给了 150 元让我带给父亲，并让我转告父亲，房子尽可能盖好一点。我回来转达了二哥的话，父亲花了 27 元买了一根粗一点的木料做房子大梁，用作屋椽子的竹子也买了粗一点的。

我家一直没有离开将军岭街坊也是出于祖父的谋划，新中国成立初期，我家的房子换给乡政府办小学，后来乡政府又要用换给我家的房屋办公，让我们去李岗乡下。祖父为了我们不离开将军岭，自己花钱租来街东边小岭头高家的两间房屋给我们住。1957 年奶奶去世，便让我们搬回和他一起住。后来办税的人又要用我祖父的房子，我家又搬到南巷子的小河边住，三年困难时期过后才又住回祖父的房子。就这样我们才没有去到李岗乡下，否则那里人生地不熟，受到的管制可能更严厉，我们上学也很远。

1970 年底，祖父的身体走下坡路，最后不再能独自生活，便由我家、三叔家和大哥家轮流照顾。1972 年夏秋之际祖父住在我家，睡在他随身携带的简易床上，身体变得瘦小，睡时没有任何响动。我常附身贴近祖父，听他是否还有呼吸。就是那段时间，祖父给我讲述了坪塘郢的往事，还有一些关于土匪企图洗劫坪搪郢、雷麻店遭劫的一些事。

据祖父说，我家来到现在的坪塘郢大约是清中期的某个年代，当时因战争或天灾瘟疫，死人无数，真是万户萧疏鬼唱歌。一天他的高祖或更早的先辈，追赶猎物追至一片蒿草、树木丛生的荒野之中。然而走进去却见有一处人家，房屋完好，陈设也不错，但却见到屋内、床上竟是完整的人体白骨，可见全家人饿死或病死已有相当时间了。于是赶快叫来家人，收拾打扫房屋，砍伐周围的蒿草树木，认为此地不错，全家人决定在此安家，这就是槽坊郢。后来人丁兴旺，才又新建了坪塘郢。祖父讲的故事当时没有记录留存，因为民兵经常检查，我们害怕又被抄家，会因此招来麻烦。

祖父在即将去坪塘郢三叔家的前几天，还拄着拐杖去河田那边的菜地看了看，祖父说他想练练腿，看能否自己步行走去三叔家。几天后，祖父是自己走去三叔家的。三叔家离街上约五华里，对一位高龄的老人，那是要有多么大的毅力。祖父在三叔家过的中秋节，三叔说，中秋节祖父还吃了好几个汤圆。农历十月初一，约天亮前2个小时，祖父叫醒三叔，问三叔：“今天是否十月初一？”听到确定回答，祖父说他今天要走了，叫三叔给他准备好老单草，铺好老单（老单，即人去世时睡的地铺，家乡习俗，去世不能睡床上，在地上铺稻草，再铺床单，快咽气时睡在上面），要三叔给他打一盆洗脸水，还要喝米汤。三叔认为祖父瞎说，那么明白的人怎么会说离世就离世呢。但也不敢违背，只能按祖父要求准备。祖父自己下了床，穿戴好寿衣，认真洗好脸，自己睡到老单上，嘱咐堂兄去街上叫我父母亲快速赶来，并告诉三叔置办后事需要的鸡鱼肉蛋、菜蔬米面。吩咐三叔只通知他的儿子儿媳、女儿女婿，不要通知其他人。墓地他早已选定，扶棺的人祖父也早已自己找好，负责人是当时坪塘郢的生产队长束为农。

祖父去世的那天天刚亮，我父亲早起在街东头放猪，碰见三叔家二哥恕林来街上裁缝店做活，便问起祖父的近况。二哥并未告知祖父叫我父母速去之事，他认为祖父清楚明白不会有问题。然而恕林还未到裁缝店，三哥就赶来了叫我父母速去，说祖父快不行了。我父母急忙赶去，但到达时祖父已经没有了呼吸，还有微弱体温。据说体温还在，也算是送终了。几个堂哥分别通知我尚在的两位姑妈、三位姑父，四叔远在新疆，电告他老父离世。四叔自13岁离家上学读书，只在1957年回来完婚时与父亲团聚，此后父子再未见面。

三叔按照祖父的嘱咐购买办理祖父后事所需的物品，不多不少，正好够用，祖父真是料事如神。祖父九十高龄，平静离世也是喜事，周边的乡亲们纷纷前来吊唁送礼。我祖父生前有吩咐，不收礼品，不办宴席。若乡亲们送纸烛、布匹等祭品，也要折现金返还。果然，几家祭品折现返还后，乡亲们就知道我家不受礼了。祖父走了，丧事依嘱从简办理，一切平静有序。后来大家都惊异祖父的神奇。

祖父走了，他一生经历了清朝、民国和新中国三个时代，亲历过中国近代最混乱、最贫穷、战乱不断的近百年历史，见证了沧桑巨变。祖父一生面临过无数的危机和风险，却屡次化险为夷。他的一生是平凡的，又是了不起的。他心胸开阔，性格乐观，豁达坚定；他胆识过人勇于担当，又诚实守信；他扶持教育子孙，律己言传身教；他勤劳节俭，乐于助人，却从不给人添麻烦。尤其是他对于生命的理解，面对死亡的坦然，令我肃然起敬。我小的时候就见过他已经缝制好的寿衣、置办好的棺木。在世的时候他的寿衣随身携带，不时拿出穿戴数日，至去世的时候，寿衣已经穿得破旧了。

二哥在世时曾问我关于祖父的神奇离世，二哥猜想：祖父早已选好离世的日子，那天要来米汤可能是要服鸦片，年高体弱吞服鸦片，很快离世实属必然。他在离世前不久又回到了他出生的地方，选择了中国民俗后人祭奠先人的日子——农历十月初一，走得体面、平静、有尊严。真的，每年农历十月初一，不管我在哪里，我都会想起祖父，想起曾帮助祖父调草、调绳，想起祖父给我编织的舒服而又美观的草鞋。我们怀念祖父，希望祖父的精神在子孙们身上发扬光大，我们将传承家教、家风，让我们的先祖们放心，让他们为子孙们骄傲。

孙女恕莲

于 2017 年 11 月 24 日

3

我的父亲

对父亲清晰的记忆，是我家还住在街西头，那时弟弟已经出生。晚上父亲带我在后排房屋最西头的一间房子里住，那排房屋除了这一间，其他好像都是乡公所的。前排房子自东向西分别是卧室、厨房、堂屋，

父亲

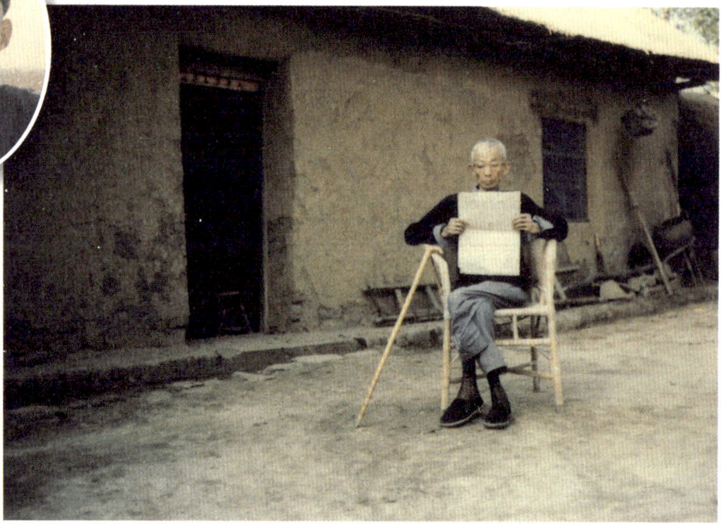

父亲看报

堂屋大门对着后门，后排房只有一间房子，里面有床还兼放农具。前排房与后排房子之间是个小院子，小院西边是大院子。为了不让我缠着妈妈，父亲给我讲奔马飞月的故事，还唱歌给我听，唱的好像是“跑马溜溜的山上”。但自那以后，似乎没有再听到父亲的歌声了。从我记事那时父亲就务农，是一位农民。但在我眼中父亲更像是教师，知识丰富，做事严谨，崇尚科学与文明。他经历了中国 20 世纪最动荡不安、苦难深重的时期。一生勤俭善良、诚信自律，他早在 20 世纪 30 年代就办家学教弟妹子女读书，多年免费代办邮政，乐于为家乡做事。如果生于当今的中国，父亲一定是一位有为的教育或科技工作者。

我家在街西头住的时间不长，但却是我开始记事的时期。父亲热爱大自然、极富生活情趣。我和父亲住的那间房子外面有一棵栀子花树和一棵桂花树，桂花树秋天开满小黄花，香气袭人。栀子花树春天开花，花朵舒展，又香又白，香中带甜。姐姐摘下一朵用线拴住挂在我的胸前，走到哪里香到哪里。两排房子的西面，是一所硕大的院子，院子最西边的一块地专门种花，有凤仙花、鸡冠花、十样锦、菊花、翠菊等。姐姐摘来凤仙花捣碎，加上明矾用麻叶给我包指甲，次日指甲就变成了红色。南面拐角靠近河田，有一间厕所，院中间有草堆，还堆放柴禾，秋天也晾晒稻谷。冬天二哥放寒假回家，遇到下雪天带上我和姐姐，在撑起的晒棉花的大簸箕下面撒上稻谷，诱捉麻雀。

街西头的家并不是我家早先的住宅，我家原来的住宅位于街北路心塘边、大皂角树下，那是我父亲分家后根据自己的构想改造修建起来的，后换给乡政府建了将军岭小学。我虽然没有在那里居住过，但我和姐姐、弟弟都在那所小学读书，对周围环境很熟悉，自然也特别喜欢。那里大门朝东，进门过大门楼是一个大院子，左手边一排房屋坐南朝北，对面西边也有一排房屋，房子比较低矮，估计过去用作厨房、储藏室之用。靠北也有房屋，还有一个院门，通向院墙外的小水沟。房屋院墙外自东南开始拐弯向西北是一条半环形的水沟，沟中养鱼，水沟内外种植着各种树木花草。北面有几棵大柿子树，收获季节，周围的孩子们会撑着床单，打落捡拾成熟的黄色大柿子。

父亲在太白楼

父亲在中山陵

在老屋家里

父亲与二哥一家

1949年家乡刚解放的一天晚上，父亲出门查看是否有人捞水沟中养的鱼，一出门就被人抓走，带到了离家不远的北巷子一所房屋里。房屋里有好几个人，但都戴着马虎帽，他们将父亲吊在房梁上，拷问父亲是否出来侦查。其中有一个人看不过去，就对拷打的人说："你干嘛这么狠打他？"后来他们听到外面有动静，才丢下父亲纷纷溜走。父亲等他们走了，才走到院子里想翻墙逃走，但因为害怕，并不高的墙头却多次尝试才翻了过去。父亲逃回家里向母亲讲述了他的遭遇，母亲非常后怕。那天晚上如果坏人把父亲杀害，家里人也不知道，猜想那个替父亲求情的人很可能就是附近村里认识父亲的人。后来听说，那些人是九路军勾结当地土匪，是国民党残余，他们把父亲当作工作队的人。

父亲话不多也很和蔼，但我们都很敬畏。听哥哥姐姐说小时候父亲对他们十分严厉，但对我和弟弟，从不训斥，更没有打骂过。不过我和弟弟也很懂事，知道家里的规矩，不随意串门、不勾肩搭背。女孩子尤其应守本分懂规矩，不随意交朋结友，更不能轻浮张扬。我小时候很贪玩，但听到父母招呼，会立即飞快跑回家附近应答，表明没有走远，就在附近玩耍。

父亲为人谦和，没有祖父果敢与决断那样强势，更多遗传了祖母的温和、谦让，甚至退让。相貌上我认为父亲也像祖母，我虽然没见过祖母，但父亲与舅祖父、表叔很像，都是瘦高个子，有点圆的瓜子脸，肤色白净，鼻梁稍高。大表叔王传新参军去抗美援朝，转业后在马鞍山工作，后患败血病去世。小表叔王传海老实厚道，总是吃亏，人家当生产队长净得好处，而小表叔当队长脏活、苦活、累活都自己干。遇到蛮缠不讲理的人，他总是吃亏退让。表叔家是贫农，小学文化，没有坏习惯，按说能有好的发展，但至今还是不富裕，也许与他的性格有关。

父亲的谦让有两件事让我印象深刻。大伯大妈曾生过一个儿子，大约三四岁左右时，春节去外婆家拜年，跌倒在门槛上，没见外伤却不幸夭折，现在看来估计是颅内血管破裂所致。此后大妈未再生育，三十多岁的大伯闹着要纳妾。祖父为了打消大伯纳妾的念头，决定让大伯大妈从侄子中挑选一个，过继给大伯大妈。此时侄子中有大哥、二哥，还有三叔家恕森哥。大哥是祖父的长孙，懂事听话，脾气好，又可爱，大伯平时就喜欢大哥，结果选中了大哥。

大哥这时已经九岁。长子过继给自己的哥哥，父亲没有反对，但心里多有不舍，所以对我大哥格外的关爱和宽容，很少见他批评大哥。大哥从小体弱多病，母亲对他尤为疼爱，带到九岁要过继给大伯，母亲内心很不情愿，但也不敢反对。二哥年纪小不懂事，背地里说：要孩子自己不能生啊，干嘛要我大哥！过继后大哥的生活几乎没有改变，依然住街上跟着父母生活学习。有点变化的是，大哥要不时回乡下看望大伯大妈或住上两天。大伯为了让大哥更贴心，给大哥定了一门亲事，女方姓徐，相貌姣好，温和贤淑。我曾在大伯家的更楼上看她纳鞋底，我也喜欢她，想必大哥对她印象也不错。

母亲为二哥也定了箩窝亲（娃娃亲），刚出生在摇篮中就订了婚，女方姓李，是我母亲表妹的女儿。长大后大哥、二哥上学，先后上了六安师范和蚌埠师范，估计不大可能再回到家乡。弟兄俩认为不要耽误人家姑娘的前程，共同决定解除婚约。暑假大哥应邀去女家吃饭，离开时留下一封信提出解除婚约。大伯知道后极为恼火，认为是父亲的主意。其实父亲毫不知情，完全是兄弟俩自作主张。这次父亲狠批了大哥，说他太不懂事，解约还去人家吃饭极为不妥。但父亲任由大伯误会，不做任何辩解。

二哥从未见过李家表姐，病中还跟我提起与李家表妹解除婚约的事，我也认为解除婚约是正确的选择。如果大哥、二哥都在中师毕业后结婚生子，嫂嫂们带孩子随着父母在家过日子，三年困难时期结果很难预料。那期间，我家亲戚中的大伯大妈、小姑父和他女儿，还有我三姑妈，都死于饥饿。

再就是四叔的婚姻，四叔年幼丧母，常年独自在外，祖父心里十分挂念。1946 年前后，祖父为四叔订了一桩婚事，女方姓丁，不识字。祖父为了让女方与四叔相配，出钱请教师教女方读书识字，供她上小学，还叫她与四叔通信交流。她的信多由父亲代笔或经父亲修改。虽未曾谋面但通过书信，四叔十分满意，认为女方美貌有才华。新中国成立初期，四叔所在部队起义成为解放军战士，后整体转为军垦，戍边新疆不能回乡，四叔写信让女方去新疆完婚。

女方在新中国成立后可以说是这一地方上唯一有文化、家庭成份又好的女子。她参加地方政府工作，与工作队的一个干部私下恋爱，不愿去新疆了。她写回信借口说：“大爷不给钱，二哥不送她。”大爷是我祖父，二哥就是我父亲。此时父亲的出行已经受到严格限制，工作队经常将父亲叫去，让他承认担任过国民党区分部主任，事实上根本就没有这事。长时间的询问关押，父亲最后只好违心地承认担任过国民党区分部候补委员，这才算罢休，为此当时我父亲被判管制两年。

这些情况丁姓女方完全知情，她跟工作队干部恋爱，却把责任推到我父亲身上。为此四叔对我父亲极为不满，关系也不像从前密切了。父亲也不辩解，即使辩解四叔可能也不会相信。其实父亲十分怜爱幼年丧母的小弟弟，教他读书，关怀备至，严格要求。还多次跟我提起四叔的聪明，说他字写得好，西去新疆写回的家书中描述沿途边疆的美景，文采飞扬。几十年过后，20 世纪 80 年代，四叔探亲回乡还执意去见了他心中那位貌美多才的丁女士，可见此事给他印象之深刻。记得 2001 年四叔来北京时，提及他对我们家兄妹上学，而家庭经济困难并不知情，我没有接话，觉得对过往之事解释一番已没有意义了。

三年困难过后，阶级斗争气氛紧张起来。一天见我家大门旁的墙上贴了一张告示，上写："四类分子"余体明，家里来人需报告，外出要请假。到这时我才知道父亲因家庭成分和历史问题受到管制，但我确信父亲是好人，为人忠厚诚信，勤劳节俭，待人谦虚宽容，做事认真负责，我相信父亲。我小学毕业前夕，一天去班主任房间交作业，看见办公桌上放着一摞同学的资料，可能就是毕业生档案吧。上面见到我的名字，我好奇地瞧上一眼，见上面写着：家庭富农成分，父亲是历史反革命、国民党员，当过保长。我头脑嗡了一下，这下可能上不了中学了。

自己的历史问题殃及子女，这是父亲最难过的。虽时有不欢，但父亲并不抑郁，平日带我和弟弟一起干活、得空闲聊天时，总是情趣盎然。每当他的孩子努力进取，受到邻居、学校的夸奖时，他总是微笑赞许，给予鼓励。

子女的教育是父亲最重要的事，在大哥和二哥记事的时候，父亲就教他们认字读诗，两个哥哥一上学就读二年级，并都以优异的成绩考上了中学。因家庭困难，两个哥哥都是读师范学校。农村大多人家不让女孩上学，可父亲竭力供我和姐姐上学。

1959—1961年困难时期，父亲在工地挖河经常饿着肚子。即使这样，只要不被人看见，父亲总将分得的饭留下一口，藏在碗底下带给几岁的小弟弟。一次在挖溧河工地上，父亲又饿又累，几乎晕倒。当时在工地做饭的本村孙东文看在眼里，趁没人在，给父亲一团饭让父亲在灶台后赶快吃下。此事父亲常常跟我们提起，我们全家感激，铭记在心。后来孙东文一家从我们生产队搬走了，至今再未见面。

大概是1960年冬末，许多人因营养不良而浮肿，集中住进浮肿院，我父亲也在其中。由于浮肿院人多拥挤、卫生条件差，又营养不良，浮肿没治好却开始流行痢疾，每天都有人因此死亡。我父亲也染上痢疾且身体每况愈下，父亲带信让母亲接他回去。回家后，住在祖父对门的刘华庭大夫给我父亲一粒绿霉素，救了父亲的命。全家都感念刘大夫救命之恩，听说刘大夫曾是军医。不久刘大夫一家搬走了，也是再没信息。

1963年以后，地方上对“四类分子”的管制力度提升。公社所在地，街东、街西两个生产队有四个“四类分子”，街西队三人，街东只有我父亲一人。四个人中数我父亲问题最为严重：富农成分、国民党员，当过保长和乡民代表，又在民国县政府任过文书。其他三人或是历史问题，或只是家庭成分不好，自然四个人中对父亲的管制也最为严厉。

所有的管制对父亲来说，都不算什么，最重要的是限制了自由，并殃及弟弟和我。

“文化大革命”开始后，管制更加多样化。1966 年 7 月中旬的一天晚上，红卫兵突然抄家。那天晚上父亲支派我去替他翻场，大约 9 点左右我回到家，见我家小院到处散落着打碎的罐子和散乱的衣物书籍，大门被封条封住，上写：“打倒反革命分子”。父母亲和弟弟蹲在院子墙角里，夜里一家人挤在旧竹凉床上，忧心忡忡，不知明天还会有什么麻烦。弟弟对我说，红卫兵大都是本村及附近村里的人，平时见面都客客气气，邻里乡亲多少都有些沾亲带故，怎么一下子都不认识了？小弟一脸的惊疑！

当时红卫兵叫我父母亲及弟弟到屋外，他们在我家里翻箱倒柜，还用铁铣挖掘房间，看是否埋藏了什么，屋里屋外一片狼藉。其间有人把我母亲叫进屋去，原来他们在箱子里翻出了 5 块银元，那是祖父给我母亲的。5 块银元被拿走了，还拿走了我们家几乎所有的书籍。这些书都是父亲和两个哥哥给我们买的，是我和弟弟最喜欢的宝贝。“文革”后期，公社干部给我母亲 5 元人民币，算是对那 5 块银元的补偿。

其后父母不时被拉去批斗，有时是专场，有时是陪斗，并常被叫去训话。训话大多在节假日到来之际，一般是晚上。每到逢年过节还会突击搜查，多是深更半夜，先在我家房前屋后设岗，随后叫门入户。不管床上睡着小伙子还是大姑娘，手电筒四处照射，责问吒喝。当时很害怕，现在想起来，滑稽可笑！

南方春天育秧，育秧苗的水田要捞田埂，也叫贴田埂，就是捞起田里的泥巴将田埂边的凹处填平。捞田埂都是在刚开春的时候，有时春晨水田还结着薄冰，冰渣将腿扎伤，冰冷的水浸人肺腑。生产队几乎所有要捞的田埂都是父亲做的，田埂贴得一丝不苟。大概也是父亲做的好吧，数年几乎都是如此。

自从1964年送我去五十里小庙上初中外出，父亲再没有走出过将军岭，直到1977年。1979年国家宣布摘掉全国所有“地富反坏右”的帽子，父亲高兴的心情难以形容，同时也心有疑虑，害怕这项决定是否会长久？确实也有人威胁：不要高兴，帽子提在手里，随时再给你戴上。

1978年我考取大学，弟弟考取中专，我们又能读书了，这是我和弟弟给父亲最好的礼物。解除了管制的父亲，终于可以不用请假报告，可以自由活动了。1978年夏天，我上学前与父亲一起去响洪甸水库的姐姐家，那里青山绿水，风景秀美，父亲赞赏不已非常快乐！后来又陆续去了合肥、芜湖。1982年我大学毕业到马鞍山工作，陪父亲去了南京，游览玄武湖、莫愁湖、中山陵和长江大桥，还在长江大桥上留了影。二哥还说有时间让我陪父亲去黄山，可惜1983年我又读研究生，没有去成，现在想来非常遗憾！

我研究生还没毕业，查出父亲患消化道肿瘤。起初父亲便血，农村的茅坑很难发现，到了大出血，人已经非常疲惫时才发现。大哥带父亲去合肥钡餐检查说是息肉，因父亲年轻时得过肺病，一侧肺全部钙化，落下脊柱弯曲，难以做胃镜。次年我寒假回家，回校时带父亲一起去芜湖，过了长江，还是父亲步行去安徽师大赭山上二哥家的。到了芜湖，二嫂立即安排父亲去弋矶山医院检查，医生没有告知父亲实情，私下告诉二嫂，说父亲的病似乎不能手术了。临行前二哥将这个消息告诉了我，我非常难过。回校后加紧写论文，4 月底论文已经完稿，6 月提前答辩后赶紧回家。

父亲在芜湖治疗了一段时间后，终于知道了病情，要求回合肥姐姐家养病。在姐姐家住了一段时间，身体每况愈下，他要求回将军岭家中。姐姐将父亲送回家，此后一直往返于合肥和将军岭家中照看父亲，直到父亲去世。我自厦门回来，和母亲一起照顾父亲，我的床和父亲的床排成一线，头朝着父亲睡，陪伴了父亲一个多月，这对我是极大的安慰。

8 月底我只好告别父亲去北京单位报到，十月初姐姐电报说父亲病重，我急忙找同学代课请假回家。父亲见到我的第一句话问我请了几天假？随后说“怎么还不死，死了你们都可早点回去工作”。听了父亲的话，我眼泪哗哗直流，到了这个时候还惦记着别拖累我们。大哥就住在父母家附近，姐姐、弟弟早已在家，很快二哥也回来了。

1986 年 10 月 10 日晚上，突刮北风，气温骤降，夜里父亲安然地离开了我们。就在前几天，姐姐在父亲的床头发现了鸦片，估计那也是父亲为自己留的。他患的是消化道肿瘤，由于吞咽有困难，所以没办法像祖父那样，选择离去的时间。面对生老病死，父亲也是非常坦然的。人固有一死，但是我多么希望父亲多活几年，能够去祖国各地走走看看，游览他给我们讲述过的山川河流、名城古迹、高原平川，拥抱他热爱的大自然。

父亲走了，我脑中不时浮现着他历经坎坷磨难、而又坚强乐观的形象。

父亲生于 1909 年农历七月二十三，于 1986 年 10 月 10 日去世，享年七十七岁。父亲前半生处于战乱、贫穷、落后的旧中国。祖母的四儿四女中，父亲在男孩中排行第二，八个兄妹中排行第三，名和（珂）忠，字体明。

听父亲说，小时候家里孩子很多，长条板凳上凿上小碗大小的圆孔，当作孩子们的饭碗，小碗里盛上饭，孩子们坐在小凳上，扒在长凳上吃饭。吃肉的时候，他们的祖母将肉切成块，每人分一块，孩子们分到肉总是夹起来，看看块大块小、骨头多还是肉多。

父亲四五岁时开始上私塾，他聪明好学，四爹爹建议祖父送父亲去合肥读小学。学校里的同学多为合肥及合肥东乡的富家子弟，像父亲这样的农家子弟很少。一年寒假春节刚过，同学们还在家过年，父亲就返校了。一天父亲在宿舍里靠在床上看书，看着看着见到房顶上露出天空来，天上走下一位白衣老者，房间的四周也来往穿梭许多衣着奇怪的人。父亲正要前去看他们在做什么，突然就醒了。露出天空的地方是房屋上方的一块亮瓦，原来是一场梦。同学们回校，父亲讲述了他的梦境，竟有其他同学惊呼也做过同样的梦。经了解，他们住的宿舍原来是一座庙的后院，常有类似的情况发生。父亲是无神论者，原先根本不知道这件事，做出这样的梦，也觉得难以解释。

合肥读书期间学生们上街游行抵制日货，少年的父亲也情绪高昂跟随其后。小学毕业后他随叔叔，即四爹爹去安庆读初中，就读于现在的安庆一中。少年时期四爹爹对我父亲影响很大，父亲多次提及两件事，一是做自己力所能及的事，不显摆不装腔作势。父亲随四爹爹由芜湖乘船去安庆，随身带一只箱子和几件行李。按当时四爹爹的身份和收入可以雇挑夫代劳，但是四爹爹自己扛箱子、提行李。二是在安庆时，四爹爹让父亲买烤红薯加餐。因为饿了，父亲买了红薯边走边吃，没到家就吃完了，回来受到四爹爹的一顿训斥，说他缺乏自律。

还有一件事，四爹爹任职驻所一虞姓门卫对父亲极为热情，因虞和余读音相同，认做一家（族），总是老远招呼二少爷，问寒嘘暖。后军中出事，其人再碰到我父亲，如同陌人。父亲谈及此事笑着说："真是穷在闹市无人问，富在深山有远亲。"做人要正直、尊严，不做势利小人，也不要攀龙附凤。

四爹爹卸任后，父亲转至合肥继续上学。父亲喜欢数学、英文、地理、历史各门功课，爱好音乐，特别喜爱足球运动，是学校足球队队员。一次踢足球跌倒伤及脚踝，经检查原来脚踝患了骨结核，在合肥基督医院开刀挖出一大把坏骨头。此后又患肺积水住院，住院期间正值军阀混战，合肥战事危急，医院医务人员全部撤走，当时父亲不能行走留在医院。还好他的一位同学是该医院的护士，知此境况，雇人用担架送父亲回到雷麻店家中。祖父感激不尽，父亲也时常念及陈姓同学。

回雷麻店后父亲没有再进医院治疗，动手术的腿很久不能走动。当时我四叔正蹒跚学步、牙牙学语，父亲看着小弟弟，想到自己路都走不了，连这么小的弟弟也不如，很是沮丧。父亲肺病咳嗽吐血，便有人推荐喝大烟灰。确实很有效，喝下鸦片烟灰可以立刻止血。可是服鸦片烟灰，时间长了有些上瘾，竟有吸食鸦片的意念。但父亲意识到问题严重，待病情稍好便毅然断服，后来也慢慢痊愈了。父亲左肺慢慢钙化，最终只剩下右肺尚健，左侧肺全部钙化洼陷完全失去功能，导致脊柱向一边弯曲，肩膀左低右高。

父亲回雷麻店养病期间，时而有军阀的军队驻扎。一天父亲正靠在小院的厢房门口晒太阳，突然翻墙过来一个士兵，父亲刚要喊叫，那人突然向父亲伸出双手，父亲看到此人多个手指头截断，想来是犯军纪或逃跑抓住被剁去了。那人进入我家中藏匿，随即有士兵追至院墙外，问父亲是否见有人过来，父亲摇头说没见到。父亲非常同情那个逃兵，待天黑那人离开我家逃去，感谢不尽。

北伐军北上时也驻军雷麻店，父亲辍学在雷麻店养病，也替祖父看店。恰巧，父亲中学时的一位老师也在北伐军中，经过祖父的杂货店时，认出了我父亲，喊道："余和忠你怎么在这里？"父亲一看原来是他的中学老师，北伐军官员。老师得知父亲生病辍学的情况，向我父亲介绍了北伐的意义，并留下联系地址要我父亲病愈后去找他，参加国民革命军。祖父见到儿子的老师很是高兴，好客的祖父置办宴席，款待北伐驻军的官员。

祖父带着全家大约于 1929 年前回到将军岭，之前家庭急需用钱，在雷麻店时将父亲祖母的一件皮棉袄典当。从雷麻店撤回将军岭不久，天冷了，家人叫父亲去将皮袄赎回。到典当行因赎金不够，父亲决定将头戴的礼帽去另一家典当行典当，补足赎金。由于心急，慌忙之中将放在柜台上的几块大洋忘记拿走，等到想起来回到当铺，大洋已不知去向，店家也矢口否认。

父亲赎不回皮袄回不了家，懊恼不已束手无策。还好身上带了一点烟土，原来父亲的祖母给孙子辈每人一小块自用地，让他们各自种植经济作物，卖钱零花。大伯帮父亲割了一点大烟，让他在雷麻店烟场变卖做一件长衫，现在只能指望烟土变钱赎回皮棉袄了。事情没办成当天无法回家，父亲找到了我家在雷麻店做生意时的邻居大叔，说明来意。

邻居大叔十分热情，当晚将父亲安排在店堂内住宿，鸦片放在货架中。午夜，父亲思索白天之事未能入睡，突然觉得有人呼气靠近，不觉睁开眼睛。眼前情景让他毛骨悚然，浑身冒冷汗，见到邻居大叔正从柜台外探身看他是否熟睡，脸几乎要贴到自己的脸上。好在父亲屏住呼吸，没有做出任何动静，少时邻居大叔缩回到柜台外边。一会儿父亲假装睡梦初醒，翻身然后喃喃自语，说外面狗叫得很欢，要防范小偷光顾。说着起身将货架上的烟土取出放到枕头之下，结果一夜未眠。次日一早起身赶快将烟土换钱，赎回皮棉袄回家。此事曾祖父母及祖父母一直未曾知晓。父亲说：真是人心叵测，害人之心不可有，但防范之心不可无啊。

父亲和母亲是二代表亲，1933 年父母结婚，以后大哥、二哥相继出生。此后父亲帮助祖父打点生意，开办家学，采用洋学堂教学方式，教大家庭里的弟妹们读书。

1936 年前后，地方推举父亲当保长。抗战开始，1937 年后县政府开始在合肥西乡鸽子笼举办保长训练班，训练班期间父亲集体加入了国民党。父亲初中文化，为人忠厚诚信，在那一期保长培训班里，父亲无疑较为优秀突出。当时的县长对他非常器重，培训结束后父亲被县里留下任县文书。就因为这段历史，新中国成立后，父亲受管制近三十年。1939 年冬祖母去世，父亲请长假守孝，没有再回县里做事，继续帮祖父打点生意，办家学教兄弟子侄。

1945年，我父亲兄弟分家，分家后父亲开猪行，也兼营牛行，收购棉花，店号“余复兴”。还免费代办邮政，为乡亲们服务。

在这期间父亲任保长并被选为乡民代表，后保长由三叔余琨明（玉忠，字琨明）接任，害得三叔后来也受管制。父亲当保长多年，有一次邻村的一户人家，担心派他儿子的壮丁，到我家想贿赂父亲。当时父亲正陪我大哥玩，来人塞给大哥几块大洋，父亲立刻还给他，并对他说：你家一个儿子，按规定单丁不派，叫他放心，同时对他说：送礼贿赂这不好。父亲当保长期间只派过一个姓韩的壮丁，还自己出钱给予补贴。这位韩先生在新中国成立后平安回到家乡，新中国成立初期担任乡指导员。在担任乡指导员及以后期间，从来没有为难过我父亲，也没有说过我们家的任何不是，父亲多次赞赏感叹韩姓同乡的诚实厚道。如果他乘人之危落井下石，对父亲和我们一家就是灭顶之灾。新四军偶尔也路过将军岭，作为地方保长，父亲曾几次为新四军筹粮送夫。父亲也多次提及新四军纪律严明，有希望。

大约1942年，日军轰炸合肥西乡。第一天轰炸了高刘集和分路口，次日轰炸了将军岭。幸亏父亲警觉，见日机来将军岭空中盘旋，便带着大哥、二哥藏于三担六水稻田中，随后又将大哥、二哥送回坪塘郢乡下。那天日军两架轰炸机扔下数枚炸弹，街上房屋全部炸毁，还炸伤一人，我家的杂货店也全部化为了灰烬。

在此之前，占领合肥的日军就扫荡过将军岭一带，当时抢走了我家一头毛驴。毛驴可以推磨、拉犁、当脚力、运送物品，对于农民来说可是命根子，哪能让日军抢走。于是北头老太太带着我的大表哥孙东湖，拎着一篮子熟鸡蛋跟在日军后面，天真地将鸡蛋散发给日军，想要回毛驴，但日本鬼子不时抽出军刀向这奶孙俩挥舞，奶孙俩吓得后退，远远地跟着始终不肯离去。有时小鬼子又拿出一块糖给东湖表哥，哄他走开。奶孙俩一直跟到合肥，毛驴将物资送到，最终要回了毛驴。父亲对于日本鬼子的侵略行径，无比地愤怒和憎恨；对于国民党腐败无能，社会的混乱，百姓的贫穷，也十分痛心。他对哥哥说，国家贫穷软弱就受人欺负掠夺，长大要为国家出力。两哥哥亲身经历日机轰炸，牢记在心。

十四年抗战胜利，父亲欢欣鼓舞。家乡于 1949 年解放，父亲非常高兴，觉得国家终于结束了战乱状态，社会安定，百废待兴，百姓将安居乐业，国家将会快速发展壮大起来，觉得自己可以做一番事业了。新中国成立初期，父亲将家里房屋换给政府开办学校，继续代办邮政，希望为家乡做一些有意义的事情。

可是事情并未如人愿，国民党统治时期他加入国民党、在地方基层任职，成为历史污点。新中国成立后，父亲经历“三反五反”“文革”等，被“管制终身”，直到 1979 年。事实上，父亲的历史问题，按当时法律规定只判决管治两年，两年后就是合法公民，20 世纪 50 年代父亲作为合法公民具有选举权，我见过他保留很久、很珍贵的选民证。但在那不讲法治的年代，当地公社、大队甚至生产队的一句话就是指令、就是法律，说谁该管制就管制谁。我母亲是普通劳动妇女，每次选举都有选举权，有选民证，但因父亲问题，也同父亲一样，被定为“四类分子”受管制。

父亲一生坎坷，总算等到了国家恢复正常秩序，获得自由、受到公平待遇的一天，也算是非常幸运，值得欣慰！

父亲尽管遭受如此经历，但对历史重大问题的看法仍是客观的。他见证了国民党统治的腐败无能，亲历了国家落后遭受的侵略，认识到在中国共产党领导下，结束了自清末以来内外交困的混乱局面，使中国不断地强大起来。如果他能看到今天的中国，该是何等的高兴！

父亲的一生也折射出了中国近代内外交困、腐败贫穷、混乱无序、备受欺凌的历史，证明了只有推翻国民党的统治，建立人民民主专政，国家才能发展强大，民族才能走向复兴，百姓才能过上安居乐业的生活；也表明个人的命运与国家的命运紧密相连，国家强大，国泰民安，个人的才智才可得以施展，理想和抱负才可能实现。

写于 2019 年 1 月

4

叔侄情深

父亲与他的四叔感情极深，生前经常给我们讲他四叔即四爹爹的故事，印象极为深刻，至今记忆犹深。

四爹爹名叫余广才，号善生，生于1891年，大约于1978年去世。四奶奶名叫陈元贞，1972年去世。四奶奶娘家在将军岭西面的分路口，陈家是当地的大家，四奶奶大概读过书。四爹爹与四奶奶育有三男三女，分别为余贞、余忠、余强、余华、余昌和余芸。

曾祖父育有四儿三女，二儿子早逝。大女儿夫家姓孙，土改时定为地主。大姑奶奶育有一男一女，她儿子孙汉三，夫妻俩于1960年前后去世；女儿夫家姓周，她大约也于1960年前后去世。三姑奶奶家是贫下中农，三姑奶奶于1970年前后回娘家时在我家住过几天，个子不高，长相酷似三爹爹。三姑奶奶有两个儿子，邬姑爹爹非常厚道，俩表叔为人极好。

小姑奶奶读过书，与我父亲年纪相当，前夫姓戴，小姑奶奶与丈夫关系不好，没有孩子。那时代离婚也不可能，后来跟驻扎将军岭的广西军人走了，一去再没有回来。小姑奶奶是那个时代追求妇女解放、婚姻自由的女子。曾祖父在当地颇具声望，却因女儿私奔在当时颜面扫地，全家人从此不再提她，似乎不曾有过这个小姑奶奶。

关于小姑奶奶，我是听母亲说的。她在夫家生活得不好，娘家人也不欢迎她，她常住在她姑妈家里，她姑妈即我母亲的祖母（是曾祖父的姐或妹）。她回平塘郢时，一听到祖父或我父亲从街上（据说她怕我父亲，我父亲很严厉）回家，就躲到四奶奶的房间里。她与四奶奶关系很好，估计四奶奶事先知道她私奔的事。

最近从表妹童庆莲[①]处得知，小姑奶奶住广西阳朔，与她的侄女余贞有联系，20世纪60年代曾较长时间居住在武汉余贞家，帮助余贞照顾四爹爹和四奶奶，即她的哥哥嫂嫂。她在广西的养子对她不好，余贞经常给予她经济上的资助。至于为什么没听说过二姑奶奶，估计二姑奶奶是余伯良家的姐妹。如我父辈，姑妈们都是堂姐们一起排序。四爹爹家子女属于新时代的人，年纪小且在外地上学，没有参与排序。

曾祖父一家的家境在当时当地算是小康，祖父是长子，应该读过私塾，管理家政，负责农事，同时做杂货店生意。三爹爹老实厚道，话语不多，在家种田。四爹爹聪明好学，身体健壮，虽然家境平常，我祖父说服曾祖父，极力资助四爹爹外出读书。四爹爹是我们家族中最早接受新式高等教育的人，他毕业于浙江体育专科学校。

---

① 四爹爹及余贞一家在武汉的情况以及老照片都由表妹童庆莲与表弟李恭忠提供。

由于四爹爹体质好，又有武术功底，毕业后曾在民国时期的保定陆军军官学校任教官或就读，其后在安庆驻军中任文职军官管理军火库。后因军人哗变未果，追究四爹爹责任，差点掉了脑袋。有军中朋友告诫四爹爹：带兵如养虎，你耿直厚道，不宜在军队中供职。他听从告诫，离开了军队去中学任体育教员。在保定期间四爹爹与军阀段祺瑞交情不错，后来联系较多，常有书信往来。“文化大革命”期间，余贞清理物品时，发现了四爹爹与段祺瑞的二十多封来往书信，非常惊恐地把信给烧了。四爹爹知道后同女儿吵闹，余贞向四爹爹解释保存这些书信的极大危险性，四爹爹的情绪才得以平息。

四爹爹接受了西式教育，他希望子侄们也接受新式教育。我父亲聪明好学，悟性又好，家里决定送我父亲去城里上学。父亲十一岁去合肥直接上小学五年级，因数学跟不上，降到三年级。后又跳级，两年后小学毕业。四爹爹在安庆军中任职，将我父亲带去安庆读中学。

当时合肥去安庆经由芜湖走水路，暑假过后，有一天四爹爹头戴礼帽，身着白色长衫，提着一只皮箱及其他行李物件，领着我父亲去码头上船。因为随身携带东西太多，四爹爹想找一掮客帮忙扛箱子行李。掮客看四爹爹穿着不凡，要价很高。四爹爹一听，将长衫一撩，轻松将皮箱往肩上一扛，手拎行李健步上笕桥登船，惊得掮客瞠目发呆。记得父亲讲述这段故事时，还开怀大笑。父亲说，当时十多岁的他随叔父从芜湖乘船逆流而上，去往省会安庆，沿江景色极美，江面上不时见小船出没于波浪间，激动不已，新奇与欢乐伴随他的整个旅程！

在安庆四爹爹带我父亲住军营内，这段时间叔侄俩朝夕相伴，四爹爹言传身教，对父亲既要求严格又关心入微，对青少年时期的父亲产生了极大影响。叔侄俩感情至厚，深植心底。

父亲在安庆读书间大约是在1923年前后，当时军阀割据，战乱不断。父亲16岁时先后患踝关节结核和胸膜炎（肺积水）辍学，回雷麻店养病。在雷麻店养病期间，北伐军驻扎雷麻店，父亲的中学老师是北伐驻军的军官。师生巧遇十分高兴，老师希望父亲也参加北伐。这位老师到蚌埠后还给父亲来信，让父亲病愈去部队找他。

当时社会混乱，后来父亲与老师失去了联系，但病愈后父亲与三爹爹的女婿黄仲斌，曾经去驻六安的军队中任文职。父亲去军中做事可能受他老师的影响，也受四爹爹的影响，他俩去军队也有可能是四爹爹举荐的，那时的军队已经是国民党的军队了。他俩在军队任职时间极为短暂，那期间父亲目睹了国民党军队的混乱，士兵若被认为犯错，惩罚极为残酷。这与父亲想象中的新型军队完全不一样，两人决定寻找机会逃离，后不久机会就来了。一天军队派父亲和黄姑父着便衣去独山打探消息，得此机会两人离开军营，一出六安便往东挑小路狂奔，回到家中还惊魂未定，多日不敢露面。这段历史父亲和黄姑父守口如瓶，直到“文革”后，父亲才告诉我这个秘密。父亲年轻时想做点事，其后几经尝试没有希望，于1933年结婚。

祖父兄弟大约于1938年左右分家，三爹爹和四爹爹分得乡下田地，祖父分得部分田地和街上杂货店。分家后四爹爹在外地教书，四奶奶在家带孩子并雇人帮忙种地，四爹爹也时而回平塘郢。母亲说：四叔能够倒立着走路，倒立时双手还可以各拿一块砖头，可见四爹爹的功夫。四奶奶脾气不好，对孩子们尤为严厉。余强、余昌比较调皮，四奶奶经常撵着余强在村子周围追打，有时头顶着白布蹲在地上咒骂。我祖父开糖坊做糕点，余强过来玩的时候，伙计们给他拿糖果或糕点吃，如果被四奶奶知道了，不会饶恕，狠骂酷打，祖父这边有时也很尴尬。

余强也许受不了严厉约束或想抗日报国，参军加入了国民党军队。其间从南京给我父亲寄过一张照片，身着军装手持类似冲锋短枪，神采奕奕，英雄气十足，他当时是国民党南京宪兵队军官。这张照片一直保存到“文革”，父亲担心抄家被查，连同我家以前的其他照片一起销毁了。余强后来随国民党军队去了台湾，一直了无音信。“文革”期间好几拨人找我父亲询问情况，我父亲确实毫不知情，来人也没再追究。当时传说余强改名换姓，潜伏在浙江。“文革”结束后余强通过香港寄信与家里取得联系，原来他于 1948 年冬随国民党残兵去了台湾，后退伍教书，在台湾结婚生子，育有两男一女。1990 年前后回合肥探亲三次。我二哥去台湾讲学时，拜见了余强，当时他的身体已经不太好了，二哥临别时向他三鞠躬。

抗战期间余贞、余忠在外地上学。余贞抗战期间没有回家，抗战结束后回了平塘郢。听母亲说余贞回来时已经 27 岁了，她非常喜欢我姐姐。姐姐刚三岁，此时应该是 1946 年。大姑是青年学生，我母亲是农村妇女，余贞所说的一切她都非常新奇和感兴趣。余贞告

四爹爹余广才

余强

四爹爹与女儿女婿

余贞李级庭夫妇

诉我母亲：日寇侵占南京，他们随学校往西南撤走。沿途日机追逐轰炸，许多人被炸死，肠子挂在树上。她们有位大哥，沿途一直护卫着她们，给她们弄吃的。余贞这次探亲回去后不久就结婚了，丈夫名叫李级庭。母亲猜说，这位转移中护卫他们的大哥可能就是李级庭。李级庭毕业于南京国民政府时期开办的中央警官学校，余贞学的是无线电讯专业，两人都在当时的国防部任职，李级庭是少校军官，余贞为当时的国防部机要秘书。当时余贞给我父亲寄过一张李级庭的三寸头像照（也在“文革”时一并销毁），可见余贞、余强与我父亲的关系。

余忠就读于银行学校，毕业后在合肥的一家银行工作。结婚时女方是大户人家的姑娘，名叫叶家珍。新中国成立前母亲去过叶家，见她家有佣人和丫鬟，叶家珍也不会做家务。叶家是工商业兼地主，新中国成立后叶家珍不仅学会了做家务，还当了工人，能拉大板车。

四奶奶在平塘郢于 1946 年买了余伯良家十多亩地，余伯良是四爹爹的堂兄，曾祖父的侄子。余伯良教过私塾，当过当地民团团长。他家家境原来可能比我家好，他家的村子叫槽坊郢子，与平塘郢一冲之隔。槽坊即酿酒坊，他家原先大概是酿酒的。他们那一房有人染上了大烟，家业衰败才卖土地的。新中国成立后，土改工作队将四爹爹家划为半地主，余伯良家则是贫下中农。当时余忠从合肥回来，听说被划为半地主，就说：什么半地主？要划就划整的。结果被划成地主，地主是要被分田分房的，房子、土地分给平塘郢以外的人，外姓自然住进了平塘郢。我祖父抱怨四爹爹：老四攒钱买地，把别人家搞到我们郢子来了！

三爹爹家被划成富农，但三爹爹小儿子余海忠1948年在学校参加了人民解放军随军南下，在海军服役，是解放军军官。三爹爹是军属不能戴富农帽子，结果富农帽子由他的大儿子余敏忠顶替。敏忠叔真是冤枉，可见当时也有人不讲政策和不讲理。新中国成立时他才三十出头，三爹爹家还没分家，却因弟弟参加了人民解放军，自己顶替父亲戴上了富农帽子，自此一辈子受管制，五十岁左右患胃癌去世。

大约1957年前后，四爹爹一家离开了平塘郢，临行前，我模糊地记得，四爹爹与父亲见面算是告别（这是我唯一一次的对四爹爹和余忠的印象），余忠叔也来了我家。那时我那续弦的奶奶已经过世，我家已搬到祖父身边，住祖父的厢房。那次见面后，四爹爹、四奶奶随余贞去了武汉。余忠仍居合肥，在当地政府财政厅工作，后来他一家下放去了广德。

自那一别，直至我父亲1986年去世，再也没有见过四爹爹一家的任何人，但却惦念他们，经常提及四爹爹家的事情。只是在1970年前后，四爹爹自武汉寄来丝瓜种子，父亲将它种在院子里，丝瓜藤攀缘到院墙上，结出许多丝瓜。之前我们没见过丝瓜，不知道怎么吃，结果全都长老了，变成可以洗碗的丝瓜瓤。

四爹爹四奶奶在武汉生活如何，什么时候去世，我们也毫无知晓。1987年我去武汉讲课，第一次见余贞大姑，后来先生张辉出差也几次去看姑妈姑父，大姑见我们很是高兴，做武昌鱼留我们吃饭。我去过两次，每次离别大姑都送我很远。她回忆：小时候我父亲教她读书，抗战后回平塘郢见到我母亲的情景。说到国民党残兵败逃台湾时要他们去台湾，夫妻俩已经到机场准备登机。她当时生病，而且认为国民党腐败透顶，对他们完全失去信心，是她坚决不走留了下来。

新中国成立后他们作为国民党留守人员，被人民解放军第四野战军接收转四野干部训练班学习，后李级庭被分配到湖北供销合作社汉口茶厂工作，余贞分配到邮电部门工作。1957 年李级庭被打成右派，劳改三年，1979 年平反，恢复了公职及民革成员资格。那几年余贞一人伺候父母，抚养弟弟的孩子，可见生活是多么不容易。但是她说，留下来不后悔，姑父李级庭已经平反恢复了相关待遇，其儿子已经结婚生子，她觉得非常满意。余贞 1997 年前后去世，大姑去世后，姑父李级庭还给我们来过一封信。其后不到两年，姑父也去世了。夫妻两人于新中国成立前都在国民党政府国防部任职，新中国成立后并未因这段历史受到惩罚，应该是比较幸运的了。

由于父亲小时候的健康状况和当时的社会经济环境，他初中没读完就辍学了。但就是他跟着他四叔所受的这一段中小学教育，对他的思想、理念和学识产生了极大的影响，因而尤其重视家族子侄们的教育。他于 1935 年至 1945 年间在平塘郢办家学，给他那一辈的弟弟妹妹们作类似现代小学的启蒙教育（区别于私塾），如余贞、永忠、保忠、华忠（余伯良之子）、海忠，包括我的两个哥哥都跟父亲读书。四爹爹也曾将保忠、永忠带去合肥上学。平塘郢重视教育，四爹爹功不可没。平塘郢曾祖父的子孙们普遍接受教育，且受教育的程度较高。保忠自将军岭小学建立，就一直任将军岭小学校长，直至“文革”开始以后。我这一辈人，有多人从事教师职业。至今子孙们无人沾染吃喝嫖赌恶习，为人正派勤劳节俭，在乡里也是有目共睹，这在21世纪前将军岭一带都是不多见的，为乡里所称道。

20世纪的中国经历了太多的事件，辛亥革命、北伐战争、抗日战争、解放战争，等等，新中国成立后，几千年来受压迫、受奴役的中国人民从此成了新国家、新社会的主人，但也经历了如“文化大革命”这样的政治运动。祖父辈和父辈们历经磨难，总想做点利国、利民、利己的事，但终无好结果。也许有些经历可能还没来得及告知后人，却在“文革”结束前或结束不久，他们都先后离世了。现在，我记下我所知道的家族、前辈们的一些历史片段，追溯他们生平的足迹，描述他们艰难、平凡而又非凡、有意义的人生。

先辈们可曾想到21世纪的中国，国家富强、国泰民安，子孙们都得以安居乐业了。

于2022年元月

5

母　亲

母亲离开我们已经 22 年了，想起母亲心里就涌起对她的敬意和思念。母亲生于农历腊月十四，公历 1912 年 1 月。提起自己的生日，母亲总是自诩她是民国人，与我父亲不是一个朝代，说我父亲是清朝（宣统）人，言下之意她生于新的时代。母亲不识字，这是她人生最

母亲夏国珍

大的缺憾，也是她最羡慕我和姐姐的地方。她生前常说：“你们多好啊！生在新社会，识字读书能看报，上城下县还能跨洋出国。”她对不让女孩读书很有意见，我大舅是私塾先生，她说小时候要是跟哥哥读点书多好，后悔父母没让她跟哥哥读书。

母亲娘儿仨

母亲庆弋江生日

母亲一生有过七个孩子，两个在襁褓中夭折。母亲对每一个孩子都给予无尽的爱，男孩女孩都得上学，且收拾得干净利爽。我和姐姐上学，母亲尤为支持。那时农村大多数女孩子最多上几年小学，能够看工分就足够了。因家庭困难，大哥二哥都读师范，姐姐上普通中学，初中时（约 1957 年）快开学了，几元钱的

母亲与弋江在雕塑公园

学费都凑不齐，父母将家里能卖掉的物件几乎全卖掉了。

母亲和二哥、姐姐、弟弟

母亲生我时已近四十岁，初中时看到一位同学年轻的母亲，觉得特别奇怪，根本不像母亲而是一位姐姐，认为这位同学的母亲就得像我母亲这般年纪，发髻挽在脑后。

母亲病中——和儿女们

母亲虽然不识字，但是很有智慧、悟性好，爱学习明事理，处事得体，颇有大家闺秀风度。在大家庭中，她与妯娌们相亲相让，对亲戚有礼相敬，与街坊邻居们和睦相助，从不咬耳学舌，拨弄是非。

母亲善良贤惠，性格开朗，勤劳节俭，持家有道。小时候女孩裹脚，母亲白天裹上晚上又松开，所以母亲和姨妈都没有裹成三寸金莲，穿鞋大约 35 码，做事干练利索。父亲兄弟没有分家前，母亲带着大哥二哥，与妯娌们轮流给全家二十多口人做饭。

母亲做饭善于变换花样，做的饭菜味道极佳，现在我们兄妹也都进入老年，但提起母亲做的饭菜还口角流涎，二哥病中还不忘母亲做的圆子，或可给他增加食欲。母亲生活在物资匮乏的年代，但凡有一点能力，过年的时候总要想办法给我们做点好吃的。在困难时期，我和弟弟割猪草拌米糠每年养一头猪，卖猪的钱母亲掰着指头算我们家一年的开支。每年腊月母亲总要买几只鸭、两条鱼，称几斤肉，都腌成腊肉，肉腌得不咸不淡。除了过年和待客，其余下的，时而割少许几块，放在萝卜或干菜上蒸，既有油又有盐，我和弟弟吃得舔嘴抹舌。过年，圆子总要做的，也意味着团团圆圆，吉祥如意。母亲做的圆子非常好吃，在我们家乡，圆子的种类很多，有挂面圆子、豆腐圆子、糯米圆子、肉圆子等，母亲爱做挂面圆子，有时也做糯米圆子。母亲做菜，原料和佐料的份额配比适当，做得别有风味。她不吃羊肉和鳝鱼，但把它们做得合乎大家的胃口，大家吃了都说味道极佳。

20世纪60年代三年困难时期过后，有一段时间实行责任田，允许生产队分自留地。那时买布凭布票，母亲在责任田、自留地上种棉花，去籽弹好、擀成棉花条，自己纺成纱，然后付工费织成布，再染上色给我们做衣服。我家的衣服都是老大穿了给老二，再给老三，依次下去，直至穿破不能穿为止。在我少年的记忆中，母亲没有穿过新衣服，衣服都是补丁纳补丁。夏天干活汗湿衣服，干了又湿、湿了又干，一天下来，后背衣服上留下一层白白的盐迹。晚上就在洗澡水里搓搓，拿到池塘中涮涮，晾干了次日再穿。最后的破衣服还拿来糊成衬做成鞋底，每天晚上母亲都坐在昏暗的灯下，不是缝补衣服就是纳鞋底，为过年的时候让我们都能穿上新鞋。

自留地上的菜也是我家园子里长得最好。过了春节，母亲就在盆里育苗，人家下种时我家开始栽苗，所以我家园子的菜上市早，鲜嫩、水灵，又健壮。母亲经常将园中的蔬菜卖给街上机关食堂，换点零钱。为了节约粮食，一年四季都以瓜菜代粮，米面里总要加入蔬菜，这样家里分的口粮细水长流，不至于在夏收之前断粮。

1960 年困难时期，从食堂打来的粥，妈妈喝上面的稀汤，留下有米粒的给我和弟弟。为了一家人少挨饿，母亲挖榆树根剥榆树皮，晒干磨成粉做成饼给我和弟弟吃。弟弟吃得拉不下大便，妈妈吓坏了，一点一点地给抠出来。

由于母亲的智慧，一家人度过了最艰难的三年。

父亲的历史问题连累了全家，母亲也作为“四类分子”与父亲受同样的管制。对于因父亲的连累母亲非但没有埋怨，还在困难的日子里一再宽慰父亲，与父亲一起度过了特殊岁月。然而母亲对父亲的问题有着深刻的思考，她用最朴实的语言告诫我们。母亲说这些话时的严肃神态，我至今难忘。

1966 年，妈妈发现脖子上长了一个硬块，姐姐带她去医院，切片诊断还没下来，合肥发生了武斗，医院无法正常运行，她们只好回家，以后再也没有了机会治疗。然而肿瘤逐渐增大，以致影响到发声，即使这样，在生产队也不能缺勤。当时像母亲这般年纪的妇女，早就在家做饭料理家务不用出工了。直到 1975 年，母亲脖子上的肿瘤太大，才请假去芜湖看病。还好，手术后病理诊断是良性纤维瘤。由于创伤面太大，手术后母亲声带受损，几乎不能说话，这才不去生产队干活。那时母亲已经 64 岁了。

“文革”结束，我和弟弟又能入学读书，母亲开心极了。我们上学了，家里分的一亩多地由父母自己种，他们虽然都已年近七十，却还是精耕细作，自食其力。

我和弟弟分别于1982年、1981年毕业，弟弟于1982年结婚，1983年有了儿子。正当我们兄妹有能力让父母亲安度晚年的时候，父亲却患上了重病。那时的医疗技术不如现在先进，父亲于1986年秋天去世，享年七十七岁。母亲比父亲有福气，父亲走后母亲又活了十年。这十年国家建设飞速发展，老百姓过上了安居乐业、生活无忧的好日子，儿女们的经济条件都大有改善。父亲在世的时候，两位老人不愿离开乡下，到儿女家住几日就要回家。父亲走了，大家都不放心，七十五岁的母亲独自生活多有不便，母亲只好离开老屋，跟随子女到城里生活。

母亲多数时间住在合肥姐姐家，时而去弟弟家住一段日子。我来北京工作后，希望母亲来北京看看。母亲晕车，尤其坐汽车时更甚。我也受母亲晕车的遗传，晕车的滋味是非常难受的，简直死去活来。还好，随着乘车次数的增多，也可能是身体素质的提高，我早就不晕车了。但是不管如何，也要劝母亲来北京住一段日子。

1990年，母亲第一次来北京，是我侄子上大学送奶奶来北京的。那年，我刚从加拿大回来，也是北京首次举办亚洲规模最大的综合性运动会——亚运会。亚运会举办期间，站在我家阳台上就能看到烟花表演，母亲非常兴奋！边数着烟花呈现的颜色，边说烟花变换的图案。我家不远处就是石景山的亚运会比赛用体育馆，安排有摔跤等比赛。先生张辉陪母亲去观看，看后母亲对我说：跟乡下小伙子们掼跤差不多。

那年冬天母亲在北京，秋天来时没带过冬的衣服，冬天出门让母亲披上婆婆的大衣。穿上婆婆的大衣，我觉得母亲穿大衣也挺好。母亲一辈子简朴，对我和姐姐也是这样要求，说女孩尤其不能爱虚荣。母亲说姐姐几岁时，看人家女孩扎耳朵眼带耳环，也央求妈妈给扎一个。母亲故意用粗针使劲按，让她疼，从此姐姐再也不要扎耳朵眼了。长大以后即使经济条件好了，我和姐姐仍以简单整洁朴素为美。

我们都早已有条件给母亲做质地好的衣服了，母亲一辈子都是穿中式衣服，却没想过给母亲做件新款的衣服。大衣压风，也好看大方。我们随即拉母亲去商店，要给她做件呢大衣。可是母亲再三推脱，说是年纪大了，穿不了几年浪费了，但我还是执意给母亲做了一件呢大衣。母亲虽没有穿几回，但却给了我几分安慰。

由于母亲晕车，这次来北京没有出远门，只在周围转转。母亲回合肥老家了，我又十分自责，母亲这一辈子前半生遭遇兵荒马乱，后来多数日子又因受管制而担惊受怕，而且缺吃少穿，现在总算过上了好日子了，做子女的为什么不多陪母亲观光游览、多走走看看，享有她应有的健康快乐呢？

1992 年，母亲随弟弟来北京，来我家住了些日子，这次我一定要让母亲多走多看。一天我硬拉她去了颐和园，母亲得知这里曾是慈禧太后度假的的地方，因此玩得很是开心。逛长廊，登万寿山，参观佛香阁，绕行昆明湖，走十七孔桥。逛长廊时她仔细观看长廊的花纹图案，登万寿山时眺望湖光长堤，走十七孔桥还要数数是否真的是十七孔，观佛香阁时低声细语双手合一。也许是因为高兴，去的时候晕车回来时竟然不晕车了。暑假我又陪妈妈参观了故宫，妈妈近观皇帝的宝座，在御花园内流连忘返，故宫宫殿的红墙黄瓦、雕梁画栋，展出的奇珍异宝，母亲都仔细观赏，赞叹不已。记得那天天气很热，出得故宫门给妈妈买了块冰淇淋，妈妈坐在宫门外吃冰淇淋，神态像个孩子，非常可爱！

在北京的日子，陪外孙弋江玩更是母亲最高兴的事，她经常与外孙在雕塑公园嬉戏，完全如孩童一般，观看了弋江在幼儿园的演出，更是笑得合不拢嘴！弋江上了幼儿园，我们也上班去了，她独自在家里听收音机，听了一些新闻趣事、法律知识，等我们回家后便向我们数说一遍。

1992年10月，我在加拿大访学时的老师Roger Davis来我们学校工作访问，我请他和夫人来家里做客，正好母亲也在北京。她像对待熟人一样，客气而又得体地欢迎Davis夫妇，同他们交流。虽语言不通，但通过手势和翻译，交流得非常愉快。客人走后母亲说："外国人也很仁义嘛！"

母亲一生经历了无数的磨难，但在同时代的女子中，可以说是幸运的。我父亲和母亲是二代表兄妹，虽然是包办婚姻，但我父亲有文化，崇尚文明追求进步，主张男女平等，无任何不良嗜好。在旧社会贫穷落后的乡村，农家女孩能有这样的婚姻是不多见的。父亲教母亲认字，学认我们全家的姓名，以及汉字数字、阿拉伯数字，等等，认识了很多的字。

母亲性格开朗，意志也非常坚强。她受我父亲牵连，娘家也屡遭不幸，但仍然坚强、乐观！

我的祖父与外祖父是亲表兄弟，祖父的姑妈嫁给夏家应该是19世纪后期，大约1880年前后。当时夏家的家境比余家好，开槽坊，村子周围修有深水沟壕，出村子有吊桥，我小时候还有印象。但母亲的祖父三十一岁离世，大约是1893年，留下妻子带着四个儿子。我外公是长子，当时只有十三岁。母亲听她祖母说：她每天天不亮就将犁耙扛到田埂上，让儿子耕田。母亲的祖母坚强能干，三十一岁守寡，经营槽坊抚养四个儿子，为他们娶媳妇，一一置办房地田产，建立了小家。尽管后来家境逐渐衰败，但她的子孙们都勤劳本分、诚实厚道。后生们也接受了不同程度的教育，现在都生活得不错。

我外婆的娘家在将军岭北侧二三里地的胡小郢，离我家很近。外公外婆育有三男两女，我母亲居第四，两个哥哥、一个姐姐和一个弟弟。然而1931年春节期间，我外公突发疾病，不能说话，几天后就离世了，大约五十岁。当时我母亲十九岁尚未出嫁，老舅才九岁。现在看来外公患的可能是脑膜炎，发烧、不能说话。自外公去世后，外婆家境每况愈下。

大约1935年前后，母亲二嫂生孩子难产离世，二哥丧妻，极度悲伤，离家出走。当时说是下江南，走后音信全无，不知是途中遭遇不幸，还是疾病身亡或是参军阵亡。当时的中国兵荒马乱，失踪根本无从问津。1948年，家乡已经基本解放，母亲的弟弟当时不到三十岁，积极参与支援解放军南下的工作，为军队筹粮运送物资。由于国民党残兵的拉拢恐吓，他又理不清新旧社会的关系，不幸裹入了一起政治案件，当即受到严厉惩治。听父亲说老舅很聪明，为人讲义气爱结交。母亲说因父亲早逝，弟弟结交了不该结交的人，被拉拢利诱，落得如此下场，也是咎由自取。

接二连三的灾难与不幸，外婆精神上受到了沉重的打击。在这样的环境下，母亲坚强乐观，抚慰外祖母，成为外祖母的精神支柱。我的脑海里还有外祖母的影像，当时她约七十多岁，却是步履蹒跚，佝偻瘦弱、满脸皱褶，1957 年前后去世，享年七十多岁。

纵观中国近代一百多年的历史，帝国主义列强的侵略，国民党的反动统治，致使国家贫困不堪，社会动荡不安，老百姓经历了太多的苦难，中国妇女更是灾难深重。

如今社会安定、国泰民安，国家处于改革开放、经济飞跃发展的伟大时代。尤其是妇女积极参加社会主义建设，她们的各项权利得到保障，中国妇女在政治、经济、文化、社会和家庭生活等各方面所享有的权利和男子一样的平等，居于世界前列！

于 2018 年 12 月

6

长兄大哥

大哥进入我的记忆时，我大概才三四岁。大概是一个暑假，大哥去大伯家，我跟随着把他送到老河筒。我起初不清楚我们都不去大伯家，为什么独独大哥要去大伯家？后来才知道大伯没有孩子，由祖父做主、大伯挑选，大哥九岁的时候便过继给大伯。过继后还是跟着生身父母，父亲教大哥和二哥读书学算术，两兄弟一起上学一起玩耍。只是过些日子，或每逢节日，大哥要回乡下看望大伯大妈。每次大哥回乡下虽然时间短，但大姐总舍不得，总是跟着大哥一直跟到老河筒，远看大哥走进长满荒草的小路，才闷闷不乐地回转来。有时大哥也带我们一起去。

大哥过继给大伯，对弟弟妹妹们毫无影响，但父母心里有疙瘩，心里极不愿意。父亲重视对大哥的教育，母亲将大哥带到九岁，而大妈却不大会料理家务。上次去将军岭，问及大家庭的往事，保忠叔提及在原家谱上有过三叔玉忠过继给二爹爹余广训的记录，这次修谱，他们已经将其改了回来。最后一次修家谱，大哥和保忠叔都是重要的参与者之一，但修家谱时大哥没有修改他承嗣大伯的记载，我也认为

兄弟俩——初师(肥西师范)

父母与大哥、弟弟、侄儿侄女

大哥恕伦一家

大哥兄弟俩

做得对。过继一事家谱里记得非常清楚，一查便知生身父母与承嗣父母之关系。查看族谱，自高祖开始，多次有侄子承嗣伯伯叔叔的记载。脉络清晰，不改姓不改名，并无实质影响。

实质重于形式，事实上人的情感是不可能由任何形式所替代的，弟妹们对过继没有任何想法，感情上大哥还是大哥。相信大哥从内心深处对父母及弟妹们的情感也无根本变化，也未将自己割舍至父母及弟妹们之外。

大哥对大伯大妈的一些安排，我也完全可以理解，毕竟有承嗣这一约定。大哥去大伯家，大伯大妈对他宠爱有加，又辜负了大伯给他订的一门亲事，工作履历上写的是大伯的家庭成分，也避免了父亲家庭及历史问题对他的影响。即使没有这些，大伯是父亲胞兄，无儿无女，侄子们为他做任何事情也不为过。无论大哥在父母、大伯大妈的墓碑上如何落款，大伯大妈的坟墓如何搬迁，都属正常，我毫不介意，我想这也是大哥给自己的安慰。同样，在母亲最后的日子，大哥坚持接母亲去他家养病，母亲也坚决要去。母子心灵相通，这也算是解开了母子俩的心结了，无论对母亲还是对大哥都是心灵深处的慰藉。

小时候对大哥过继从没想过，后来大嫂不断说及此事，令我非常不快。大哥对弟妹们特别温和，在我的记忆中大哥从来没有批评过弟妹们，更不要说训斥我们了。二哥可不一样，对我们很严格，见到二哥我们都得收敛点儿，所以弟妹们很是喜欢大哥。

承嗣大伯，大哥有何想法？是否埋怨父母，是否对弟弟妹妹不经心的言行敏感？尤其是大嫂对他的不时提示。就在大哥病危的日子，大嫂又一次提及，我无法忍受对她发了火，希望大嫂给予谅解，你难以理解我们兄妹之间的情感。这次我把多年想说的话都说了出来，也想让侄子侄女们了解我的心情与发火原因，明白他们的父亲与弟妹们的手足情深，拿过继一事说事是对大哥及弟妹们情感的极大伤害！关于大哥过继一事，很多时间我一直想就这件事与大哥沟通，了解他的情感与想法。但是工作后兄妹们很少聚会，即使见面也少有单独时间坐下交谈。没想到大哥很匆促地走了，没说的话就永远说不了了。

大哥在蚌埠师范学校毕业后留在师范附小当了小学教师，每次暑假回来，总给我和弟弟带许多书，有《儿童时代》《少年文艺》，还有短篇小说等儿童读物，如《贝壳》《丁丁历险记》等。那些书让我和弟弟懂得很多知识，也给我和弟弟带来极大的欢乐，每本书都是翻来覆去地阅读。还有一年大哥寒假回来，给我和弟弟买了新书包，深蓝颜色的，上面印有火车，是双带书包，当时很时尚。

20 世纪 60 年代困难时期，我们称之为粮食关。大伯大妈因饥饿浮肿去世了，还有我的小姑父和大表姐，想起来就十分难过。大伯大妈不在了，大哥暑假回来自然都在父母身边。大概是 1961 年，大哥暑假回来，一天他去皂角树郢的小学校（那时不知什么原因，小学搬去了皂角树郢），路上踩死了一只黄鼠狼。拿回家后，母亲将黄鼠狼剥了皮煮给我们吃了，味道十分鲜美。大哥去小学校，是找他同学金运仲，大哥和他关系密切，金运仲是将军岭小学的教导主任，每个假期回家大哥都会去学校看金老师。

1962 年粮食关快过去了，大哥已经二十八岁，还没有结婚，父母都特别着急。大哥过继给大伯后，大伯给大哥定亲的女方叫徐守英，人长得白净好看，脾气也很好，我们背后都喊他大嫂，可是后来却解除了婚约。徐家大姐长大后嫁给了供销社的尹经理，听说她婆婆双目失明，都是她伺候照料。尹经理在将军岭工作时，她在将军岭理发店工作，日子过得不错。每次见到我父母，总是二伯长二妈短的，问寒问暖，我们心里都非常感激！徐家大姐若是与大哥结婚生子，带着孩子在乡下跟着大伯大妈，粮食关结果如何很难预料。因为这点，我们对解除婚约的歉疚似乎有所释怀。

那年暑假，金运仲给大哥介绍了在学校教书的张老师，吃了几次饭以后，便没有下文了，想必是张老师没有看上我们家。与我祖父往来密切的余广树爷爷给大哥介绍了邻村的姑娘，本分人家，贤惠少语，双方家长也都满意。去领结婚证那天，办事员不在，大哥也不满意，结果又吹了。同在将军岭小学教书的杜子谦老师，听说大哥找对象，便自荐其女儿，即是大嫂杜世萍。当时大嫂二十岁，小大哥八岁，梳着两条辫子，扎着蝴蝶结，大哥当即同意。冬天母亲把养的猪卖了，给大哥结婚。于是大嫂去蚌埠，春节回家，我看到大嫂穿一件绿绸面子棉袄，还烫了刘海。

婚后大嫂和我们住一起，不久婆媳关系出现矛盾，大嫂提出分家。于是另起炉灶，将大嫂原来的卧室房间另开门，我们住原来的两小间厢房。1963 年秋天，大侄子余刚出生，是我祖父的第四代重孙子，祖父很高兴，取小名大长子。

因为蚌埠离家远，不久大哥就调动回到县城上派河，大嫂户口也迁往上派河附近的蔬菜队。而后二侄余航在上派出生。由于离蔬菜队太远，大嫂基本上不能去上班。后来大哥调回了将军岭，被分到段冲小学。就这样大哥读书离家，转了一圈又回到了家乡。

大哥一家回来也住在祖父老屋，这样一家四代十多个人挤在两间厢房两间正屋。祖父有智慧，让我们在卫山头盖了三间房子，我们搬去卫山头住。后来冬梅和老四相继出生，大哥每月 38 元，大嫂在生产队干活，养四个孩子，自然生活很不易。母亲被管制，不可能在家看孩子，我们也无力相助。后来也是祖父的主意，拆了老房，在我们住处的南面下方盖了三间正屋和一间厨房，大哥搬来新房离我们家只几步之远。

那样的年代，生活困苦、经济拮据是普遍现象，街坊邻居四五个孩子的比比皆是。回乡十多年，大哥每天往返于将军岭和段冲十几里地教书，四个未成年的孩子，家务和农活，令其身心受损、疲惫无奈。虽然住得近，但是我们和大哥的交流，尤其是思想深层次的交流越来越少，最后几乎没有交流了。

大哥最快乐的日子应该是他的青少年时期，那些年间父母单独过日子，家庭经济状况也比较好。父母带他和二哥、大姐住在街上，小学时兄弟俩一起上学一起读书，在路心塘一起摸鱼捉虾，在大皂角树下一起陪大姐玩耍，带大姐去大伯家放牛，在大伯家的更楼上瞭望。大哥初中与二哥一同就读于肥西师范，两兄弟一起学习讨论。中师大哥去了蚌埠，二哥去了六安。兄弟俩书信频繁、切磋探索，中师就发表了文章。寒暑假回乡看望大伯大妈，与父母及弟妹们欢聚。那期间大哥充满理想与抱负，对未来有着美好的憧憬。

改革开放后生活逐渐改善，压力开始减小，大哥又开始了比较开心的日子。尤其由将军岭中学调往小庙中学任校长，应该是很高兴的，但孩子们的工作及考学也令他颇为焦虑。直到小侄子余宏宇大学毕业后创业有为，家庭经济状况才发生了很大的变化，儿女们相继成家立业，家庭环境才得以根本改变，大哥开始了轻松而又快乐的生活。

大哥退休后陪伴孙女读初高中，孙女上大学后，他完全过上了闲适的日子。尤其是小侄子宏宇为大哥购置了合肥带小院子的住宅，他又精心设计，配置古色古香的红木家具，各种电器设置齐全，还有一间专用书房。大哥爱学习，电脑上发邮件看新闻，记事写作，还发表了文章。院子里种花养草、喂鱼，颇具闲趣。七十多岁的时候，自己跟团去欧洲旅游，小侄还陪大哥游历了香港和台湾地区，与台湾余强家的婶婶及堂妹聚会。2017 年还远行温哥华，小住了一段时间。

如今，大哥离去一周年了，离世时虽然是八十七岁高寿，但我仍旧依依不舍。欣慰的是，大哥走前我就陪伴在他身边，遗憾的是还有好多话没说。地球不会倒转，人活着的时候，有话就要早说，有事就要早做，错过机会将不再回转！

2022 年 4 月 21 日

7

吾兄吾师
——纪念二哥逝世一周年

二哥余恕诚离开我们已经一年了，虽然知道生老病死乃自然规律，但悲伤之心不时骤痛，少年时代的我和弟弟坐在小板凳上听哥哥讲故事、背唐诗的情景就在眼前。

打有记忆起，哥哥姐姐都在外上学，只有寒暑假回来，这是我和弟弟最最盼望的事。大哥回家给我们带少年读物和连环画，姐姐给我系蝴蝶结，二哥给我们讲故事。印象最深的故事是《聊斋志异》中的画鬼和《西游记》中的三打白骨精，还有《水浒传》里的鲁智深三拳打死镇关西、林冲风雪山神庙。二哥讲故事连带手势和动作，有声有色。讲到画鬼

二哥带我和弟弟

和白骨精的时候，吓得我和弟弟毛骨悚然，说到林冲、鲁智深我们又摩拳擦掌，恨不得上前相助。当时的动作和眼神至今还历历在目。这是我最早知道的中国古典文学的有趣故事。

我上小学时二哥已经读大学中文系，他喜爱并研究中国古代文学，并把这种热爱传导给我。每次离家返校前，总会在一个蓝皮小本子上抄写一些古诗，二哥下次假期回来，我一定背得滚瓜烂熟，如李白的《望庐山瀑布》、王维的《九月九日忆山东兄弟》、孟郊的《游子吟》等都是那小本子上的。二哥教我诵读古诗词，不仅给我讲解诗歌的意思和立意，还描述诗歌所表现的画面，有时还用铅笔勾勒出画面。读杜甫的《绝句》，给我描述诗中所体现的画面，作者坐在窗前，窗外垂柳翠绿、黄鹂展翅鸣唱，远山积雪白鹭飞翔，江畔泊船桅杆林立。让我感受中国古典诗歌的诗画之美。

诗歌作者的立意，也是二哥要我领会的。白居易的《咏凌霄花》我一辈子都不会忘记。五十多年过去了，如今还能背诵："有木名凌霄，擢秀非孤标。偶依一株树，遂抽百尺条。托根附树身，开花寄树梢。自谓得其势，无因有动摇。一旦树摧倒，独立暂飘摇。疾风从东起，吹折不终朝。朝为拂云花，暮为委地樵。寄言立身者，勿学柔弱苗。"这首诗在我幼小的心灵里对立身做人有了最初的认识，让我从小懂得了自强自立、不攀缘不依赖的独立自尊的精神。

1960 年姐姐考取合肥二中，1961 年二哥大学毕业留校任教，大哥那时在蚌埠，我特别想念哥哥姐姐时就央求母亲让我去合肥，一年大约一两次。合肥二中与合师院只有几条田埂之隔，晚上和姐姐挤在学生宿舍的单人床上，白天去合师院二哥学校。那时物资匮乏，但凡好一点的食物二哥都留给我。二哥有空就带我参观校园、图书馆和大礼堂，尤其是合师院的花房，几乎每次都去。印象最深的有玫瑰、菊花、夹竹桃和仙人掌，我非常喜爱，久久不肯离去。这是少年的我对大学校园的最初向往。

大学毕业后，二哥有了经济来源，新出版的《古代诗歌选》每集都给我买，从小学到升初中这段时间，合计至少在五册以上，那几本书中的大部分诗歌，我都能背诵。背诵阅读古代诗词使我对当时的社会和历史有了一定的了解（如《石壕吏》《木兰辞》《题临安邸》《示儿》等），对精神意志方面的培养都产生了极大的影响。“扫四旧”抄家时家里的书被全部抄走，现今不知流落何处，那上面还有我二哥的印章，多么希望还能够失而复得。

“文革”后回乡务农，二哥觉得我年纪小就辍学，接受教育太少，说干什么都应该有知识，嘱咐我一定要挤出时间读一些书。这个时期二哥推荐我读的书有鲁迅的小说和杂文，茅盾的作品，如《春蚕》《子夜》等；苏联的小说，如《钢铁是怎样炼成的》《安娜卡列尼娜》《母亲》《我的大学》等。二哥还希望我读一些历史，范文澜的《中国通史》读了两遍。除了这些书以外，二哥书架上的书和其他我可以得到的书籍，包括哥哥姐姐留在家里的课本，不管是否看懂，生吞活剥地都拿来阅读。青年时期的我，有哥哥姐姐的鼓励与关注，在农耕劳作之余，广泛阅读文史著述和小说杂文，不仅使我增长知识，养成了读书的习惯，也奠定了我人生观、价值观的基石。

1978 年春天，侄女因过敏突发紫癜住院治疗，情况比较严重，哥哥嫂嫂来电报希望我能前去照看，我立即向生产队请假半月前往。

在此期间与二哥讨论准备参加高考，我说理化生物没有学过，考理科肯定不行，考文科也没信心。自1966年春夏停课以来，就从未再写过作文之类，觉得写作文很难。一天我从医院回家给侄女备饭，那时正值芜湖春雨时节，二哥叫我迟一会回医院，先去镜湖边走走，听听春雨看看湖景，回来写一篇作文给他看看。我打伞出师大南门，绕镜湖漫步或站立，听着沙沙的雨声，欣赏着雨点落入湖面激起的水花和荡开的细波，看着不时随风摇动的垂柳和湖边不多的雨中行人，随后写作文“雨中镜湖”。二哥看后大加鼓励，指出不足和可圈之处。说作文不是华丽词藻的堆砌，只要能写出真实的场景和情感，使读者能够身临其景、感同身受，就是好作文。有二哥的鼓励和肯定，我信心大增。

7月参加高考，不敢相信真的考取了大学，考上了厦门大学，哥哥姐姐是多么地高兴！去学校我是先到芜湖，然后经上海、鹰潭去厦门，记得那天是二哥扛着行李亲自送我在芜湖上车的。

二哥是我的榜样和楷模。毕业后我选择了教师职业，我努力向二哥学习，心态平和淡泊。对教学、对科研、对学生，虽然不能达到二哥的高度，但我一直努力着！二哥，感谢你一生对我的教育、呵护和培养！你是我的兄长，也是我的老师！

2015年8月23日于北京

8

再见牡丹

三年前的今天，2014年4月22日，儿子弋江开车，我陪二哥二嫂去看望刘学楷先生。刘老师问了二哥的病情及准备在哪个医院治疗，二哥说去协和，刘老师问怎么不去医学科学院肿瘤医院？随后又说协和应该也是很好的医院并宽慰说现在医学技术很好，不用太担心。随后二位老友又谈了工作问题，还一起留了影。

从刘老师家出来，我建议二哥去紫竹院看看，二哥随身带着邮件，一直惦记找邮局邮寄他的信件。自他生病以来我见二哥给他的同行、友人寄信或邮寄新出的书，一定要用邮局正规的、有保护的信封，并且在家中正襟危坐，仔细书写收件人的姓名、住址。不仅如此，还要亲自去邮局看着邮递员收妥放好，方才放心。侄女觉得现在快递那么时兴，打个电话叫快递员上门取件不就得了？身体又不好，还走那么远的路去邮局，完全没有必要。但我觉得二哥每寄一封信件或一本书，似乎都是在与友人道别，看着友人远去，自己方才不舍转身。我告诉二哥，魏公村有一家邮电局，去紫竹院正好路过。路过邮电局，我们下了车，二哥亲自寄了邮件，又买了一些信封，便开车去紫竹院南门。

进了南门，右转一小段路，便是牡丹园区，四月中旬，正是牡丹盛开的时节，紫竹院牡丹园有三个分开的牡丹小园。靠外面三角形的牡丹花大多花株齐胸高以上，有粉红、大红、紫红、粉白或白色，花盘碗口大小，花香四溢。西边牡丹园呈正方形（今年西边牡丹园因紫竹院改建，已被双林塔寺的遗址代替，昔日牡丹花不知移居何处），

二哥紫竹院看牡丹

牡丹园二哥二嫂

二哥与张辉在紫竹院

北面的牡丹园面积比较大，这两个园中的花株多为膝盖高左右，颜色也是各色齐全，鲜艳夺目，花香四溢。二哥非常喜爱，俯身观赏细闻，回忆起小时候我家老宅院子里种的花。告诉我说，院子里有一棵大的桂花树，一棵栀

子花树。栀子花也大约是此时开放，香味甜润。桂花八月开放，香味浓郁清爽，弟弟是农历八月初一出生，所以父亲给弟弟取乳名桂。二哥回忆说父亲特别爱种花，院子里种了很多花，除了木本桂花和栀子花外，还有十样锦、凤仙、鸡冠花、春荣等，就是没有牡丹。牡丹雍容富贵，端庄大方，那时以为牡丹娇气难养，现在看来并不是，正如《牡丹之歌》的歌词："冰封大地的时候，你正孕育着生机一片，春回大地的时候，你把美丽带给人间。"确实在北方寒冷的冬天，牡丹似乎不需要特殊的呵护，一年又一年，仍是那样鲜艳夺目、雍容华贵。

二哥走后，每年 4 月 22 日我都会去牡丹园，站在二哥驻足观赏牡丹的地方，仿佛见到二哥仍驻足在春风里，还是那样的帅气、安详、和蔼。回忆他说的那些话，不觉感叹，"年年岁岁花相似，岁岁年年人不同"。

到了 5 月中旬，我又陪二哥去国家图书馆拜访詹福瑞馆长，也留了影。离开国家图书馆之后再次来紫竹院转转。这时二哥身体已经不如上次，我们穿过莲桥，来到湖心岛上，二哥坐在石头上，向湖对岸看去，春色湖光，生机勃勃，此时二哥凝神静思，一定想到了生命的自然归属。稍事休息，然后走过莲桥，绕到南门，依依不舍看着锻炼的人们和生机盎然的自然美景，乘车而去。

这是二哥最后一次去紫竹院公园，是向公园的告别。我每次到公园，脑海里总会呈现出二哥坐在石头上的影像，想起二哥对我们弟妹们的关怀和培养，回忆和二哥在一起的快乐时光和二哥和蔼而又严肃、智慧而又幽默的样子，生出无尽的思念和悲伤。今年不由得想起王蒙先生前不久在"朗读者"节目（4 月 2 日，临近清明节的那一期）上说的话。二哥生前和王蒙先生有过一些交往，二哥多次提及他对王蒙先生的敬重。王蒙先生经历过那么多的坎坷，重回文坛仍是那样的充满激情与理想，耕作不止，作品丰富内涵深刻。

从朗读节目知道，王蒙先生十四岁入党，后因被错划为“右派”而在 24 岁被开除党籍。1963 年告别北京去新疆，1978 年又告别新疆回北京，2010 年又告别了他的妻子。王蒙先生说告别有空间和时间的告别，年纪大了告别成了常态。是啊，人生总是有聚有别，告别亲人、告别朋友、最终要告别这个世界，这是自然规律。

每年见牡丹似乎又见二哥，二哥告别了紫竹院，告别了牡丹，告别了满园春色。二哥生前住芜湖，我住北京。每次来北京我们兄妹总会相聚，而后又别离。这次二哥告别了我们，去了更远的地方。紫竹院的牡丹还曾记得？2014 年 4 月 22 日，有一位老人，曾来向她们告别。

写于 2017 年 4 月 22 日

9

无尽的怀念

二哥离去快三年了，但他却不时地走进我的梦乡，醒来我总会想很久。

对二哥的记忆，大概始于四岁左右，那是临近春节的时候，我和邻家小朋友在屋外玩耍，不知为什么遭到小朋友的追赶，我跌倒在门槛上哇哇大哭。正在堂屋方桌上画画的二哥闻声赶来抱起我，赶至门外，小朋友见状四散逃走。二哥读书时假期回来帮父母干农活，还教我读唐诗、讲故事，二哥讲故事手势加神情，令人入神。

我不会忘记少年时的我，每次去合肥师范学院，二哥几乎都会带我去合师院花房看花，告诉我没见过的花木名称和品种，介绍仙人掌等沙漠植物的特点，耐心、和蔼并带着一丝严肃。出花房，二哥带我在栽有夹竹桃和竹子的园中穿行，问我家里的情况。

1961 年二哥大学毕业，工作后第一次拿工资，就给我和弟弟买了两个篮球，这给少年的弟弟妹妹带来了无穷的乐趣。二哥工作后就担起了养家的责任。我考取初中二哥非常高兴，那时上中学已经不再转户口，学生自带粮食（大米），每个月缴纳 6 元伙食费（蔬菜和劳务）。二哥每月按时寄给我10元钱，我交了6元伙食费，购买必须的笔墨纸张，剩下的钱一分不少带回家交给母亲家用，从未买过一块糖果。记得初中期间二哥还给我买了一双黑色国货呢面、白塑料底的布鞋。他知道妈妈干活太忙太累少有功夫做鞋，塑料底耐穿又好看，那双鞋我总是省着穿，穿了好几年。

“文革”开始，我回乡务农，锄地插秧、挖河修路，成了家里重要的劳动力。大约是1972年春天的一天，我正在挑秧苗，邮电局通知我取包裹，是二哥寄来的。打开一看，一条灰色的的确良裤子，一件粉红色的确良衬衫，一双黑色的塑料凉鞋，都是给我的。裤子不大不小，非常合身，鞋子也非常合脚。很奇怪，怎么都那么合适呢，可见二哥二嫂对我是何等地关爱！衬衫是二嫂给我的，略大一点，两边打了点折，也正合适。我真是高兴极了！父母亲年纪大了，在生产队挣工分，舍不得也没钱买的确良衣服。那时街坊邻居，家庭条件好一些的女孩，一般都有的确良衣服。二哥二嫂挂念和细致的关心，给了我快乐和极大的鼓励！

后来恢复高考，我觉得读书少，又没有经过初高中的系统学习，尤其是数理化缺失，考取的可能性很小。但是，既然给机会，就应该试试，哥哥姐姐也都极力鼓励！没想到，真的又上学了。大学期间，助学金不多，二哥二嫂仍然不时地给予我资助。

谁能相信，我的婚姻也因二哥而结缘。恢复高考读大学，又读了研究生，年过三十的我还未出嫁。不似现在，那时三十出头未嫁的姑娘并不普遍。我很坦然，家人虽然心里着急，但都没有一句催促的话。大约是1984年春天，一个偶然的机会，在厦门大学遇见了前来厦大中文系进修的滁州师专中文系教师魏玉侠。见面后她说我似曾相识，好像在哪儿见过。得知她是安徽师大中文系77级毕业生，我说很巧我哥哥是师大中文系教师，名叫余恕诚。她听后顿时释然，原来是余老师的妹妹，笑起来神态相似，难怪觉得那么熟悉。

魏老师说她非常崇敬余老师，爱听余老师的课。此后我们不时来往，成了朋友。进修结束前夕，魏老师的先生徐人浩来厦门玩，我陪他们一起逛了厦门万石岩的植物园。游玩期间遇上了下雨，我们在一家花店里避雨聊天。魏老师进修期满回滁州师专后，便向我二哥介绍了徐人浩的同学，当时在南京大学读古代文学的研究生张辉，即我家先生。当时二哥并未让我知晓，大家都还没毕业，不知毕业后会去哪里，此事暂时搁浅了。

真是有缘千里来相会，毕业后我和张辉不约而同都来到北京工作。魏老师知道后，又同我二哥联系，特地写信介绍张辉的人品、学识和性格。二哥信任魏老师，认同张辉的人品，而且张辉的导师也是我二哥十分尊敬的前辈程千帆先生。哥哥将这封信转寄与我，至今仍保存完好。

因二哥结缘，二哥每次来北京，不论开会还是来侄女家，都要与我们一家三口聚会。二哥同张辉非常谈得来，他们考证古代文人的历史、踪迹，谈学问，谈相互熟识的学者和文章。张辉曾援藏三年，后来二哥研究唐蕃问题，见面便讨论西藏历史及古代文人与西藏的情结，更是趣味相投。儿子弋江也是在二嫂工作的医院出生，医院坐落在芜湖弋矶山顶上，山下便是滚滚长江。儿子出生，二哥和张辉不约而同给儿子取名弋江，简单又好记，也希望儿子像一叶小舟在惊涛骇浪波涛汹涌或风轻浪细的滚滚长江中游弋自如。

我们一家

我于2001年患大病，二哥非常担心。次年春特地来北京给我带了一床新弹制的棉被，又软又厚特暖和。可是二哥不知道北京冬天有暖气，用不了那么厚的棉被。那床棉被一直放在我的柜子里，冬天不时拿出来盖几天，重享二哥给予的温暖。那次二哥二嫂还特地邀我一起逛王府井，三人一起去王府井的中国照相馆拍了照，二哥二嫂的用意我是十分清楚的。

二哥二嫂和我

二哥在北京治病的近半年时间里，我和二哥几乎每日相见，回忆往事、回忆父母。他生病期间还惦记他学生写的文章，给他们看稿子，提建议。二哥将他的意见或托付的事情都用铅笔写在纸上，让我替他通过邮件发送给他们。生病期间邮寄信件或书籍，二哥总要亲自去，我和二嫂好几次陪他去北师大对门的邮局邮寄。那段日子，我知道二哥希望我去看他，但又怕我太累。7月的一天他对我说："你晒黑了变瘦了，不要老跑来跑去了。"我说本来就不白，不是晒的，也不累。真的，能常见到二哥，陪他说说话，给他摩摩背捶捶腿，那是我最乐意做的事，怎么会累呢！在二哥离开前能有这么一段时间陪伴他，是二哥给我的优遇，是对我最大的安慰！

至今还记得6月底的一天，我陪二哥二嫂去师大门口的眼镜店配眼镜。眼镜店职员拿出好几个款式，建议二哥配一副高档次、可抵挡紫外线的近视镜。二哥说不用了，用不了多久了，留下来后人也用不上。那天坐在大厅里等候，又说了许多小时候的事。眼镜配好已经是中午，我要送二哥回去给他们做吃的，二哥坚决不肯要我回家，说是跟二嫂去师大食堂吃饭。我走出师大，在铁栅栏外看着二哥二嫂向西面食堂方向走去，风吹卷着衣服，显出二哥人瘦但步伐仍旧较快。后来二哥对我说，那天因为没有师大的就餐证不卖给吃的，走回去吃了面包。我知道后很是后悔，更责怪自己！二哥二嫂迎风西行、风袭衣裤的影像历历在目，永远无法忘却！

2014年7月中旬，大哥、姐姐、弟弟，云飞一家和侄儿余航来北京看望二哥，7月12日大家在芸春的园中园聚会，那是二哥生前最后一次与这么多亲人在一起！我们兄妹从小跟着父母种地，都喜爱农村土地。二哥非常喜欢芸春的菜地，每年夏天来北京，我都会陪二哥二嫂去她的园里种植采摘。那天我们陪二哥在园里散步，在园里浇水、采摘，有南瓜及南瓜嫩苗、辣椒、丝瓜等，我和侄媳妇沈春香掌勺，做了一顿地道的农家菜。饭前餐后，大家围坐一起谈家常忆往事，大姐和侄子还给二哥摩背捶腿。二哥很高兴，状况也不错，还拍了许多照片。谁知一个多月后，二哥就走了。

兄妹五人在园中园

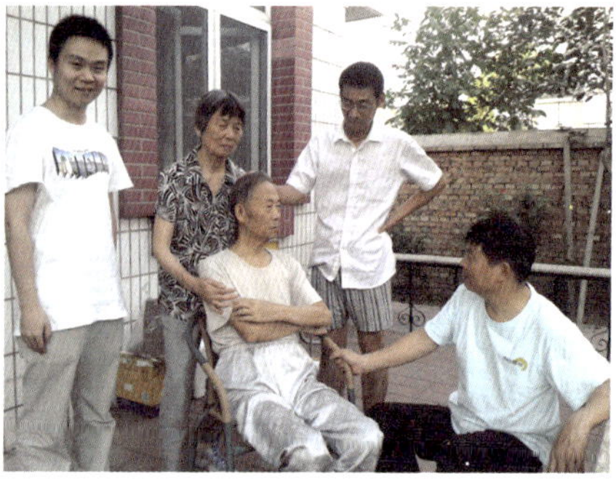

给二哥摩背

二哥全家及兄妹们

从记事开始，二哥关注我、呵护我六十多年，哥哥是我的偶像和精神引领。二哥走了，给了我无尽的思念！现在无线网络和无线通信无时不在、无处不在，神话故事中的顺风耳、千里眼等许多神话都成为了现实，从而引发我对“人死后灵魂是否存在”的疑惑。我更愿意相信人逝后灵魂犹存，二哥就会像生前一样，还在关爱着我！

写于2017年6月9日

10

二嫂和我

第一次见二嫂是 1967 年夏天，二哥和二嫂刚结婚，想见父母又不便回家，只好见弟弟妹妹了。大哥当时在县城上派河四小教书，约好

父亲与二嫂、孩子、我

二哥和二嫂王瑞华

二哥二嫂

二哥二嫂在园中园采摘

都到大哥家聚会。我和弟弟天没亮就从将军岭出发，中午时分到达。

二嫂见到我和弟弟，微笑着和我们打招呼，还亲切地拍拍弟弟的肩膀。二嫂梳着短发，皮肤白净，眼角微微上挑，虽初次见面，却很快就熟悉了。

其实，在二哥读中师和大学期间，曾有家庭背景好的女同学很爱慕他。可二哥认为家里穷，弟妹们多，不合适。看样子二嫂性格好，贤惠，我和弟弟都很高兴！吃过午饭，下午二哥二嫂就要回合肥了，我和弟弟次日回家。傍晚时分我和弟弟送二哥二嫂去汽车站，二哥二嫂坐在车站的椅子上，我和弟弟坐在车站前的台阶上，看着二哥二嫂亲密的样子，心里似乎有点失落，觉得二哥没那么专注弟弟妹妹了！这个印象，至今仍十分清晰。

第二次见二嫂，是芸春出生了，没人照顾，二哥来信叫我去看芸春。春节刚过，生产队活不多我就去了。那时二嫂在凤台医院工作，我乘火车，再乘轮渡去了凤台。淮北的饮食与老家有些不同，那里有绿豆饼，面食比较多，还有昂仔鱼，也挺好吃的。我从家里带了一只家乡特别爱吃的咸鸭，那是特地带给二嫂的。可是放锅里炖还没熟，二嫂就说赶快拿走，味道太难闻了。多年过去后，二嫂已经习惯了咸鱼腊肉的味道，也爱吃了。

虽然初次和二嫂在一起，但并不拘束。二嫂心特别细，对我关心入微。我小时候眼睛特别爱患麦粒肿，落得两只眼睛不一样大。小时候不照镜子，别人也没有说起过。一去凤台二嫂就发现我左眼稍小一点儿，然后找医生给左眼做了个小手术，类似现在做双眼皮。术后两只眼睛就差不多一样大了，应该是美观了不少。那时全国都在放映“样板戏”京剧《沙家浜》，二嫂特地买票让我去看，她下班在家看芸春。自那以后我就特别喜爱京剧，洪雪飞扮演的阿庆嫂形象真是棒极了！

后来不久，二嫂又教我学打肌肉针。晚上芸春睡着了，二嫂值班就带上我，让我换上白大褂，跟着学肌肉注射。我很快就学会了，二嫂夸我聪明。后来父母亲生病要打针，就不用找人了。二嫂可能觉得春天快到了，衣服该换季了，买布给我做了一件两用衫，蓝灰相间的格子花纹。二嫂请熟识的大姐给裁剪，我们自己缝制。立领、中西结合，很是时尚。

芸春小的时候似乎不太爱哭，现在已经记不起她大哭过。一次芸春好几天便秘，可把我和二嫂急坏了。几天下来大便干结，芸春特别使劲，脸憋得通红，引得我和二嫂哈哈大笑。可没多久，芸春出生还不到一百天，生产队就向我父母要人，天天催要我回去干活，没办法只好离开芸春和二嫂回家了。五十多年过去了，想起和二嫂在凤台的日子，仍然念念不忘。

我回家了，二嫂只好请了一位老奶奶带孩子。老人家反应能力差，关注孩子也不够。大概在芸春刚学走路的时候，一次将刚烧开的水打翻了，开水倒在孩子的腿上。当时正值冬天，孩子穿着棉裤，开水浸到棉裤里，裹在腿上极难脱下来。听说脱下棉裤时，腿上的皮肤都连在裤子上撕了下来。可见孩子受了多大的罪！现在腿上还留下很大的疤痕。1973 年云飞出生，二嫂一个人带俩孩子在凤台，两地分居，直到 1974 年春二嫂才调往芜湖弋矶山医院。

到芜湖不久，芸春因紫癜引发心肌炎住院，二哥打电报希望我能去芜湖照顾芸春。云飞很小，似乎还不会说话，全家四口加上我都挤在一小间房子里。在凤台带孩子的王奶奶也来了芜湖，王奶奶住在对门谁家的小隔间中。与芸春同住一间病房的小男孩，他妈妈好像是某食品厂的员工，给弄了一些花生皮，据说可以止血，煮水给芸春喝。没待多久，芸春还没有完全痊愈，生产队又催父母要我回去，无奈只好回去了。

二嫂调到芜湖，就酝酿给母亲治病。母亲脖子上的肿块到 1975 年已经长到鸭蛋那么大，影响了声带。不久，二嫂就联系好了住院事宜，决定秋收后去芜湖做手术。

1975 年 11 月，秋收已过，我去给母亲请假看病。到芜湖没两天，母亲就住进了医院，为母亲做手术的是凌元浩大夫，原来也是二嫂凤台县医院的同事。手术很顺利，切下了拳头大的肿块，很幸运，病理检查结果是神经末梢良性瘤。因为剥离肿瘤创伤面太大，伤口迟迟不能愈合，皮肤鼓胀起来里面出水，又用电烤灯照射。

二嫂心细，考虑周全。母亲住院治病，手术、麻醉、病房，要沟通各科室，还要考虑母亲的术后的营养。她每天上班，来往于师大和医院之间。那时两个孩子都很小，芸春心肌炎刚痊愈不久，儿子云飞还不时地患肠套叠。太难为二嫂了！

因为肠套叠，不敢给云飞多吃。那时云飞可能经常处于饥饿状态，所以看到吃的就很馋。母亲心疼，有时悄悄给云飞喂上两口，但又怕出问题也不能给他多吃。二哥一家四口，加上母亲和我，6 个人都住在师大二大楼的一间房子里，既是卧室又是书房，还是餐厅。楼道里各家做饭的煤球炉全摆放在楼道里，楼道里充满了煤气味。现在想来，楼道里的污染是多么严重！

母亲还在住院，生产队又开始催我回家修路，父亲来电报，我只好留下母亲回家了。二哥二嫂要工作，留下两个几岁的孩子，母亲还在住院，多难！直到1976年春节前，母亲才基本痊愈，大哥去芜湖接母亲，记得回家那天下了很大的雪。

后来又一次去医院，是1978年春天了。芸春又患紫癜，脏器出血，出现严重血尿，医院已经下了黄单，意思是有生命危险。二哥来电报，我又请假去了芜湖。芸春躺在医院的病床上，小脸鼓鼓的，看起来胖乎乎的，那是注射激素引起的。还好经过治疗，病情得以好转，孩子终于转危为安。那段时间我一边看孩子，一边看书准备高考。

那次芸春生病我去芜湖，虽然就十天左右，边看孩子边看书，还是比较系统地把几门功课捋了一遍，芸春生病我受益了。

我去厦门上学，二嫂说不用带箱子，向她大姐要一只。原来二嫂的大姐住福建漳州，大姐夫妇都是解放军南下的军队干部，一直在福建工作。此时大姐已经转业到地方了，姐夫是军队高级干部。那年寒假我应邀去漳州大姐家过的春节，大姐知道我有同学也住漳州，还特地陪我去拜访了他们。寒假回校大姐送了我一只木箱，还给我带了一些饼干等其他食品及水果。大姐夫妇俩待人谦和、平易近人，丝毫看不出当官的样子。在厦门读书几年，他们多次来学校看我，给我送来零食水果。他们的女儿丛薇是厦门174医院的医生，读研究生期间，我也经常去她那儿。后来二嫂母亲来漳州、厦门，我还陪她参观游览了南普陀和厦大校园。我最后一次拜访大姐夫妇，大概是20世纪90年代末，当时他们都已经离休，住在厦门干休所。

1982年大学毕业我分配到马鞍山师专，此时师专已改为马鞍山商业专科学校。马鞍山离芜湖近，与二嫂见面的机会也就多了。1983年研究生入学考试是在元月份，二哥叫我春节不要回家了，就在芜湖过年，节后去马鞍考试也近。那年是第一次、也是唯一的一次与二哥一家过春节。

研究生毕业后我去了北京，再去芜湖就是1989年春节后了，我是去芜湖生孩子。二嫂说我是高龄初产，在北京又没有人照顾，建议我去芜湖她工作的弋矶山医院。母亲知道我要去芜湖，春节前就去了二哥家。这是母亲第二次去芜湖，第一次在二哥家过春节。到了芜湖，二嫂给我们在医院附近找了间小房子，弄了一个煤球炉、钢精锅、碗筷等生活用品。那是二月份，我的预产期是3月8号左右，于是我和先生张辉在小屋里等待儿子的出生。

高龄初产，可能难产，医生建议剖腹。3月8号大夫说可以剖腹产了，我和张辉都很担心，俗话说瓜熟蒂落，没动静说明还没长好，等等有动静再说吧。虽说如此，还是听了医生的安排，住进了医院。

谁知道3月9号晚上刚吃过晚饭，腹部就开始疼，且愈演愈烈，动静大了。那天是周六,二嫂早已下班，张辉赶快借了一辆自行车去叫二嫂。那天下大雨，二嫂冒雨赶到医院，请麻醉大夫和手术大夫。医生到齐后还不能手术，因为我晚上吃了晚饭，必须饭后8小时才能麻醉。本来是3月9日，农历二月初二，直到12点过后才能手术，就变成了二月初三，3月10号了。手术时二嫂就在旁边，剖腹产住了几天院，拆线了我就带着儿子住回了小屋。

二哥次日来看，抱着外甥片刻，就发现孩子发烧了。二哥抱着孩子一路小跑到医院，我跟着孩子又住进了医院。芜湖的三月天气阴冷，医院内外温差太大，小屋夜间太冷，估计孩子是冻感冒了。孩子出生才十多天，打吊针扎在头上，量体温插肛门，这要是在乡下就没救了。还好，住院十多天，病情没有进一步发展，终于退烧了。二哥二嫂也不敢再留，张辉的同学胡广信帮我们抱孩子，乘汽车经南京去了滁州婆婆家。

几十年过去了，和二哥二嫂在一起的场景温馨如初。二哥二嫂相互敬重，二嫂理解、支持二哥，也敬佩二哥。她像二哥一样孝敬父母，关心呵护弟弟妹妹，尤其是对我的关爱最多。二哥生病期间，二嫂日夜陪护，细心伺候照顾。二哥感谢二嫂，在病床上还抱拳向二嫂致谢！现在二嫂已经八十多岁了，内心强大，精神矍铄！二嫂：我们敬重你、感谢您！祝您健康快乐！

于 2022 年 7 月

11

我有姐姐

放开生二孩，隔壁小王很快生了二胎，愿望生个男孩，却又生了个女儿。小女儿楼下蹒跚学步，小王叮嘱大女儿跟着妹妹看好别跌跤，接着继续低头看手机。姐姐比小妹约大六七岁，前面引路，逗着妹妹，姐俩一路欢笑，有了姐姐，妈妈可就省心多了。看着这对小姐妹，仿佛回到了童年，我也有这么一位姐姐，青少年时期给了我无限的欢乐。

妈妈说我是姐姐带大的，小时候不会走路，姐姐去哪里都得背着我，经常把姐姐背上尿湿。这些我都不知道，可是还记得小时候睡醒，眼睛总是被分泌物糊住，每次都是姐姐用湿布慢慢化开，洗干

姐姐恕芳和我

我和姐姐

我和姐姐

父亲与姐姐及弟弟一家

母亲和姐姐一家

净。小孩生病最怕吃药，妈妈就抓住我捏着鼻子灌药，每次都是姐姐来救我，从妈妈手里抢回哇哇大哭的我，抱到房屋的拐角处塞给一块糖。长大以后才知道，为了给我喂药，妈妈和姐姐各自分工，扮演不同的角色。

再就是我五六岁前不知为什么胳膊总是脱臼，姐姐带我当然不是抱就是拉，一拉胳膊就脱臼。父亲认为是姐姐不小心硬拉乱拽的结果，为此，姐姐挨过父亲不少的责罚。其实胳膊脱臼并不疼，只是动弹不得，长大后再也没有发生过，当时骨头可能还没长到位。后来父亲也明白真是冤枉姐姐了。现在的女孩涂红指甲油，姐姐也给我染过指甲，她从院子的花园里采摘凤仙花，加明矾捣碎敷贴在我的指甲上，用新鲜的麻叶包扎，次日指甲就是红色的，能保持很长时间，我觉得很神奇。

姐姐小学高年级时，学校组织学生演戏，姐姐个子比同年龄的女生高，分配她演小生。正式演出的那一天，姐姐带上我让我坐在第一排，姐姐演的是《三婿招》中的三女婿，具体情节我早已忘记，或许年纪小根本就不明白。只记得姐姐身着淡绿色的戏服，甩着长长的水袖，头戴小生帽，两边飘着丝线穗坠，女扮男妆十分潇洒。

我还没上小学姐姐就上初中了，寒暑假才能见到姐姐，我总是盼望放假。三年困难时期，父母亲、弟弟和我经常挨饿。那时哥哥姐姐都是学生，口粮由国家供应，学校食堂还能正常开饭，但也不能吃饱。大概是1959年冬初，姐姐回家将我带去学校，为的是让我能去吃几天米饭。记忆中的农兴中学四面环水，形成天然的园墙。校园内有许多大树，在几岁孩子的眼中就是参天大树，显得古老悠远。女生宿舍是一个独立的庭院，秋冬时节，院内蒿草虽已枯黄凋落，但冬青和柏树仍然葱郁。有一朽木枯桥，桥下偶见细流。几间正屋似乎有走廊，两边带着厢房，瓦顶青砖墙，环境非常优美。听说那是以前周家女孩子们的住所，可想当年庭院的热闹繁华和典雅，姑娘们的悠然闲趣。

三年困难时期，居住在小院子里的女孩们，哪有心思欣赏居所环境，尽己所能，帮助家人共渡艰难。同学们约定每顿饭少吃一些，省下些许救济家人。哪位同学家里有人来学校，其余同学就将自己的饭菜分点出来，集中起来给这位同学。同学们平时中午也各自留饭，晒成饭坯（只有中午干饭能留），带回家去。小妹妹来了，自然按如此约定，每天姐姐都要让我吃饱。记得有一个下雨天，姐姐不知从哪里弄来一块萝卜，冒雨背着我去锅炉房烤萝卜，看着我舔嘴抹舌吃下香甜的烤萝卜。现在回想起来，姐姐还是一个十几岁的小姑娘，忍着饥饿，省下饭菜看着妹妹吃，那得有多大的爱心和坚韧的意志。那些住在小院中的姐姐们，困难时期相互支撑、相互鼓励，帮助家人，想来既心酸又敬佩！

几天以后，姐姐将晒干的米饭放在枕头套中，让我背回家去。农兴中学离家大约三十里地，那天一见亮，姐姐已送我出学校好几里地，她要回去上课，一步一回头地看着我远去。我也是一步一回头舍不得离开姐姐。那时年纪小，姐姐只带我走过一次，但我凭着记忆，走走看看，绕了不少回头路，傍晚时分才赶回家中。途中路过雷麻店，记得雷麻店大街中间有一座坟，据说是刘铭传的坟，刘铭传曾在清代率军抗击法国军队入侵台湾，是一个民族英雄。雷麻店北边有一座石拱桥，路过时忍不住伸头探看桥下方是否插了七根宝剑。在姐姐学校的那些天，听姐姐们说过拱桥的故事。传说中桥下边插有七根宝剑，用于降妖斩鬼，不免有些害怕。回到家里妈妈非常高兴，背回来的饭坯，只有我和弟弟特别饿的时候，妈妈才加许多水熬一点，我们吃了好多天。

1960 年姐姐初中毕业，考取了合肥二中。二哥那时在合肥师范学院读书，合肥二中离合肥师范学院很近，姐姐有空就去二哥学校，二哥也经常到二中看大妹妹。姐姐的同学都说我二哥很帅，姐姐特别高兴。1961 年元旦期间，妈妈眼疾去合肥治疗，借住在合肥的一位本家家中。节日里学生加餐，姐姐和二哥分别将自己分得的食物悄悄留下放到搪瓷缸中，叫出妈妈让妈妈吃下，后来妈妈多次讲给我和弟弟听。

二哥 1961 年大学毕业，这时国家的经济状况开始好转。二哥工作了，可以承担姐姐的学杂费、书本费，姐姐读书不用再四处借钱了。这一期间我去合肥也比较频繁，晚上和姐姐同挤一张床，白天去二哥学校吃饭玩耍。不时地，祖父叫姐姐去合肥小花园市场替他采购一些针头线脑，让我带回家，给爷爷做点小买卖。大概是我三年级，姐姐从合肥买了一块非常好看的布料，白底粉色小花还嵌着点点绿叶，给我做了一件长袖衬衫，还给我买了格子花的蝴蝶结。扎着蝴蝶结，穿着花衬衣，别说有多美！扎着蝴蝶结和姐姐的合影，还保存在我的相册中。

1963年，姐姐高中毕业，受家庭出身影响，加上考试发挥又不好，没能考取大学。姐姐很是沮丧，户口由学校迁出，交到公社就得回乡了。倒不是怕当农民，是怕回家乡后依然受家庭出身和父亲历史问题的影响。夏夜姐姐和我躺在院子里的门板上，告诉我说：她要去新疆、非常遥远的地方。我听了心里非常难过，黑暗中悄悄流下了眼泪，但是没让姐姐知道，怕姐姐也难过。

整个夏天姐姐的户口一直揣在口袋中，没有落户。暑假过后，有同学告诉姐姐说合肥招工，让姐姐去看看，可是招工要公社介绍信。运气不错，当时公社的文书姓柳，人很和气也很讲道理，理解落榜学生的处境和心情，破例给姐姐开了介绍信。姐姐和同年级的几位同学都被招收为工人，去了响洪甸水库渔场。

现在从肥西去响洪甸非常方便，那时可是路远山险，姐姐几年都没有回家。1965年暑假，我决定去响洪甸看姐姐。早晨从五十里小庙乘长途汽车去六安，可是没赶上六安去响洪甸的汽车，因为一天只有一班车。傍晚时分，还是少年的我在六安街头无目的地游逛，一位好心的阿姨大概看出了问题，上前询问。我说出了自己的情况，阿姨让我去她家住一晚，还招待我晚饭。记得六安街道不是很平坦，阿姨家是住在一条上坡路的旁边。世上好人多！五十多年了，再没去过六安，那位阿姨应该有九十岁了吧。

姐姐因为字写得好，工作认真踏实，参加工作没几年单位调她当了渔场会计。姐姐篮球打得好，是渔场女篮主力队员。夏天的响洪甸并不热，晚上灯光球场的篮球赛，我看姐姐球场上运球、跨栏、投球、进球，真是英姿飒爽。姐姐投篮进球时，似乎周围的人都瞧着我。

响洪甸渔场、电厂场部和职工宿舍散落在响洪甸水库大坝下游一个约二三公里的狭长山坳里，依山傍水。山上有杉树、毛竹、灌木和茶园，深翠欲滴，山间不时雾气缭绕，朦胧幽静。溪水沿峭壁蜿蜒而下，清澈冰凉。平时水流潺潺，水库放水时则数丈水花喷薄而出，声震欲聋，在阳光下，呈现出彩虹般的绚丽色彩。泻流而下，溪流变得湍急宽广，而后缓慢。每天早上，姐姐都早起给我排队买油条，有空就带我去水库划船看捕鱼，观看水库放水，上山摘杨桃和核桃。整个暑假真是快乐极了！

“文革”开始，工人停工，学生停课。妈妈脖子上长了个瘤，停工期间姐姐回来带妈妈去安徽医学院看病，结果合肥武斗，没看病只好回家。大概是 1967 年春夏之交，小弟想去姐姐那儿，那段时间学生人串联过后，回校组建战斗队“闹革命”。小庙中学有两位同学要去六安，我请他们带上弟弟。弟弟跟他们在六安住了一夜，次日同学送他上了去响洪甸的汽车。弟弟在姐姐的眼里，更是个小孩子。晚上还背着他去看电影，睡着了，便用大衣裹着抱回宿舍。

我和弟弟都辍了学，弟弟放牛一天三四分工。我起初干活大约七八折，父母年纪大体力弱，挣工分也少。生产队每十分工四五角钱，经济状况可想而知。姐姐当工人，起初工资每月18元，后来涨到26元，20世纪70年代中期最高也不到30元钱。为了接济家里，姐姐省吃俭用。1969年冬天，姐姐给我寄来一件毛背心，浅墨绿色，质地柔软，菱形方块图案，鸡心领，合身美观，非常好看。街东街西两个生产队的女孩都非常羡慕，金华、德茹和坤凤三个漂亮女孩要我把毛背心借给她们去照相。我虽然担心弄脏弄坏，但不好推辞，还是借给她们了。

三个女孩到当时合肥最好的照相馆大丰照相，穿着毛背心配上不同的衬衣、摆出不同的姿势拍了照，其中几张还放大置于镜框中，哇，真的很美！漂亮女孩配上美观合身的毛背心，不亚于现在的大款明星！后来这些照片一直挂在她们家居室的显著位置，这是她们青春和美丽的见证和骄傲。大概我年龄比较小，还不懂留影，留下青春之美，或是因父亲家教严，没能跟他们一起去照相，现在想起来不免有点遗憾！

大约又过了两年，姐姐又给我织了一件立领长袖毛衣，颜色非常好看。既非大红，也不是粉红，更不是紫红，说是橘红，但又不完全是，说是玫瑰红，总之是特别好看！邻居的姑娘们大都到了谈婚论嫁的年龄了，有的已经订婚，嫁妆彩礼也都比较丰厚，但是她们嫁妆虽多却没有像我姐姐给我织的那件毛衣，那么好看大方，让人称心如意。很奇怪，将军岭比我大几岁或跟我年龄相仿的不少女孩都是独生女，父母宠爱有加，可都没有姐姐。她们羡慕我有姐姐，我是多么的快乐惬意！

姐姐成家后，育有一儿一女，一家四口。姐夫那边的亲戚也不时需要接济，再顾及我们，经济上是多么拮据。但姐姐省吃俭用，开荒种菜，还攒钱买了一台缝纫机，姐姐用缝纫机给孩子做衣服，修改工作服给我和弟弟穿。我知道姐姐的心思，最重要的那是替弟弟准备的。那时娶媳妇，女方都要“三转一响”（手表、自行车、缝纫机和收音机），如果有谁家女孩愿意嫁给弟弟，缝纫机肯定必不可少。姐姐节俭朴素，大多穿厂里发的工作服，没见姐姐有一件像她给我织的毛衣，她把最好的东西都给了我和弟弟了。自姐姐工作后，父母亲的衣服也大多由姐姐添置。

“文革”结束后我和弟弟又上学了，姐姐特别高兴！她心理上的压力也减轻了很多。上学去厦门前我和父亲去了姐姐那里，父亲看到山里的美景，享受山里夏日的凉爽，非常快乐！姐姐说厦门冬天不冷，走时特给我带了一床薄棉被，姐姐想得太周到了。那床被子我从响洪甸带回家，从家带到厦门，毕业工作了又由厦门带到马鞍山。读研了又跟我回到厦门，又工作了再带到北京，伴我结婚生子，用了二十多年。

此后在我的生活和工作中，遇到困难还要姐姐帮助。1995 年我去英国访问学习半年，先生工作忙经常出差，儿子弋江五岁多没人照看，姐姐说：“送来我这里吧，母亲也在这里。”那期间，姐姐想到我对儿子的惦念，为让我安心学习，每个月都写信通报儿子的情况，告知许多有关儿子的趣事。信中说，弋江看到隔壁人家母鸡下蛋，他回家呆在被窝里折腾了半天，喊外婆说：“快来啊，我下了一个蛋！”姨妈和外婆一看，弋江披着被子旁边果真有一枚鸡蛋。大家都笑坏了，幸好鸡蛋没有被儿子弄破，否则又得收拾半天。姨妈考虑下半年弋江要上小学，让表哥表姐教他数数、学习认字写字。可弋江带着哭腔说："我妈是让我来快活的！"也许我送他来姨妈家前，哄他、告诉他去姨妈家非常快活。远在英国的我，看了姐姐的信，简直笑岔了气。

姐姐所在的合肥电力学校，位于城乡结合部，校园外就是稻田水渠。外婆没事领着外孙去田间玩耍，摘野花拔毛根，捉蚂蚱看青蛙。一次下大雨发洪水，校园的操场上被雨水淹没，弋江跟着表哥赤脚在操场上摸鱼，水花四溅，快乐无比。姐姐家住一楼，还带一个小院。院子不大，但有花、有草、有树，还放一张小桌子和几条小板凳，被姐姐收拾得优雅自然。清晨或雨后，弋江常蹲在院子的草地上，观看蚯蚓蠕动。二十多年过去了，儿子想起在姨妈家的那些日子，说那是他童年最快乐、最有意思的时光！

2001 年 7 月先生援藏，儿子上初中，我工作非常忙。姐姐刚退休又来到北京帮我照管家务。年初我已发现乳头少许发红发痒，似乎有分泌物。我不放心，多次看医生，医生都说有点炎症，没大问题。9 月份开学，姐姐来了，我又跟姐姐提起此事，姐姐叫我再去看医生。这次中日医院老院长潘大夫也没下结论，但建议手术切除，免得不放心。

做手术，中日医院刘兴州大夫给我介绍了姚力大夫，姚大夫不仅医术精湛，对病人也关照入微。为了不影响我的工作，他让我国庆节后去住院，因 B 超等检查没发现问题，认为小手术后一两天就会出院。国庆后的第一天我如期住院，各项检查后两天做手术。早晨 8 点，我第一个进手术室，手术几分钟就结束了，然后被推至过道，等候例行的冷冻病理切片检查。可是等了足足半个多小时，还停在过道中，我感觉到情况不妙，估计可能是恶性肿瘤。果然一会儿有护士经过，我突然问起，护士来不及掩饰，如实告知，我当即请求做根治手术。接着二次上手术台，直到下午三点多醒过来，听到护士喊病人家属。

我的病把姐姐吓坏了，从早上一直等在手术室外，推到病房守着我不肯离开。手术后确实很难受，胸部紧紧缠着层层绷带，卧、躺都不是滋味，连续几夜都无法入睡。姐姐为了给我补充营养，跑遍了京城好几家农贸市场，买鸭子、黑鱼、甲鱼等肿瘤病人补充营养的食材，想尽办法做得美味可口，从早到晚在家里和医院之间多次往返，还要照顾儿子弋江。

一般来说伤口可以 7~10 天拆线，可是由于创伤面太大，迟迟不能愈合，后来只好拆线再缝。这期间姐姐给我洗头洗澡，做饭熬中药，掩饰着担心，让我宽心给我鼓励。术后一个多月，11 月中旬才愈合出院。之后又开始做化疗，两只手背都扎得青紫瘀血，姐姐很是心疼。化疗恶心，吃不下饭，姐姐变换花样做饭做菜，希望我能多吃点，增强抵抗力。姐姐那时快六十岁了，我看着很心疼。心想只有坚强起来，多吃多锻炼，让身体快些好起来，才能让姐姐不再为我担心受怕。

转眼春节快到了，外甥和未婚妻早已确定春节结婚，女方还要求办婚宴。因为我生病，姐姐只好跟亲家商量，希望能从简办喜事。还好亲家通情达理，姐姐春节回去几天，请亲家一起吃饭团聚，就算给儿子办了婚事。春节后不几天姐姐又回北京照顾我的化疗和生活，教我打太极拳、舞太极剑。

我的化疗于5上旬全部结束，在姐姐的精心照料和鼓励下，我的身体很快得到了恢复。暑假时，得知外甥媳妇和外甥女相继怀孕，我叫姐姐回去照顾他们，姐姐还是不放心我，在我的再三央求下，姐姐才离京回家。暑假后姐姐还要再来照顾我，我坚决不肯，这时我也确实基本恢复了健康。

如今已经十六年过去了，我不仅治愈了疾病，而且身体素质越来越好。遇困难，姐姐给我信心、给我力量，有姐姐为后盾，我就什么都不惧怕。遇危险，有姐姐我会转危为安！有姐姐的关怀和呵护，我快乐健康！

姐姐和姐夫是1980年从响洪甸调出来的，到合肥筹建合肥电力学校。以前物资匮乏，我们在乡下一块木板几根竹子都很难得。姐姐想办法给家里买了竹椅竹床，托厂里去合肥办事的卡车，将买的竹椅和竹床带到王拐岗，我和弟弟再借板车拉回家。其后姐姐还为父母置办了棺木，调出时一并送回将军岭家中，了却了年迈父母的心愿。

调回合肥工作离家近了，姐姐又承担起了照顾父母的工作。我和弟弟上学后，父母亲还耕种约1.5亩农田，姐姐节假日总是回将军岭看望父母，给父母挑水干农活。生产队的人都说，恕芳离开农村那么多年了，还能挑那么重的油菜，干起活来利落地道。这一点也不意外，姐姐上初高中时，每个寒暑假回来，都要帮父母干农活。我去割草，只要姐姐在家，都会去帮我把草背回来。

1986年父亲去世，姐姐把母亲接去，此后母亲多住在姐姐家。1987年姐夫突发脑溢血不幸走了。姐姐遭受了巨大的打击和痛苦，独自抚养、教育两个未成年的孩子，那时女儿十六岁，儿子十三岁。如今两个孩子都已成家立业，工作顺利，家庭和谐，两个孙女儿健康、活泼、可爱！

如今姐姐七十多岁了，她的担当和奋斗，化成了我们的快乐和幸福！因为有你，我的青少年充满了阳光和色彩。姐姐，你是我心中的功臣，顽强而又坚韧，平凡而又非凡，你太棒了！

我退休了，想陪姐姐去外甥女的碧桂园种菜，去将军岭的乡下走走，和姐姐聊天回忆往事。让我们快乐地生活着，我有姐姐，真幸福，真快乐！

写于 2017 年 6 月 28 日

我和姐姐

12

我和弟弟

弟弟学会走路后就成了我的跟屁虫，哥哥姐姐都在外地上学，家里就是父母亲及弟弟和我。父母白天黑夜在生产队干活，弟弟就跟着我，我到哪里都有弟弟跟班。记得冬天的时候，弟弟穿一件大大的开档棉裤，我跟母亲说，弟弟像个田螺姑娘，因为屁股后面的开口，一扇一扇地像两扇贝壳。

五六岁的时候，看到别人家的孩子上学，我特别想上学，可是我要带弟弟。1958 年的一天，我丢下弟弟自己跑去了学校。弟弟一个人在家门外，屁股抵着门哭。隔壁的奶奶见了，问他为什么哭，姐姐去哪儿了？他哭着说："小姐报门（名）去了。"后来我上学了，还是

我和弟弟恕敏

要带着弟弟，我让弟弟待在课桌底下，让他别出声。弟弟很乖，胆小，真的不说话，可是还是被老师发现了。

母亲、姐姐与弟弟一家

母亲与弟弟一家

一年级两个班的班主任都是女老师，一位姓李，年纪大一些，一位是阮老师。阮老师很年轻，圆圆的脸，白皙的皮肤上点缀着几颗美丽的雀斑，教我们语文，可能只有十八九岁。阮老师发现弟弟藏在课桌底下，不仅没有批评，还把弟弟拉起来，让他也待在座位上，不作声就行。一次弟弟的裤子松了，阮老师还给弟弟系裤带。阮老师现在应该有八十多岁了，三年困难时期她就调走了，再没见到。

困难时期弟弟才几岁，饥饿时刻伴随，瘦得皮包骨头。我家那时住在小河边，不远处就是穿过河田、南北连通的小道。两排房屋错落呈 7 字形，西边一排坐西朝东，无人住。我家住的坐北朝南，地点背静，少有人走动。粮食吃不饱，挑运粮食的人途中总想抽取些许粮食，找僻静的地方做，吃顿饱饭。做法是：从运送的大米中取出一些，然后加入适量的水，运回去称重，不会被发现。所以时而有运粮的人在我家门口歇息，借用我家的锅及柴草做饭。作为回报，会给弟弟半碗米饭。一天只有弟弟在家，几个运粮食的人在我家做饭，还向弟弟要咸菜。弟弟想吃他们的米饭，从坛子里掏了腌菜给他们，这点腌菜我们平时也是舍不得吃的。拿了弟弟给的腌菜，却没给弟弟盛饭，弟弟眼巴巴地看着他们。还好母亲此时回来了，运粮的人见了很不好意思，立即给弟弟盛了一小碗米饭。现在想起来，眼前就浮现出了瘦弱的弟弟眼巴巴望着米饭的神态！

弟弟小学没毕业就辍学了。后不久生产队派弟弟和一个小伙伴放牛，这个孩子是随他母亲改嫁来我们生产队的。放牛每天三四分工，晚上要在牛屋里睡觉，清扫牛粪。但是牛不是都听人使唤，经常无规律地撒尿拉屎，牛尾巴一甩，甩得到处都是牛粪牛尿。夏天牛屋蚊蝇如麻，虽然母亲给两个孩子挂了一顶破蚊帐，两个孩子还是被蚊蝇叮咬得到处是伤，蚊帐上挂满牛粪。再大一点，弟弟就到生产队跟着干农活了。

弟弟很聪明，动手能力强，农村孩子们钓泥鳅、抓黄鳝、挑虾子样样在行。平时放牛砍一些硬灌木的枝条，剪成两尺多、长短一致的木条，在一端约三分之一处系上粗线，在线端系上一个用竹签剪的两头尖、只有两三厘米的卡子，这样一根泥鳅钓子就做成了。放牛回家，提着小罐去挖蚯蚓，红的、细的蚯蚓钓泥鳅，粗的、灰色的蚯蚓笼黄鳝。傍晚时分，弟弟把蚯蚓穿到泥鳅钓的卡子上，黄鳝笼里竹签也装上蚯蚓，准备得一切就绪，等天黑了去下泥鳅钓和黄鳝笼。

捉泥鳅和黄鳝一般在清明后插秧前，水田都蓄好了水，有的已经翻好耙平。晚饭后天擦黑我陪弟弟，有时还有其他小伙伴，拎着约两百根泥鳅钓、十多个黄鳝笼出发了。我们选择钓泥鳅、笼黄鳝的水田都是冬天不断水的水田，冬天不断水，田里才会多有泥鳅和黄鳝。春寒料峭，水田是很冷的，偶尔还结冰。但是弟弟毫不犹豫，每天都是乐呵呵的。次日天还没放亮，姐弟俩又赶早去起收前一天晚上下的泥鳅钓和黄鳝笼，大多数时间都是收获颇丰。有时黄鳝笼里还爬进了蛇，水蛇毒性很小，放了就是。我们看着放到木桶里活蹦乱跳的泥鳅黄鳝，享受着收获的喜悦。泥鳅很少鲜吃，大多是去除内脏后用盐腌制晒干。干泥鳅蒸煮前先用文火稍稍烤一下，然后放上辣椒、蚕豆酱、葱蒜、生姜，再放点腊油蒸煮，无比好吃。黄鳝从不腌制，都是吃鲜的。母亲将黄鳝内脏取出，骨肉砸扁，加上辣椒青蒜，放油炒出来异常美味。吃不完的黄鳝放在木桶里养着，好多天都不会死的。如果街上单位食堂要，就卖给食堂换点钱。

网虾也是我和弟弟拿手的事。街东的河田与大岭南河田的交界处是一条大埂，上下水田落差比较大，上面来水都是经中间的一个大缺口流向下游水田。由于经常流水冲刷，冲出一个大而边缘光滑的坑。一次大雨过后我和弟弟发现，水坑的两侧边缘爬满很多白胖的小虾，迎着水流上水爬动。我让弟弟回家拿来虾网，弟弟下到大坑里用网拦住，我从缺口上方往下搅动，于是虾全部随流水进入虾网，我们收获了大半网小虾，装满一小脸盆。母亲用麦面，加小葱、生姜给我们做了一锅虾糊，特别鲜美。剩下的虾晒干了，如干泥鳅一样，蒸了吃。以后只要下雨水大，我们就去弄一回，每次都收获满满。由于水坑底面光滑，大热天我们干脆跳进水坑里凉快一下，走回家衣服就干了。

弟弟再大一些，就成了我的好帮手。父亲总跟我们说，什么事都得学，什么事尽可能自己做。我家有锯子、刨子、凿子，瓦刀、泥刀等，还有一个小木梯，木工工具、泥瓦工工具等样样齐全，我和弟弟都能熟练使用。家里的农具、家居用品坏了，大都是自己修理。

1969 年我家在卫山头建了三间新房，付工费给生产队，由生产队建造，其他配套都得自家慢慢建造。为了建造猪舍和杂物间，我们以两块土坯一个工分的价格从队里捡来有缺陷的土坯。每天放工后，父亲与我和弟弟挑回来一些，一段时间攒够了，开始起早带晚建造。父亲是总指导，同时负责和泥备料，我是大工，弟弟当小工，母亲总是好后勤。不久就在正屋左前方盖了猪舍，并在东山墙外向东延伸，开挖了约两米的空地，盖了一小间杂物间。这以后我们又开始给大屋北外墙面穿蓑衣了，我负责抹泥浆，弟弟贴麦秸，断断续续，终于给墙面穿了一层整洁漂亮的蓑衣。所谓穿蓑衣，就是在墙面自下而上粘贴层次错落的麦秸，像人们穿的蓑衣一样，下雨雨水顺着麦秸流下，保证墙面干燥不湿，避免风雨侵蚀房屋外墙。因为这些工作大都在放工后的时间进行，大约延续了半年左右。父亲非常热爱生活，每天早起，总要打扫房屋四周，房前屋后收拾得干干净净。父亲在房屋周围栽上了槐树和椿树，并在猪舍前栽了一棵枣树，又在旁边的空地上移栽了野蔷薇和野菊花。看着整治一新的住所环境，很有成就感，全家人都非常高兴！

后来复课闹革命，孩子们又上学了，但因家庭成分、父亲历史问题，姐弟俩都不能再返回学校读书了。弟弟小学没读完，我心里一直不舒服。觉得小学与初中虽然只差那么几年，但是差距却是很大。就数学而言，小学只有自然数，算术只有四则运算，而初中数学有实数，有理数、无理数，数学公式、函数、方程和方程组，还学几何，在此基础上就可以了解虚数、对数，解析几何，数学公式可以表达圆、椭圆、双曲线、抛物线等的轨迹，无限有趣！但只有小学算术知识，想了解更有趣的知识却还是受到很大制约的。让弟弟再读几年书，别无其他目的，就是求知。那时贫下中农的子女，初高中毕业至少 95% 以上也是务农，被招工的人极少，能被推荐上大学的更是少见。但弟弟还小，还是希望他能有机会读中学。

1970 年夏天，我跟大哥讨论弟弟读书一事，大哥找了将军岭中学的张训良校长，他是我两个哥哥的初师同学。他也认为弟弟不该辍学，建议：从大哥所在的段冲小学出个转学证，由将军岭中学接收，转学进入二年级。大哥当时所在的段冲小学是戴帽子小学，所谓戴帽子，就是乡下小学设一个初中班。主意甚好，并得到李逸群书记和张华铸老师的赞同，上学校读书应该是没问题了。但是生产队是否允许弟弟上学，还是未知。当时的生产队长是余姓本家余德珍，按辈分我喊她姑太太。队长通情达理，而我也颇受生产队社员们的信任，一直担任生产队的记工员，我认为可能性比较大，不管如何我要试试。

夏日的一天晚饭后，我去村东头队长家。队长十分客气，招呼我坐下。我极少串门，今日造访队长觉得有事找她，便问我有什么事。我直奔主题，说弟弟想读书，希望生产队允许弟弟继续上学。队长非常爽快地说：“瞎说！只要孩子能（意指有机会、有可能）上学，怎能不给孩子上学呢！联系学校去吧。”我谢了队长，直奔回家报信。

秋季开学以后，辍学几年的弟弟又上学了。弟弟背着过去的旧书包，穿上大姐给他改制的劳动布工作服，无比兴奋地上学去了。弟弟虽然插班二年级，但是很快赶上了其他同学，半年后成绩名列班级前茅。1972 年初中毕业，本校没有高中部，其他学校不可能招收家庭成分不好的学生，弟弟又辍学了，成了生产队重要的劳动力。

1976年国庆节后，生产队的秋收结束，秋种也基本告一段落，弟弟跟民兵排长说想去芜湖看看二哥，但担心跟队长请假可能不会批准。民兵排长跟弟弟年龄相仿，关系不错，说:“我知道了，你去吧，不用跟他说。”于是弟弟去芜湖看望二哥一家，几天后就回来了。

回来的第二天，全队一早就在小岭头后面的田里给麦田施肥撤田沟。队长气冲冲地朝弟弟走来，我一看势头就不大对。弟弟去芜湖，没经队长许可，他很恼火。队长找茬，弟弟也不退让，两人三言两句，队长连拉带扯，把弟弟拉去队里的面坊训话，还找来大队主任，说要批斗弟弟，直到晚上也没让弟弟回家。我埋怨弟弟艮，不省心。

我是担心弟弟殃及父亲，以为要出大事了，因为那时候政治气氛比较紧张，地方干部说你什么你就是什么，抓去坐牢的可能性都有。还好，大队主任觉得不是大问题，民兵排长担责任也说情，半夜里弟弟回来了，总算化险为安。

“文革”后恢复高考，得知我和弟弟可以报名，姐弟俩都想试试。弟弟读了初中，我们认为弟弟考取中专的可能性比较大，便报考中专。我的年龄已经超越中专规定，只能报考大学，虽然可能性不大，既然给我权利，就必须试试。因为弟弟可能性大，所以优先保证弟弟的复习时间。那年冬天，肥西县修杭埠河，派我家一个劳动力前往。自从我回乡干活，我就是一家之主，凡派我家挖河修路、送粮运草之事都是我去。父亲年迈，弟弟年纪小又老实，怕他受累也怕他惹事。这次更是如此，我跟生产队说，等我参加完考试，立马上挖河工地。还好，这次准许我暂时不上工地。但是生产队冬天给小麦和油菜施肥灌溉，我和弟弟也得每天出工，放工后我尽量给弟弟腾出点时间学习。

那是1977年11月下旬吧，我和弟弟去县城参加考试，考试一结束，我从县城立马乘拖拉机直奔杭埠河工地，弟弟回生产队干活。考试分数公布了，姐弟俩都非常高兴！弟弟高于录取分数线不少，有可能被录取。我没有达到录取分数线，但离录取分数线不太远，大大高于预期。弟弟特别喜欢天文和气象，夏日的夜晚他经常观看天上的繁星，广播喇叭里最爱听天气形势，了解百帕、切变线等气象术语。祖父生前常年观察风、云、雾、气及雨雪等变化情况，根据经验分析，预测天气。弟弟则想学习掌握气象科学知识，分析预测天气。于是，弟弟填报了成都气象学校。不知是因家庭出身在政审上出了问题，还是报考的志愿不适当，1977年高考，弟弟没有被录取。

1978年我和弟弟再次参加高考，弟弟还是考中专，我报考大学。我和弟弟都是劳动力，是不可以请假复习功课的，我们只能是白天干活，晚上看书。高考是7月份7、8、9三天，高考前一周，我跟生产队请假，生产队同意了。可是才过了三天，队里干部来我家说，现在生产队双抢，人手太紧耽误农时，希望我们姐弟俩上工。我想也不差那两天，多费口舌也未必有用，上工去吧！记得很清楚，那天是在余广胜家后面的大田里割早稻，和余广宝合用一个稻车。我准备高考，高中数学及教材都是借余广宝的。余广宝高中毕业，学习成绩不错，曾当过生产队会计，很纳闷他为什么没有报名参加高考？那天他跟我讲述了他不能参加高考的原因。

1978年高考，好像是公社派拖拉机送考生去县城的。临走前母亲给我们带了二三十个煮鸡蛋考试那几天吃。夏天热，鸡蛋一天就出怪味了，可又舍不得丢掉，还是吃了下去。味道坏极了！以前是最想吃又吃不上的鸡蛋，那次以后好几年我都不想再吃鸡蛋了。这次考试，特别感谢我初中同学赵纯和高定芳，当时赵纯在县广播站工作，高定芳在县剧团，她俩住在同一个小院。她们邀我和弟弟在她们小院歇息，赵纯将她家的竹床笆搬到院里，让我和弟弟晚上休息。否则我们就得在小学教室里的泥桌上过夜。人多天热、蚊虫叮咬，休息不好，肯定会影响次日的考试。

成绩发布，我和弟弟都上录取分数线了，而且都大大高于录取分数线。1978 年政治条件也大有改善，我和弟弟都被录取了。弟弟的录取在意料之中，而我考取大学却是意料之外。全家人都十分高兴！十月份我离开家乡，远去福建厦门，与相伴二十多年的弟弟分开了。

回想我和弟弟在父母身边的二十多年，虽环境特殊，但父亲能持平常心境，母亲性格开朗，我们姐弟俩相伴割草砍柴、捞鱼摸虾、收麦插秧，行走于家乡水清坡绿的秀美田园，我们的青少年还是色彩斑斓，充满了许多的童趣，享受着劳动与收获的快乐！

如今弟弟也已经六十多岁了，儿子成家立业，小孙子活泼、聪明、可爱。回望过去，所有的经历都是财富，所有的坚韧与努力都值得骄傲。我们赶上了中国百年未有的好时代！感恩伟大的改革开放！祝愿我们的祖国不断发展、永远繁荣昌盛！

于 2022 年 4 月于北京

13

堂兄四哥

三叔三妈生有六男二女，老五过继给了三姑。堂兄大哥高中毕业，堂姐是老二，小学毕业报考了卫校，老二、老三和最小堂弟初中毕业，堂妹居七，高中毕业，只有四哥小学毕业。现在的人难以想象，一家种田挣工分抚养了七个孩子，且让他们上学读书，多么不容易！

大哥 1962 年高中毕业后回乡务农，1963 年当了民办教师，从小学教到中学，1980 年转正为公办教师，1996 年被评为中学高级教师。回乡后不久大哥就结婚了。从小家里给他定了娃娃亲，三叔与亲家年轻时交好，于是结为儿女亲家。这桩婚事对三叔来说是好事，大嫂的父亲是共产党员，弟弟是解放军。三叔家尽管成分好，但三叔当过伪保长又是国民党员，是四类分子受管制。

二哥体质较弱，初中毕业三叔让他学了裁缝。20 世纪六七十年代，冬闲春节前一些村了请裁缝驻村，一做就是一两个月。做衣服的大多是大姑娘小媳妇，二哥手艺好长相俊，时间长了，姑娘便生爱慕之心，结果二哥因手艺结缘，不久也结婚了。女方家庭也好，贫下中农，哥哥还是解放军军官。两个儿媳妇娘家都好，所以对三叔的管制相对不是那么严厉。

堂姐卫校毕业在城里工作，不久结婚成家，大哥二哥结了婚，不久也都分家另过了。三叔三妈带着三个儿子和小女儿一起过日子，三哥初中毕业就上不了学了。四哥小学跟我在一个班级，比较调皮，记得毕业那年，他与同学在教室里模仿《西游记》中的人物，维妙维肖，同学们都笑坏了。小学毕业，四哥自己决定不上学了，回家跟着挣工分。三哥脾气特好，从小读书，干活不算好手。三叔三妈也不年轻了，四哥渐渐显示了持家的能力，成了家里的主力。

三妈虽是农村妇女，但是特别地爱干净，出门总是收拾得清爽整洁，头发一丝不苟，两根发卡卡在脑后。上街时一件月白色的大襟褂子，黑裤黑布鞋，清秀利索。四哥和小弟、小妹也都随三妈，家居虽然简单，但是摆放有序，擦抹得干干净净。院子里打扫得一尘不染，农具摆放得整整齐齐。

因为二哥是裁缝，四哥农闲时节就帮着二哥做活，四哥心灵手巧，不久也学会了剪裁缝制，很快也出落得好手艺，冬天也走乡串村地做衣服。通常都是老客户，他连续几年都在我大表姐家的村子里做衣服，也是大表姐从中努力，与表姐婆家的堂妹订了婚。以前祖父开糖坊，三叔会做糕点，四哥也学会了做糕点。每年春节，三叔自家熬米糖、山芋糖，制做各种切糖，如花生、芝麻及生姜糖；各种糕点糖果，如羊角酥、角切、炸果等，拿到街上卖钱，好像还做过来料加工。春节四哥或小弟给姑妈们和我家拜年，带上自制的糕点，放上数枚鸡蛋，就是很体面的礼物了。春节我去三叔家拜年，三妈做几个好菜，只有三叔三妈陪我用餐，堂兄堂弟都夹点菜坐得远远的。

四哥心灵手巧，任何事情一看就懂一学就会，家居农具尽可能自制自修，灶台炉具自己设计自己垒砌。但凡需要做能够做的事，立即行动毫不拖延。做事情总是一丝不苟，极其严谨，精益求精，追求极致。衣服做工精细，剪裁设计敢于创新。四哥农忙时干农活还接裁缝活，冬闲时外出驻村缝衣。全家努力，勤劳节俭，大姐时有接济，不久四哥体面地办了婚事。我代表父母去喝喜酒，新房内妆台箱柜一应俱全。

四哥长得帅又是裁缝，不管外出做什么，出门总是衣着得体、精神饱满，不亚于现在大城市里的大公司白领。

四哥结婚后仍与父母、三哥、弟弟、妹妹一起生活，如果婚后分家另过，凭四哥的勤劳和裁缝手艺，小家一定会过得很好。但是四哥坚持不分家，他要帮助父母，弟弟妹妹还在上学，三哥也要成家。后来有了孩子，一个八九口人的大家庭，一直生活到“文革”以后。

“文革”结束后，为发展经济允许经商了，四哥考虑做点小生意。早先祖父在世时，让四哥跑腿去合肥给他买点针头线脑的回来卖，为此四哥结识了合肥做生意的一户人家，时间长了逐渐成了朋友。这时四哥想到了这户人家，估计他们应该早就做生意了。就去合肥请朋友帮助进了一些布匹、针织品及农村常用的一些物品，去街上摆摊，规模也渐渐地大了起来。后来乡政府鼓励发展商业，本乡的居民可以在街上建房了做生意。这时，三哥、小弟和小妹也相继成家，三哥也当上了民办教师，后转为正式教师。二哥、小弟和四哥都在街上建了房子，乡下不多的地也继续耕种着。

四哥自建的房子是两层平顶小楼，小楼构建简约实用，收拾得别致舒适、干净整洁。楼下临街坐东朝西是两间门面房，后面厢房坐北朝南，是厨房和客厅及储物间，中间一个长方形的院子，后面是一片菜地，院后小门通向菜园，小门南侧靠菜园是卫生间，其他南侧是院墙。楼上三间卧室，卧室外有走廊相通，走廊栏杆是不锈钢材质，美观安全。二楼靠东边有台阶上楼顶，顶层靠东还有一个小房间。院内打了一口水井，早先没有自来水的时候，四哥自家安了一个水泵，抽水接水管通向院内砌的洗涮水池、厨房及卫生间。有了自来水后，水管同时接院内水井与自来水，平时洗涮衣物器具，冲洗卫生间等用井水，饮用、做饭用自来水。菜园外围还挖了一个小水塘，积蓄雨水用于浇灌菜园。菜园周围种植各种花草，一棵粗壮的金银花攀援缠绕，沿着院墙一直爬上楼顶，春天花开，香溢满园！随着乡村绿化，现在小水塘后面已经是一片小树林了。2017 年，我去四哥家看望三叔，我跟四哥说："你的房子简约实用环境优美，那些豪华的大别墅也比不上。"

四哥做生意比较稳妥，秉承祖父做生意的理念：诚信守约，顾客至上，童叟无欺。货品品质至上、薄利多销，不奢望、不折腾。将军岭许多人做生意挣了钱都去合肥买了房子，去外地发展了。四哥还在将军岭，直到现在。早先是经营布匹，兼做衣服，后来农村没人做衣服了，就改做其他行业。

四哥与时俱进，根据农村的消费需求而变化。20 世纪 80 年代初农村普遍通电，四哥学习电工技术，为村民提供排灌及粮食加工等用电服务。随着农村家用电器需求的出现，还曾经营过家电产品。应农业机械化发展的需求，四哥又开始销售农机具零部件等商品，学会了家用电器、农机具修理，并免费提供咨询。2019 年听说县城师范学校学生洗衣困难，就找上门去投资了县城学校的洗衣机业务。随着新能源电动车的发展，又投资了住宅区的充电桩业务。这些都是城乡居民的急切需求，且投资不大、力所能及。四哥还学会了运用无限网络，网上收费，降低成本，薄利多销。

几年前，合肥的一个熟人通过微信发来一篇文章《好人余恕阔》，说的是四哥拿出洗衣机业务的大部分利润，给学校设立了奖学金，资助特困学生。这位朋友并不知道余恕阔是我的堂哥，见名字中的“恕”字，又在我的家乡，估计我可能认识。听这消息我并不意外，四哥一向热心助人，好客热忱！生意不大，却热心参与公益事业。最近才知道四哥在1981年就被选为将军岭公社第五届人大代表，2021年选为合肥市蜀山区文明家庭，2022年被推荐为五十里小庙镇道德模范。

去年我又去了四哥家，太羡慕他的将军岭住所了。四哥既有开放的眼光，又有传统的情怀！在祖父的孙子辈中，四哥对祖父理念与处事作风的传承最为突出！前些年，农村撤乡并村，将军岭日渐凋零，多数商家都去了合肥、县城或五十里小庙镇，四哥也许有过犹豫，但还是选择了留下。他的故乡情怀太深太浓！他眷念亲情、乡情和故土，坚持了自己的信念，守望故乡，坚守农村！没想到乡村振新，故乡将军岭破茧重生，又显风采！

2017年国庆节期间回乡看望三叔二叔，大家在四哥家聚会。感谢四哥在故乡的坚守！！因为他的坚守，我可时而去他那儿重温故乡的味道，脚踏耕种过的土地，捏一把赤脚踩过的泥土！

现在四哥虽年逾七十，但身体健康精力充沛，出门还是衣着得体、干净利索、神清气爽！乐观使人年轻，勤奋增长才能！凡是乡邻及大家庭有事，他总是前往相助，献计献策，完全像是个年轻人！三叔在世的时候，最喜欢住将军岭，也是在四哥家住的时间居多。去年三叔 102 岁高龄安然离世，是他们兄弟孝敬和悉心照顾的结果。

如今四哥仍然种地，经营着他的将军岭小店，儿女们都已成家立业，衣食无忧。可是四哥忙了一辈子，是个闲不住的人，做他想做、又是他力所能及的事，有忙有闲，日子过得非常充实！

什么是精彩人生？用自己的双手，为家人、为家乡、为社会辛勤劳动，为国家做贡献，这就是精彩人生！

于 2022 年 9 月

三叔余玉忠（居中）和儿子们，左起：永强、恕阔，右起：恕发、恕森

2017 年国庆节在四哥家忆往事，左 3 是三叔，左 4 是二叔

14

父亲送我上学

子女教育是父亲一生中最重要的事情，为了让姐姐读普通中学，父亲卖掉了所有能换钱的家具，家里的条案、大方桌、母亲的大床及踏脚板，只要有人要，都卖了。担心姐姐辍学，两个哥哥也十分着急，二哥借了合肥余忠叔三元钱，二哥的中师班主任徐航老师也给二哥寄了六元钱，这些钱都是二哥大学毕业后还上的。二哥始终将对家庭的责任放在首位，帮助父母亲，承担着扶养、教育弟弟妹妹们的责任。

无论哪个孩子考取中学，父亲都特别高兴！每个孩子初次离家去外地上学，只要父亲能抽身，上学那天总要送儿女一程，途中嘱咐叮咛，哪怕就送几里地。

1964 年我考取五十里小庙初级中学，报到的那一天父亲要送我去学校。因为生产队不许请假，学校离家十五华里，爷俩几乎是半夜起身出发，送我到学校还能再赶回家上工。上初中时父亲给我买了一只纸做的箱子，刷上红漆后外表非常体面好看。父亲挑着箱子和铺盖卷，我拿着脸盆背着书包，摸黑出了门。阳历九月，天空晴朗万里无云，到学校东门天才见亮，学校东边的小树林上方刚现出几道美丽的霞光。进校门就遇上教导主任李开方老师早起捡粪（那时学校用泔水养猪，捡粪沤肥种菜，给学生改善伙食），问我是否名叫余恕莲。父亲非常惊异而又高兴，惊异的是李主任的记忆力，高兴的是一定是我入学成绩优异，才给老师留下深刻的印象。送我到了学校，父亲便立即赶回生产队上工了。

这次送我上学，是父亲最后一次送子女上学了。第一次应该是在1948年送大哥去肥东上初中。肥东县离将军岭近百里，大哥经由合肥歇宿一晚去肥东。父亲本来只打算把大哥送到大沙井，上了大路便回。可是父亲每次转身回望，总见大哥也回头看他。那时大哥还不到14岁，父亲不放心，几次三番，一直送到鸡鸣山，考虑到逢集小猪行生意才回来。可是那次大哥并未如愿上学，因为当晚歇脚合肥，大哥借宿以前祖父在合肥做生意时的熟人家里，当夜学费被偷，中途回来了，学没上成。学费不菲，那可是父亲和大伯好不容易才积蓄下来的。大哥回家受到了父亲的严厉训斥，还挨了打。不仅是钱没了，更重要的是大哥为此耽误了好几年，直到1952才又继续上学。这件事父亲多次提及，如果不是学费被偷，大哥的人生也许是另一番景象。

第二次是送二哥去六安中等师范学校，那是1954年，二哥初师阶段成绩优异表现突出，由肥西师范保送去六安师范学校。六安离家一百多华里，没有路费，祖父送给二哥100双草鞋，让二哥沿途叫卖，得款即是给二哥上学的费用。二哥那时才十几岁，挑着草鞋和铺盖卷儿，父亲不放心又不能送他到学校，只能起早送他一段。爷儿俩也是半夜起身，一路上父亲不断嘱咐二哥，凡事勤动脑多努力，管好照顾好自己。父亲没能送二哥太多的路程，送到五十里小庙上了大路，目送着二哥远去才转身回走。草鞋也就几分钱一双，二哥一路叫卖，卖完也就是几块钱。

还有一次是姐姐上高中，姐姐由肥西农兴中学考取合肥二中。两个哥哥都是读师范，二哥成绩优异表现突出，被保送去合肥师范学院，才有上大学的机会。姐姐初中毕业，二哥还有一年即将大学毕业，毕业工作后就可以供姐姐上学了。二哥说“就让恕芳读普通高中吧”，也就是说普通高中毕业了可以考大学。父亲非常高兴！决定送姐姐去合肥上学，二哥在合肥师范学院读书，顺便也看看二哥。生产队只允许父亲请假一天，合肥离将军岭50华里，那时父亲已经五十多岁了，当天去当天回，对于年过半百的父亲来说很不容易。姐姐和父亲也是半夜就上路了，送姐姐到了合肥二中，又去合肥师范学院看了二哥，父亲就急忙往回赶了。到家的时候天已经黑了，秋收生产队晚上打场还没收工。父亲走到离场地还有一条田埂远，见场地上还在干活，没敢经过场地，绕道沿河田埂回家了，次日一早上工。

最后一次就是那次送我上初中了，直到恢复高考，我和弟弟又上学了。父亲无比开心，但此时父亲已是七十岁的老人了。离家上学的那天，我背着行李，父亲送我至马路边，充满欣慰地微笑着挥手看着我远去。几十年过去了，父亲挥手微笑看我远去的情景，一直深刻地留在我的脑海中。

听哥哥姐姐说，小时候父亲对他们非常严厉，包括说话做事，行为举止。不允许姐姐与小伙伴们勾肩搭背，不许参与议论别人，也不许听他人背后议论。尤其要自律，该做的事不能推诿拖延，不该做的事一定不要沾边，要远离。虽然父亲对我和弟弟不再严厉，但是要求还是很严格，我和弟弟也都十分自觉。父亲对我们五兄妹成长的影响是深刻的，不仅是言传，更多的是身教。

我和弟弟辍学，父亲说：学不上了，有空还是要读点书。孔子说“三人行必有我师焉”，凡事留心观察都长知识。确实人们有许多知识是从日常生活中得来的，生活中处处有学问，注意观察思考，就会悟出一些道理，增长一些知识。父亲只要有空，喜欢给我和弟弟介绍地理知识，谈历史事件，讲古典文学中的故事，如《今古奇观》中经典的判例，凭蛛丝马迹的智慧探案、破案的有趣细节。有时还讨论算术问题，如鸡兔同笼、逆水行舟等，常在夏日纳凉、冬日晚饭后的聊天中嵌入，让我们兴趣盎然。

父亲走了，而我记忆中父亲的影像太多，父亲一侧脊背弯曲，挑着行李送我走进五十里小庙中学东门的身影历历如在眼前。

2020 年 2 月 20 日于北京

第二部分

触忆感怀

读书厦大

今年10月，是我就读厦门大学四十四周年。恢复高考，幸运地被厦门大学经济系“财务与会计”专业录取。填报志愿时不知道能否被录取，更不知道财会专业是学什么的。因为在生产队帮助记工分，生产队也有会计，所以就填报了厦大的财务与会计专业。

左起：徐建华、王超美、余恕莲
在鼓浪屿——1979年国庆节

1978级报到时间是10月5号左右，那时安徽到厦门真是太远了！我从芜湖出发，由上海转车至江西鹰潭，再转车去厦门。辗转几天抵达厦门时，已经过了报到时间。在鹰潭至厦门的火车上曾遇到一位广东的陈姓男同学，他在外语系好像是学日语的。1989年我在加拿大不列颠哥伦比亚大学

（UBC，University of British Columbia）做访问学者期间，在 UBC 旁边的银行前竟又碰见了陈同学。我问他是否曾在厦大读书，是否姓陈？他非常诧异。后来听 UBC 的其他同学说，陈同学说广东话，很少人知道他是来自祖国大陆。

厦大校园真是美极了，芙蓉楼中式建筑，绿色的琉璃瓦顶，还有走廊。从女生宿舍楼“丰庭一”通往教学楼同安楼、囊萤楼和映雪楼的道路两边树丛茂密，旁边还有甘蔗园，过了映雪楼上坡便是建南大礼堂。以建南大礼堂为中轴，两边各有两栋中式建筑楼，物理系、生物系和化学系都在这几栋楼内。建南大礼堂和几栋楼俯瞰的是上玄场，上玄场北面是弧形的多层台阶看台，最上层台阶的背后是一圈棕榈树。上玄场南面的围墙外过了一条马路，便是海滩。蓝色的大海，细细的沙滩，坐在上玄场最上面的台阶上，眺望大海心旷神怡。后来上体育课的林老师带我们去海边的泳池里上游泳课，我们也经常去海边坐在沙滩的石头上发呆。厦大的北面靠山，高处便是五老峰，西边出校门便是南普陀寺，都是就读厦大时经常光顾的地方。

1978 年后上大学，同学们的年龄跨度很大，班上年龄最大的是 1947 年出生，最小的应届毕业生 1962 年出生，不管年龄大小，都是朝气蓬勃，意气奋发！十多年集聚的、无学可上的新生们如同久旱逢甘霖的秧苗，读书不求功利，只有对知识的渴求。

上大学前阅读的范围很窄，大多是历史和文学作品，对经济学、哲学、政治及英语完全无知，所以大学的一切课程对我都是新鲜有趣，尤其是哲学和政治经济学。马克思主义哲学，即辩证唯物主义和历史唯物主义，当时讲哲学的是黄光贤老师，他瘦瘦的，个子不高。黄老师声音不大，却逻辑严密，将哲学讲得生动有趣，全系两百多个学生，坐满阶梯教室，我几乎每次都坐在过道旁边的前几排。物质与精神，谁先谁后？经济基础和上层建筑谁决定谁？真理和谬误，两者转换之度的把握。度的毫厘之差，会使真理变成谬误，反之谬误也会成为真理。事物发展的螺旋上升与扬弃，内因与外因，等等，太有趣了！对这些问题的学习与思考，使我的观念和思想方法受到极其深刻的影响，终身相随受益！

厦大丰庭 115 宿舍 78 级财会专业女同学

厦大丰庭 116 宿舍 78 级计统专业女同学

教授政治经济学有两位老师，第一位老师是李秉濬，同学们对他极为赞赏。第二位是陈光汉老师，他讲帝国主义阶段。逻辑清晰，讲解透彻。李老师讲货币的本质与演变是那样的精彩！羊和斧子的物物交换，演变到通过媒介交换，交换的媒介固定到某种物品上，该物品就有了货币的职能。货币最后落到贵金属上，因其价值高容易携带。黄金天然是货币，但货币未必一定是黄金！这些知识简单而又深奥，趣味无穷！直到今天，黄金、纸币、网上支付、数字货币，本质与功能依旧！商品与商品交换，价值与使用价值，马克思的“商品向货币的惊险跳跃”仍是经典，也从未过时！商品不能完成向货币的跳跃，再生产过程就难以持续。不是吗？货品库存积压、房地产积压，现金流断裂，企业就会破产与倒闭。那时听讲帝国主义是垄断的资本主义，金融资本与产业资本的结合等内容，不是太理解，现在已经是非常清晰了。尽管后来又学习了西方经济学各种流派，但是厦大老师们所讲授的政治经济学，对于我们认识、思考现代世界经济与当今社会、经济的发展，仍具有重要意义。

入学后的英语摸底考试许多同学没有参加，因为没学过，我也同样如此。教英语的老师叫蔡玉明，是一位年轻教师，讲课极为认真，效果也很好。学习音标时我觉得英语拼读与汉语拼音有相似之处，学得非常有兴趣，进步也很快。那时买不到英语参考书，好久后才买到《英语九百句》，按音标不管发音是否正确，多读总有好处。

专业课迟了一个或两个学期开课，“会计学原理”是葛家澍老师亲自教授，助教是唐予华老师，记忆深刻的是第一章中讲到会计的阶级性与技术性。李百龄老师教珠算，后来他还给我们讲了“西方财务会计”。李百龄老师很和蔼，很有佛相。谢抗老师和黄仲堃老师讲课幽默精彩，同学们很喜欢他们的“财务与经济活动分析”。林建武和李登河老师给我们讲“工业会计”，庄瑞澄老师讲“建筑和施工会计”，“成本会计”由陈守文老师讲授，大三或是大四，余绪缨和蔡淑娥老师给我们讲“管理会计”。

接触专业课后，我觉得会计确是一门技术，很容易学。后来体会，无论教会计还是做会计工作，应该熟知相关的法律法规、资本市场、金融体系、货币银行、投资保险等问题及所处环境，否则就只是记账。

那时学的是增减记账法，容易理解，而后恢复的借贷记账法，记账规则一致、自动平衡，应该更科学。直到现在，计算机与无线网络，各种处理软件不断出新，而复式记账、借贷记账法仍然不可替代。后来又接触了葛老师的《美国财务会计概念公告》，记得是蓝色封面油印的翻译本，我对“概念公告”很感兴趣，使我对财务会计的基本理论和概念框架有了一个初步的系统了解。最后一个暑假，常老师带我们去三明实习，那大概是常老师平反后首次接触学生吧！毕业论文，我觉得管理会计更为有趣，选了余老师所授的管理会计。

除了专业课，还有“统计学原理和工业统计”“银行与商业银行”等课程，再后来还有“企业管理”、选修课“高等数学”等。工作后用表格统计数据，我就会想起教统计的黄沂木老师，科学合理的统计图表可以承载许多信息，省去很多文字表述。“银行学与商业银行”使我了解了银行还有不同，明白了商业银行与中央银行的区别与关系。

当时的授课老师不管是讲师还是教授，无论是讲专业课还是讲基础课、公共课，都是那样的敬业尽力。这些课程为学生奠定了深厚而又宽广的基础，也是我后来从事教师工作的基石。后来的大学教育，经济与商科的专业划分得太多太细，学生的综合素质及能力可能没有提升反而下降了。

校园的生活丰富多彩，厦门缺淡水，每天只供水一至两次，且时间很短。同学们都需各备一个水桶。每天早晨笼头一有水，同学们纷纷涌向洗漱间，给水桶装满水，那是一天洗涮的用量，包括洗澡。宿舍如能抢到一个水龙头，那么就可以洗衣服了。衣服大多晾挂在楼道里，春夏之季尤为潮湿，好几天都晾不干。

女生宿舍住八个人，四张双人床，八张小课桌。我们班十位女同学，杜红鹰走读，少一个床位。计统班九位女同学，两位走读，多出一个空位，我被分配到计统班女生宿舍，就在财会班宿舍对门。宿舍空间太小，同学们大都去教室自习。王美今是宿舍的大姐，学习特别好，且十分用功，同学们经常向她请教，尤其是数学。晏露蓉总是面带微笑，嘴角微微上挑。王超美和蔡思红时常同行，徐建华经常留守。自习前我们也常去阅览室借书或看杂志，如《十月》《收获》等，张贤亮的《绿化树》、王蒙的《蝴蝶》等都是那时候读的。建南大礼堂时而放电影，电影票八分或一角。通常超美、新清、建华和我一起去看。晚饭后散步至教室，将书包放在教室里占个座位，先去看电影，然后再回教室上自习。如《徐茂和他的女儿们》《唐伯虎点秋香》《天云山传奇》《小花》《牧马人》等都是在建南大礼堂看的。不管小说还是电影，看后，大家都会在宿舍里各抒己见、讨论一番。工作以后没有时间读小说，更没有那么频繁、快乐地看电影了！

宿舍最小的同学张皓是厦大女排队员，她中学时曾是福建少年体育学校的排球运动员。娃娃脸高个子，身材匀称健美，排球场上的飒爽英姿，赢得许多男生的倾慕。每逢比赛，宿舍的女同学也前去观赛助威！

我们宿舍郑新清有一部120海鸥照相机，得空新清经常邀同学们去拍照，南普陀、五老峰、植物园、海边、上玄场、教学楼前的王棕大道，都留下了新清给我们拍的照片。新清不仅给我们拍照，还免费为我们洗印。那些照片留下了同学们就读厦大的许多美好瞬间，记下了同学们结伴出行，以及欢声笑语、相拥相依拍照的快乐时光和深厚友情！

在厦门大学，同学们相互称呼不分男女只呼名字不带姓，很是亲切，我起初不太适应。财会班56位同学，大概分成四个组，我在第一组，组长陈锦福，女同学有苏丹叶、赖少英和我。记得军训时，陈锦福带领小组刻苦训练，取得了较好的考核成绩。陈锦福毕业后也在北京工作，他曾托人带给我一本他翻译的书，后来知道他出了事，很是遗憾！丹叶经常早起在丰庭一的院子里打太极拳，不紧不慢，姿势优美。我们班女生住115宿舍，林湜和叶薏都来自福州，林湜爽朗热情，叶薏美丽温柔，两人高矮相当，常结伴而行。红鹰虽走读也时而光顾宿舍，郑娟、赖少英和红鹰见面打招呼多说闽南话。郑娟举止优雅，说话细声小语，常与车幼梅同行。那时厦大要求学生晨练，老班长胡溪泉每天早晨带领全班同学跑步上操，班长是海军出身，对大家的要求很严格。班级开会通常是在男同学宿舍外的走廊中进行，开会前文体委员韦红教同学们唱歌，《祝酒歌》《年轻的朋友来相会》，情绪高昂，振奋人心！至今唱起来仍然心潮起伏！

同学们大多来自福建，班上只有10位同学来自华东四省一市：上海、安徽、浙江、江苏和江西各招两人。寒暑假多数同学们都回家，尤其是春节。四年中我至少有三个假期没有回家，实在是离家太远，交通不方便，每次假期回厦门先从合肥到上海，再转车去厦门。从上海到厦门都是站车厢过道三十多个小时，而且被乘客挤来搡去。放假回家多与上海、浙江的同学乘同一趟车。经上海转车，建华邀我住她家。建华姐妹5人，还有父母哥嫂、小侄女，多么拥挤！感激建华的用心！让我方便为我省钱！厦门天气热，有些女同学穿裙子，建华见我没有裙子，就买了一块布料，请她母亲给我做了一条三角裙。淡灰色的，很雅气，她母亲并没有量尺寸，做得竟是那么的合身！那是我第一次穿裙子！之前的农村几乎没女孩穿裙子，再说穿裙子也无法干农活。那次建华陪我逛了南京路，游览了人民公园，还吃了刨冰。后来再吃刨冰是在台北了，那年我和儿子逛台北夜市，见到刨冰便想起了在上海建华请我吃刨冰的情景。很奇怪，我在北京没见到刨冰，也许是没有专逛冷饮店吧。

有一次暑假，回家时与上海的苏锡嘉、浙江的黄速建同车。苏锡嘉带了一些青色的小芒果回上海，大家都没吃过，决定拿出来尝尝。结果都认为味道很不好，好像给扔掉了。

假期留校，总有赵锦爱相伴。锦爱父亲在她上学前就去世了，母亲也在她上学期间去世，生活全靠助学金，寒暑假她大多留在学校。我和锦爱住斜对门，分别是115室和116室，假期里大多时间都待在宿舍里学英语、看小说。锦爱喜欢英语，又酷爱写毛笔字，还喜欢唱歌，而且音色甜美。锦爱练毛笔字，缺少纸墨，就在旧报纸上用仅能看出字轮廓的浅墨水反复练习。夏日的傍晚我和锦爱经常去散步，南普陀、海边或上玄场是我们经常光顾的地方。海边我们会坐在大石头上，遥望大海，或看海边游泳戏水的人们，有时会蹲在沙滩上，看退潮留下的小螃蟹极速地爬行。去南普陀通常是从国光楼后面的大石头豁口过去的，看着石头上大大的“佛”字，谈论着听说过的有关佛的故事。锦爱的母亲信基督教，锦爱告诉我她母亲生病期间，承蒙教友照顾。母亲去世的那天，她竟梦见母亲去世，而且她母亲所穿的寿衣也竟与她梦中所见一致，简直不可思议！在上玄场，我们会坐在上玄场的台阶上，呆呆地仰望蓝天眺望大海，有时还能听到厦门与金门大喇叭的相互喊话。

寒假过春节，学校会组织团拜，给留校的同学们加餐。大年三十或年初一，同学们在食堂里聚餐，印象最深的是好吃的炒米粉，还有食堂发给同学们的炸黄鱼，或炸鲅鱼和馒头，是那样的美味好吃！

就读厦大至今已经四十四周年，毕业也四十周年了。当时的老师有的已经仙逝，想到厦大，眼前还常浮现出他们课堂上的神采，我们将永远怀念他们！

如今同学们大多数也退休了，因为新冠疫情的防控大家见面也少了！相信提起就读厦大，那一定是大家最充实、最快乐，最值得回忆的时光！

于 2022 年 10 月 4 日

2

教书贸大

前几天一位老师告诉说：向广宏老师去世了。我听了难过了很久！向广宏老师是我见的对外经济贸易大学的第一位老师。

那是在 1985 年暑假前，我去常勋老师家谈论文，遇到了对外经济贸易大学（通常简称贸大）的向广宏老师，他此行是来厦大招会计专业教师的。原来贸大的管理系建立不久，需要会计专业教师。管理系的陆祖汶老师之前参加了余绪缨和常勋老师在大连举办的管理会计班，认识了常老师。贸大管理系副书记向广宏老师特地来厦大拜访，请常老师介绍引荐。常老师给我们作了介绍，说我将于 1986 年暑假毕业可以考虑去北京，同时常老师对我说贸大挺好很适合我，极力希望我去北京。事属突然，自然当时不能决定，我说可以考虑。

后来跟家人商议，父亲说北京气候寒冷，二哥 1978 年冬天曾在北京中华书局修改书稿一个月，说北京冬天没有绿色蔬菜，大米也少，家人比较倾向于毕业后在南京或合肥工作。当年秋天我要做毕业论文调研，将去南京财政厅和天津渤海石油公司（似是中法合作），正好可以去北京贸大看看。渤海石油公司也是常老师介绍的，该公司的一位职员是大连管理会计班的学员。那时硕士毕业要做论文调研，厦大还有调研经费。大概是10月下旬从厦门出发一路北上，先去了南京，在南京见了先我一届厦大统计专业研究生、在南京大学商学院工作的校友刘志彪，我们在南大门口聊了一会南大商学院的情况。随后北上天津，渤海石油公司的同志非常热情，开车去油田，介绍油田管理情况及财务问题，离开时还开车送我去火车站。第一次坐小轿车晕车厉害，途中多次下车呕吐。在北京见到了贸大会计教师、厦大1977级会计专业毕业留校后调来贸大的薛琳老师，现在已记不清贸大管理系是哪位老师接待我了，当时就给了我两本油印的《管理会计》，似乎我已经决定来贸大任职了。

回到厦大，常老师还是非常希望我去贸大工作，由于贸大老师的热情，最后我决定北上。

因为父亲在病中，暑假后快开学了我才到贸大报到，学校给我安排了两门课，会计专科的“管理会计”和外贸专业的“财务会计”。“管理会计”用的是上次北京见面给的教材，财务会计我用常勋老师给中央电大编写的《西方财务会计》。

那年厦大研究生班的好几个同学分配去华润公司和蓝光公司工作，入职前在贸大培训。国庆节刚过，接到姐姐电报说父亲病危，要我赶快回去。我向高国沛主任请假，高老师希望我找一个人代课，于是，我请在贸大培训的同学李慕寒代课，直至我回校。

回到学校，这才对新的环境开始有所关注。会计教研室教师不多，陆祖汶老师即将去美国任中国大使馆商务参赞，薛琳老师被借调去中国中化进出口公司。教研室还有青年教师秦宏毅，大约1987年学校送他去了美国读学位。沈瑞聪和彭玉书老师年纪比较大，彭老师是教研室主任，还有彭老师的研究生吴卫军。1986 年同我一起分配来贸大会计教研室的还有中央财经学院的毕小为，她年纪小我一轮。齐耳的短发，白里透红的瓜子脸，苗条的身材，活泼大方可爱，美丽的小同事！我们都住在一个楼，她与外贸系的研究生岳晓丽、施丹住一个宿舍，我和中德中心的的一位老师同宿舍，大概她家住北京，很少来住。管理系的办公室及各教研室的办公室也都在这栋楼的一楼，宿舍在西边，办公室在东边。系主任高国沛，看起来比较严肃，后来发现高老师说话幽默、音色很好，很关注年轻教师的成长。系党委刘日生书记很是和气，每次见面都问“小余都好？”彭老师当时已经六十多岁了，身体精神极好，对年轻教师特别关照爱护。

那时管理系只有会计专科，我给专科上“管理会计”，小毕上“外贸会计”，孙宪萍是学生辅导员。1987 年由北大毕业的黄慧馨加入会计教研室，人大毕业的王秀丽于 1988 年加入，后来由本校毕业

春游，后排左起：刘红梅、余恕莲、孙宪萍、毕小为

的徐仁燕、彭老师研究生孙宁及四系（海关系）毕业的张瑜也先后加入，张新民老师大概是1989年来到会计教研室的。会计教研室女教师多，一群美女！都小我十岁左右，与青春美丽的同事们在一起工作，真是快乐无比！似乎我也同她们一样年纪！住石景山那会儿，还经常去住青年公寓的毕小为、王秀丽家蹭饭。当时会计教研室的课特别多，除了在校内本专科上课外，还去外贸部所属外贸公司的经理班、培训班，以及全国各地的会计专科函授等上课。

1988年暑假前，高主任把我叫去，告诉说下学期外教来不了，让我给研究生上财务会计，用英文版教材。我说我英文听说不好，大概不能胜任。但高主任肯定说：没问题，一定可以！用英文教材，讲课可以不用英文。在厦大听了常老师的会计英语，后又参与了常老师《西方财务会计》教材的编著，读研期间也阅读了不少英文资料，虽然听说差，但阅读、尤其是商科专业的外文研读是没有问题的。我心里有底了！于是整个暑假尽全力备课英文教案、研究教材。英文教材是复印的，不像现在由出版社影印，有配套的教辅资料。课上提问及课后作业必须自己先做出准确答案，自己先读透教材，才能教学生。上大学后我才开始学ABC，听力极差。课上讲课主要是用汉语，解释教材疑难问题，帮助学生理解西方经济环境与背景，英语用于重要概念术语的讲授。一段时间以后，学生反映不错，效果还好，觉得信息量大，比外教课上理解得更清楚明白。此后不久，系里告诉我，国外大学将来校面试，确定派往外国大学的访问学者，面试名单中有我，要我做准备。

当时贸大派往外国大学读学位、做访问学者的老师很多，贸大老师们大多原来是学外语的，所以语言没有问题。我英语听力差，听不懂就沟通不了，估计面试很难通过。但既然系里推荐，一定要努力试试。记得面试是在对面楼上的会议厅里，来面试的人是加拿大不列颠哥伦比亚大学商学院教授或领导。该项目好像是由联合国国际贸易中心赞助，外贸部管理的工商管理硕士（MBA，Master of Business）备课项目，除了对外经贸大学，还有上海贸院、广州贸院等高校。那天面试，听懂了我就回答，没听懂也未乱说，或抱歉请对方再说一遍。面试过后，我觉得没有希望。可是没想到，不久学校通知说对方来信：我竟然通过了！面试通过了但高兴不起来，因为我当时怀孕了，只得如实告诉高主任。高主任问预产期，我说是 1989 年 3 月。高主任说不碍事，1989 年暑假以后才去，叮嘱我加紧提高英语水平。我真是特别高兴！

1989 年 3 月，生完孩子后休产假去了婆婆家，4 月学校通知我回校准备有关出国事宜。那时去加拿大还要去香港办签证等相关手续，不过本人不用去，学校外办办理需要的相关资料。签证手续顺利，1989 年 8 月 13 日出发去温哥华，1990 年 9 月 1 日回国。访学期间，没有家务，不用上课，时间充裕，全部用于学习。这期间孙维炎校长曾去哥伦比亚大学商学院工作访问，由商学院安排，我见到了到访的孙校长。那期间，函授部的蔡元麟老师请我去他家吃饭，饭菜特别丰盛。蔡老师是去温哥华探亲的，他夫人在外贸公司工作被派驻温哥华。在国外见到学校的领导与同事，别说是多么的开心！

回国后不久，管理系设立了会计本科，会计本科除了“财务会计原理”与“管理会计原理”，不久增加了“中级财务会计”。研究生的会计课有“高级管理会计”，后增加了“高级会计”和“国际会计”，教材都是英文版，多是复印的。那时管理系的研究生多是重点院校的理工科本科毕业，没有财务、会计及管理学等商科知识基础。理工本科加研究生的专业及英文，使他们毕业后都成为了工作单位的精英。

20世纪八九十年代，是贸大最红火最辉煌的时期，企业管理系学生按外语专业招收，每个班只有二三十人。毕业生外语水平高，专业知识扎实，专业性外文强，是改革开放后各外贸、外资企业急需的人才，尤其是财务与会计人才。

1992年11月30日我国发布《企业会计准则》，即“基本准则”，1993年7月1日起开始实施，标志着我国会计制度的改革逐步与国际会计准则接轨，这也是加入世界贸易组织（WTO）的条件之一。企业会计要转换，特别是外贸企业，缺少了解西方会计与财务的人才，当时国际企业管理学院的课程设置，在全国高校可不止领先一步。大概1993年或是1994年，贸大管理学院开始MBA招生，最初几届MBA学生都是来自外贸部（现商务部）所属进出口公司及国有大企业的中层干部。

中国会计制度的改革，使得西方国家的会计行业组织开始瞄准、进入中国市场。1989年英国注册会计师公会（ACCA，Association of Chartered Certified Accountants）曾来贸大联系，1994年加拿大的注册会计师（CGA，Certified General Accountants）开始与贸大管理学院合作。同时外资企业也需要员工培训，如摩托罗拉、IBM公司的员工备考美国注册管理会计师（CMA，Certified Management Accountant），即注册管理会计师的考前课程培训。

20世纪90年代末，贸大管理学院又取得了会计学硕士的培养资格，可以说20世纪90年代，管理学院是跨越式腾飞，为学院赢得了声誉，也为21世纪初国际商学院申请博士学位授予权，取得会计、审计专业学位培养资格，以及MBA规模的扩大等后续发力发展，打下了厚实的基础。

这期间，又有一些年轻教师陆续加入会计教研室。会计教研室的课时工作量很大，同事们都十分忙碌，但是大家各司其职，相互协调配合，都忙但却都快乐着！

教研室主任彭玉书老师特别提携培养年轻老师，鼓励我编写教材。大约1993年我开始牵头编写《管理会计》，后又编写了《西方财务会计》《中级会计》《高级会计》等教材。起初这些教材主要为学生学习英文版教材作参考。后来这些教材也用作课堂教材，并不断地更新修订。这些教材多由对外经济贸易大学出版社出版，先后有谭晓燕、王宁和汪洋老师任责任编辑。经过大家的共同努力，多部教材被评为北京市精品教

在贸大上课

居中为彭玉书老师

材，《管理会计》还被评为教育部“十五”规划教材。

当年贸大校领导非常重视教学，记得刚到学校上课不久，孟继成教务长就听了我的管理会计课，课中有学生做小动作，被教务长当场批评。我当时并不知道听课的是教务长，否则新老师讲课会紧张的。做论文报告，我的论文得到了王林生副校长的肯定。1993 年被评为副教授，还获得青年优秀教师称号。1994 年学校系改学院，管理系改为国际企业管理学院。前系副主任调去校办，有老师告诉我说，可能让我担任管理学院副院长。我之前没有行政工作经历，又不是党员，我说不可能！后来学校确实叫我担任副院长，我没有思想准备，也没有经验，住得又远，很犹豫。但有领导和同事们的鼓励，于是我担任了学院成立后的副院长，同时担任副院长的还有陈淑仁老师，院长是马春光老师。那时我住石景山八角中里，离学校远，交通极不方便，坐班真的很为难。孙维炎校长关心教师，平易近人，亲自过问换房问题，可是石景山太远了，人家不愿换。

大概暑假前，1993 年申请的教育部留学基金结果出来了，我获得了包玉刚留学基金。“包玉刚项目”津贴高、时间长，比教育部留学基金好，但是“包玉刚项目”需要参加北京语言大学的英语培训，要到 1995 年暑假后才能成行。暑假后，我按要求参加了北京语言大学的培训班。家住石景山，先步行再乘公交到西直门，再转车去北京语言大学，路上两小时，家里还有孩子上幼儿园。因为脱产学习，学习后再去英国一年，不能履行副院长职责。管理学院刚成立，工作千头万绪，院里找我谈，其意思我很明白，当时我说可以辞职。征得学校的许可，我辞去了副院长的职务。在北京语言大学学习一段时间以后，才知道申请人可以放弃“包玉刚项目”，选择原来申请的教育部项目。儿子1995年暑假后上小学，于是我放弃了“包玉刚项目”，同样选择的还有一位清华大学的老师。我随即联系英国学校，确定于1995年春季学期成行。

1995年2月下旬去了英国，9月初回国，这以后主要是从事研究生教学以及MBA和相关培训等教学工作。1996年被评为教授，当时的马春光院长和办公室主任杜晓给予我极大的支持和帮助。1999年学校领导换届，马春光院长去校级任职，学院行政也要相应调整，这次学校及学院又让我担任了副院长。与上次相似，上年申请的教育部留学基金结果又出来了，又是半年访学项目。这次我选择了美国，联系的是美国伊利诺伊大学香槟分校。2000年2月底去美国，9月初回国。此时正逢我们学校和隔壁的中国金融学院合并，金融学院的会计、统计专业并入了商学院。我觉得国际商学院的行政领导职位应该有需求，我主动选择辞职，腾出空间，方便了他人，也放松了自己。

2001年调整住房，我家搬到西三环附近，与学校距离大大缩短，来学校方便了许多。可是国庆节刚过，做小手术发现罹患乳腺癌，当即在中日医院做了根治手术。病理结果已经有淋巴转移。

此时先生张辉在援藏，我姐姐来北京照顾我。因为生病不能上课，手术第二天，我将此事告诉了商学院院办主任肖熠老师。张新民院长、张杰副院长等院领导得知后，立即来医院看望，特地请了护工照顾我至第一次出院。学校得知后非常地关爱关心，陈准民校长、徐子建副校长到医院看望，校工会要给我申请补贴，我谢绝了。我化疗用的是国产药，治病的钱真的不多。但因伤口久不愈合，住了较长时间的院。这期间院办主任肖熠、孙宪萍、傅慧芬、蒋屏和王秀丽等许多同事多次探望，给我以安慰和鼓励。学生潘铖几乎晚上都会来陪我一会儿，给我打开水。当时还是研究生的浦军老师和他的同学给我买来鲜花和水果，钟汉萍同学送我的塑料花，至今还放在我的窗台上。女同学心细，给我拿来加湿器。领导、同事及学生们的关心关爱，给了我许多的温暖，也给了我巨大鼓励和信心。次年5月化疗结束，我还给研究生开了一门课，秋季开学，我重新正常上课，基本恢复了健康。

病后，承学院关照，我也主动放慢了脚步，工作量大大减少，更多是弹性工作，如指导研究生等。后几任院领导又给予我许多的支持、帮助及关照。

我有缘有幸执教于对外经济贸易大学三十多年，结识了那么多可爱友善的同事，遇到了好领导！也亲历了五系即企业管理系演变为国际企业管理学院、国际商学院的进程。见证了校园由原来的摄影厂旧址成为具有国际化特色美丽校园的巨变。贸大给了我宽阔的工作平台，学识、英文都得到了极大的提高。在这里我追寻工作的乐趣，享受着陪伴学生成长成才的快乐！我喜爱贸大，祝福贸大！

怀念向广宏老师！他是我见到的第一位贸大老师，遇见他我来到了贸大，成为了贸大的一分子！

余恕莲于2023年4月2日

3

致我们的青春
——母校、老师、同学

青春是美丽的，我的母校！那里荡漾过同学们的笑声，印记着同学们的青春年华！

母校安徽省肥西县五十里小庙初级中学，坐落在五十里小庙街道南偏西、郑大郢西、郑大塘的西南角，估计校园长一公里左右，宽约半公里多点儿。周围筑有一道泥围墙，有东门和南门两个校门。东门很小，出门就是郑大塘。全校师生员工的生活生产用水全靠这口大水塘，包括冲刷洗涮、喝水做饭、浇菜种花种树。为近水源，食堂紧邻东门，师傅们在水塘边搭一块跳板，供淘米洗菜之用，也方便食堂取水。塘水浑浊不能直接饮用，需要先取回倒入大水缸，用明矾澄清后再做饭饮用。南门比较大，按现在的标准可以容得一辆小轿车同时进出。出门一条土马路直达五十里小庙街上，马路两边各种一排树，外

注：2018 年 10 月 18 日，肥西县五十里小庙初级中学二（2）班同学毕业 50 年第一次聚会，我未能到场，写此文纪念 50 年后同学再相聚。

边就是农田。夏天清晨，稻田里的秧苗挂满露珠晶莹剔透。夏秋之交，灌浆后的稻穗黄中见绿，明月初照不时传来蝉鸣蛙唱。不禁让人想起辛弃疾的“明月别枝惊鹊，清风半夜鸣蝉；稻花乡里说丰年，听取蛙声一片。”

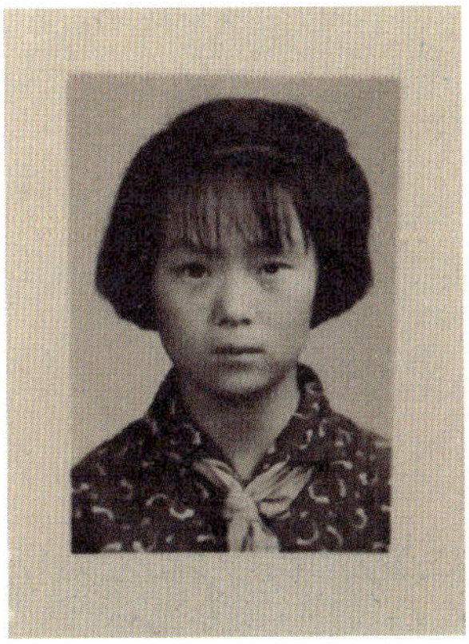

小学毕业——余恕莲

我们的校园——摄于 1965 年

左起：金继华、余恕莲、赵纯——1965 年

校园为东西两部分。东部南面是运动场，篮球赛是学校最壮观的观赏运动。每次球赛，球场两边都站满了喝彩助威的师生员工。球场北面有前后三栋像样的平房，似乎是砖泥结构的墙体瓦房，一栋大约有十多个房间。前面一栋有图书馆、实验室和仪器室等，记得显微镜就放在朝东的一个房间里。后面一栋应该是办公楼，教务处、教务主任及校长办公室，各教研室等都在这一栋房子里。后面的一栋是男生宿舍，同学们一日三次大多在男生宿舍前面用餐。瓦房后面是泥墙草房，是老师们的宿舍兼办公室，再后面的一栋泥墙草房是工友们的宿舍及工具存放处。

西面是教学区，有两排四栋平房，也是砖泥结构墙体瓦房。每栋分割成两个大教室。每个年级两个班就是一栋，共占用三栋。教室坐北朝南有走廊，前面是空地，课间同学们在此活动。围墙内外的空地都种上了树，记得最多的是槐树。春天槐树开花，香清四溢。剩下西北角的一栋，似乎用作礼堂，记得1965年五一节或是五四青年节，我们在此演过节目。我和李莹或是金继华演过兄妹开荒，舞台就是高出地面的泥垒土台。

进南大门类似于学校广场（尽管很小），介于西部教学区与东部运动场之间，中间设有花坛，花坛及道路两旁栽种了美人蕉、翠菊、鸡冠花等，校园内处处收拾得整齐清洁。农村的孩子能在这样的环境里读书，当然快乐无比。

刚入校时的女生宿舍就在广场北，居中偏西，是坐西朝东的低矮泥墙草房，后面有一片小水塘及小树林。后来在西北角建了两个小院，一个用作女生宿舍，全部女生都住在院子里；另一个院子似乎是办公室，原来的女生宿舍也随之拆除。如今小庙中学的校园早已不知去向，不知同学们是否还记忆犹存。但在我的心中，小庙中学永远是最美丽的校园！

校园不大，设施简陋，却记录了我们青少年时期最美好的时光。短短一年半多的初中学习生活，给我留下了许多深刻的记忆，对人生产生了重要的影响。数学由班主任张明定老师教，第一节课就让我们知道了数可以分为自然数、有理数、无理数、正数和负数等等。后来又学习了代数式、数学公式、解方程，推导和证明，逻辑严密，趣味无穷。语文老师张书元，高挑个儿，白皙的皮肤。印象最深的是，夏日她走在校园里，打着一把阳伞，穿一件苹果绿的短袖衬衫，美丽典雅。初中语文课的第一课是许地山的《落花生》，课文的开头是："我们屋后有半亩隙地，母亲说让它荒芜着怪可惜，就开辟出来做花生园吧。"张老师说一口标准的普通话，轻快悦耳，好听极了！1964年10月，我国第一颗原子弹爆炸成功，全校欢腾。命题作文"欢呼第一颗原子弹爆炸成功"，我还得了优。可是一年级还没结束，张老师就调走了，现在想起来还觉得很遗憾。后任语文老师是方群老师，听说他上过朝鲜战场，眼部受伤。上过战场的战士又当教师，令人由衷敬佩！植物学任课老师叫张树莲，张老师身材微胖，她课堂上"绿色开花的植物、细胞壁、细胞核、细胞质膜"的淮北口音仍在耳旁回响。张老师带我们去实验室，让我们用显微镜观察植物的细胞壁、细胞核和细胞质膜。我第一次在显微镜下辨别细胞壁、细胞核和细胞质膜时，既神奇又兴奋。看似一次普通的实验，却激发了学生对科学的好奇和兴趣。二年级开始学几何，几何是李元老师教的。李老师幽默风趣，讲到直线、线段，李老师说"直线可向两边无限延长，没有端点。这边可向长岗店延长，那边可以向雷麻店延长；射线只能向一个方向延长，在小庙，可延到将军岭；而线段是直线的一部分，两头有端点，雷麻店到将军岭就是一条线段。"李老师讲课通俗易懂，一下子让我明白了直线、射线和线段之间的区别与联系。他丰富的表情和夸张的手势，至今脑海中仍清晰可见。

体育课由曹维刚老师上，应该是1965年，学校组织乒乓球队，参加肥西县中学生少年女子乒乓球赛，曹老师挑选乒乓球队队员，二班挑了我和李莹，一班挑了张盛荣和马自英。可大家都是新手，尽管曹老师尽心地教，我们刻苦地练，但时间短技术差，比赛没能取得名次。曹老师没批评我们，但我觉得对不起曹老师。李逸群老师和杨庚年老师好像是负责学校共青团的工作，经常组织文体活动。一有篮球比赛，这两位老师都很活跃。杨老师个子不高，但篮球打得很好，可他是近视眼，打球时会用绳子把眼镜绑在脑瓜上。每逢节日学校会编排文艺节目，杨庚年老师的办公室里好像有一台留声机，听留声机跟着汪老师（曹维刚老师妻子）学唱《采茶舞曲》，特好听特喜欢，现在还爱唱。教导主任李开方的教学管理规范严谨，对学生要求极为严格。李主任会弹脚踏的风琴，可是他总是给一班弹，印象中没在我们班弹过（李主任教一班语文），觉得很遗憾。

20 世纪 60 年代，小庙中学在全县应该是规模小资历浅、建校时间短的中学之一，但老师们大都是年轻人，他们朝气蓬勃、勤勉敬业。无论是给我们上过课的，还是没来得及给我们上课的老师，他们的学识、他们的言行对我们的影响都是深远的。虽然我们在校与老师们相处的时间还不到两个学年，但无论后来从事什么工作，我们的人生肯定因小庙中学的经历而有些不同。

刚入学时二班有六十多个同学，男同学多女同学少。孙荣景、吴圣英、李春苹三位女同学上学后不久就退学了，不久马仁香也退学了。那时有的农村重男轻女，大多数女孩能读完小学已属不易，知道她们要退学真是依依不舍。徐世东担任团支部书记，温和而又严肃，高个子沈时高很少说话，徐德文风趣幽默，曹承川视力似乎不太好，董光明个子不高，却聪敏可爱……。总之，同学们的性格和外表各异，但都纯真朴实，友好和谐。20 世纪 60 年代照相是一件很难得的事，也许是遇上毕业班照相，我们有了一次照相的机会。我和金继华、赵纯合影，也各自单独拍了一张，在一张照片中我穿的衣服是金继华或是一班王金荣的。照片收藏也很特别，通常镶嵌在三角形带花边的贴片中夹在本子里。曾有一位同学送了我好几枚花边三角贴片，同学之情自然镶嵌其中。

我们一天的学习从早读开始，上午四节课，下午三节课，晚上有晚自习。同学们都非常自觉用功，那时的读书多为求知而非功利。晚自习是同学们交流讨论的好时光，同学们讨论数学比较多，攻克了一道数学难题，就会开心无比。下午第三节课后，大多时间同学们都去照管班级的菜地，菜地多靠近校园围墙或在围墙外面，每个班级都有多少不等的几块地。刘邦棠同学担任劳动委员，负责蔬菜种植、收获等筹划。刘邦棠以身作则任劳任怨，课余时间大都在菜地里。班长陈义发、生活委员陈道品也都处处带头，陈景荣同学淳朴实诚，埋头干活从不张扬。再说农民的孩子个个都会干活，所以我们班的蔬菜总会大丰收。各班收获的蔬菜都卖给食堂，得款好像作为班费。自种的蔬菜便宜，学生的伙食费自然就少。记得那时自带粮食，每月伙食费 6 元，应该包括柴草油盐和蔬菜。劳动不仅换来了丰收的喜悦，缓解了学习的紧张，丰富了课余的生活，还建立了同学之间互助合作的情感，培养了热爱劳动的美德。

愉快而又平静的学习生活被打乱了。1966 年 5 月工作队进驻学校，学校停课。其后开始了学生斗老师、学生斗学生、老师斗老师的混乱状态。好在时间不长，大约6月底7月初工作组撤出，学校也放暑假了。开学后全班同学未能再齐聚在一起，许多同学至今未再谋面。然而同学们的清纯稚气、朝气蓬勃的年轻身影深刻地留在了记忆中。

离开学校后，同学们的经历虽然各不相同，但都经受了艰苦的磨练，让我们学会了思考，知道珍惜，懂得感恩。幸运的是：我们赶上了改革开放的伟大时代。经过四十年的变革和奋斗，中国已今非昔比，全国基本实现了小康生活。岁月易老，大家都已经步入了老年，但我们的精神未老，初心依旧。让我们珍惜、享受健康快乐的生活，能为我们自己、也为社会和国家贡献我们的余热。我们快乐重逢、我们热情相聚，以此致敬我们拥有过的美丽青春！

2018年9月于北京

4

给孩子老师的信

尊敬的汤老师：

您好！来信收到。首先感谢您对孩子们的关爱，感谢您在百忙之中放弃休息给孩子们写下了一封热情洋溢、充满激情和鼓励的信，又来信与我们家长联系沟通。相信在您的关心和教育下，孩子一定会取得更大的进步。我是张弋江的母亲，以下就您信中提出的问题谈谈我的看法。

张弋江在一个自然、和谐和温馨的家庭环境中长大，快活、单纯，自理能力较强。孩子基本上由我自己带大，只有两次因工作由姨妈照看，但时间都只有半年。在我眼里弋江是一个善良、快乐、聪明、自信、进取、单纯的可爱孩子。到目前为止，在对孩子的教育上，我是比较省心的，张弋江的学习也是比较轻松的。我对待孩子的原则是：爱但不娇惯，信任孩子、尊重并引导孩子的选择。

注：张弋江考取北京四中，开学前班主任老师给家长们写信，这是我针对老师信中提出的问题给老师的回信。这封信是当时的原文，现在回忆大约写于 2004 年 8 月中旬，此时张弋江正在安徽芜湖、合肥看望舅舅、姨妈。张弋江读初中三年期间，父亲张辉援藏，于 2004 年 8 月 5 日期满回到北京。这封信存档时没写时间，而手书给老师的信，应该是有时间落款的。

关于教育的目的，我认为教育的目的在于激发孩子的求知欲，开发孩子的智力潜能，将孩子培养成为身心健康、热爱自然、热爱生活、富有责任心并有能力服务于社会的人。

现在有些家长比较侧重于智力教育，但我认为应把孩子的道德情操和心理健康放在首位。应培育孩子乐观向上的生活态度，对国家和社会的责任感，对待荣誉、成功与失败的平常心态。这样孩子才可能保持良好的心态，热爱生活，积极进取。智力方面的教育我不主张拔苗助长，提倡帮助孩子掌握适当的学习方法，提高学习效率，让孩子享受学习的乐趣。所以从幼儿园一直到初中毕业，我从不强迫孩子参加各种奥校或提高班，只是在小学六年级为参加迎春杯比赛参加了石景山教师进修学校的一个数学班，初三参加了学校建议的阶梯学习。我认为若通过多次重复来提高效果，不仅效率差，而且容易让孩子产生厌学心理。

对于张弋江优点或特点可有如下描述：五官端正，身材修长；性格安静、稳重、朴实；为人宽容、谦和善良、富有同情心；生活节俭朴素；学习方面动手能力、实验能力强，善于思考爱钻研。

张弋江同父母的关系非常密切，对母亲略有敬畏，与父亲完全是朋友。懂得关心体贴父母。初中阶段父亲援藏三年，我一次重病住院半年。弋江非常关心我的健康，家里重活都由他做，如洗碗、买米、搬动重物等。平时有空总会陪我散步，我们经常讨论各种问题。现在独生子女生活条件优越、社会风气的负面影响，使得孩子的教育确实令家长费心。虽然我高龄才要孩子，而且弋江非常可爱，但我总是告诫自己不能娇惯他。在北京可能很少有孩子不吃麦当劳的，但弋江没有吃麦当劳的习惯，记忆中我一次也没有带他去过。节俭是一个人的美德，也是对劳动的尊重。我非常注意从小培养弋江的节俭习惯，初中班主任表扬弋江是唯一一个将中午营养餐吃完的同学，对吃穿从不提出任何要求。要问我对孩子的影响，可能是热爱生活、热爱学习、乐观向上的生活态度。父母应给孩子做出榜样。

如果说张弋江需要改进的地方，可能是性格过于安静（但不是内向）胆子不太大，运动较少，不爱显露自己的才能。这些希望在高中阶段有所改进，也支持他担任一定的社会工作，锻炼他的组织和社会活动能力，我相信他会做好。

张弋江上网很少，但爱玩游戏爱看动画片。几乎每天放学回家后都看一个小时左右的动画片（中考期间也不例外），经常看得开怀大笑。我认为孩子可以适当玩游戏，但一定要能自我控制。迷恋游戏和过多上网会对孩子产生严重的负面影响，而且张弋江又特别对计算机有兴趣，因此在这方面我是密切关注的，绝对不放任。我们的目的是引导孩子运用现代技术服务于生活和学习，而不是将孩子引向歧途。

关于高中阶段的教育，高中阶段可能是孩子们价值观形成的重要阶段，所以高中不能仅针对考大学而进行教育。全方位素质的培育，正确价值取向的引导，对科学探索的向往与热爱，正确学习方法的探究，应该是高中教育的重要内容。

在孩子的成长中，老师是一个重要的角色。老师是孩子的师长，也是孩子的朋友，更是孩子的楷模，与孩子朝夕相处，对孩子的思想情操、价值选择都会产生终生的影响。所以我认为教师应对孩子们充满爱心，对孩子的成长负有责任心。平时多和孩子们沟通；与孩子们一起创造一个快乐、友谊、进取向上的学习环境。

汤老师，以上所谈只是我对教育孩子的看法，不知是否回答了您提出的问题？有些看法也许不正确，如果您有不同看法希望我们有机会再交换。孩子的父亲前天刚从西藏回来，低山反应比较厉害，很抱歉，他说不给您写信了，以后有机会再向您汇报他对教育孩子的看法。目前张弋江去南方看望舅舅了，估计20日左右回北京，他一回来就让他给您写信。

再次感谢您对孩子们的关爱！

此致

敬礼！

张弋江母亲：余恕莲

于2004年8月中旬

5

怀念恩师

余绪缨老师离开我们快十年了，有几件事时时想起，总让我感动不已。

1982年我本科毕业，没想到学校会让我留校任教。考上大学已是意外之事，留校更是没有思想准备。留在厦大任教能否胜任？再加上父母年事已高，厦门离家太远交通不便，当时放弃了留校的机会。回安徽被分配到马鞍山师范专科学校，当时师专将改为商业专科学校需要会计教师。要在高校当教师我觉得书还是读得太少了，于是决定报考研究生再回厦大读书。正好那年余老师领衔，常勋、黄道标三位老师组成的导师组，招收“管理成本会计”方向的硕士研究生。而我的本科论文选题是管理会计方向，也是余老师指导的，记得题目是“货币时间价值与投资决策”。招生名额是三名，那年只有我一人被录取。从规模经济来说，招一个学生不经济。听说当时会计系有老师提议让我延迟一年入学，但是余老师却坚持让我正常入学。当时的我已

注：本文曾在《财务会计》2018年第12期，同门师兄弟怀念余老师的“白发未懈青云志，无求无愧在杏坛”文中发表。

过而立之年，余老师认为对于大龄女学生来说不宜延期入学。

我很幸运，几位老师指导我一人，上课多为讨论，宽松自由，也很惬意。记得葛家澍老师“经济核算”课就在他家客厅里上，课间葛老师请我和赵锦爱（我本科的同班同学，回母校进修）喝茶吃糖果，一年后才有助教进修班的同学和我们一起上专业课。余老师住敬贤楼，他家一楼的客厅我不时光顾，听余老师授业解惑，也听余师母抱怨：“只会做学问，只知道他的学生，其他啥事不懂不管不问。”

常老师住国光楼，在他家的小院中，看常师母逗她的小孙子常亮玩，时而常老师邀我和锦爱在他的卧室兼书房里喝茶讨论。记得1985年初夏的一个傍晚，常老师、黄老师还有陈仁恩老师邀我在国光楼后面的坡道上乘凉散步，讨论成本问题。黄老师的眼睛不好，迎着落日的晚霞，脸儿乎贴到纸上看我写的论文提纲。老师们的严谨、敬业，时常想起仍感动不已！老师们的精心指导，加之我诚惶诚恐的努力，我的硕士论文入选《经济学博士硕士论文选（1986）》，也给了我毕业后当教师、做科研的信心。

毕业那年恰逢余老师招博士，真是机会难得。兴致勃勃去找余老师谈报考博士之事，没想到余老师不赞成，劝我不要读博士。说是再读博士至少又是三年，个人问题不可再拖。可我认为事业为先，有机会就应该努力进取。不管余老师是否赞同，我还是报名考了余老师的博士生。考试结果符合录取条件，但是名额只有一个，余老师选择了当时会计系自南斯拉夫留学回国的黄礼忠老师。黄老师不知情，觉得是他挤了我，邀我一起去找余老师说情，再增加一个名额。我知道余老师是有话直说，不会更改想法，谢绝了黄老师的好意。后来黄老师调离了厦大，被派驻香港工作。我那年去香港华润公司讲课，黄老师请我吃饭，送我礼物，陪我观光，想起来又是非常感动！

毕业后常老师建议、余老师也十分赞同，我来到对外经济贸易大学当教师。经贸大学给了我一个宽阔的平台，1988年秋季学期美国专家回国，系里让我给研究生用英文原版教材上专业课，为此我的英文和专业水平都有了极大的提高。在北京又遇见了先生张辉，结婚生子，家庭和睦，工作顺心。这正是余老师父亲般的考虑和期望：在人生的旅途中，应该在适当的时机做应该做的事。学习是一辈子的事，何时都不迟，而错失姻缘可能再难有机遇。谁说余老师只会做学问？他拥有深厚的人文情怀，对学生亦师亦友亦父。

现在想来，再读三年不是好的选择，余老师给学生的岂止学识！

大约是1992年前后，余老师自美国讲学归来路过北京，我和先生张辉去余老师下榻的宾馆看他。余老师见到我们很高兴，问家庭谈学问，满头银发，面色红润，学者气质儒雅谦和。其间余老师说他给外孙女买了一架电子琴，暂时缺货。我说外贸大楼就在经贸大学不远处，让余老师把提货单给我，等有了货取出来给他寄去厦门。就这点小事，后来余老师多次提及表示感谢。真的很惭愧，这么多年没能在任何方面给余老师以帮助，对传承余老师的学术研究和学术思想也没有贡献。

2005年，厦大举办余老师从教六十周年纪念暨管理会计研讨会，余老师希望我能参加。我2001年生了一场大病，病后有理由自我原谅，本来科研成果就贫乏，现在更是落后很多。参加余老师从教六十周年研讨会，余老师的弟子，得有像样的论文。我告诉余老师在限期内很难拿出论文。余老师回复说，你的论文什么时间提交都行，开会时带来也没问题。在余老师的鼓励下，我如期交出论文。到达厦门的那天晚上，我去余老师住处看他，见余老师还在修改会议论文。那天余老师和我聊了很久，余老师询问了我的病情和恢复情况，嘱咐如何注意养生，还告诉我他为这次研讨会写了两篇论文：一篇用中文，一篇用英文。年过八旬的老先生戴着老花镜，在灯下沉思苦想，奋笔在稿纸上深耕细作，至今印象深刻，令人敬佩！

2008 年元旦前夕和余老师通话，余老师又在电话中嘱咐我：注意身体，每天喝八杯水，走八千步。我提醒余老师不要太累，多注意身体。因私下听师兄弟们说，余老师 2005 年已查出肝病，鉴于余老师年纪大，担心经不起折腾，家属没告诉他实情，一直做保守治疗。我觉得余老师的状态不错，一定是检查有误。然而 2008 年 9 月，听说余老师生病住院了。我给他打电话，他说不用担心，可是不几天就传来噩耗：余老师走了。

是啊，余老师离开我们快十年了，但是他严谨的学者风范，对学生慈父般的情怀让我时时想起。敬贤楼一楼的客厅里，师生探讨论文，余老师语重心长嘱咐的情形就在眼前。余老师为人耿直，为学刻苦严谨，为师博学，可谓初心不老，风范长存，学生常怀不忘！

于 2018 年 2 月 25 日

6

先生影像

在学生的记忆中，常老师给我的印象始于 1981 年的暑假，我们班去三明实习，带队的是一位从未见过，清瘦、个高而挺拔的老教师。这位老师似历经风霜但神采奕奕，显露着学者风范，他就是常老师常勋先生。在三明实习，一所中学是我们班的住所，教室既是寝室也是生活场所，课桌拼起来就是床铺。常老师同我们一样住教室睡课桌，7 月夏夜的三明市依然炎热，蚊虫肆虐，但几乎每天晚上我和同学纳凉散步回来，都见身着老头衫的常老师坐在用课桌拼起来的案边持卷思考或伏案疾书。

听同学说，常老师系圣约翰大学毕业，新中国成立初曾在山东、厦门等大学任教。1958 年在肃反纠偏运动中被定为历史反革命分子，被判入监劳改，直至 1976 年释放才重回厦大，安排在经济系资料室工作。这次带队实习，算是正式恢复他在会计系的教师身份。而此前先生景况，同学们仍有不同猜想。感谢常煊编辑的《常勋影像》，完

注：此文为《影像常勋》所写的序，常煊编著的《影像常勋》由厦门大学出版社于 2019 年 4 月出版。

整了常老师一生跌宕起伏的影像，然而《影像》集之外常老师还有许多感人影像，存于学生、同事及业界同行的记忆中。

早间发黄的老照片展现了少年常勋的意气风发，青年常勋的才华横溢，新婚常勋的帅气潇洒和婚后幸福家庭的和谐温馨。正值家庭和美、贡献才华之时，影像戛然中断18年之久。从1957年温馨全家福到1976年特赦团聚照的常勋，不难想象其间的遭遇。虽然1976年常勋先生已年过半百，清瘦而略显疲惫，但神态淡定、目光坚定而睿智，一旦重登三尺讲台，多年积聚的热情和力量必将迸发，为钟爱的教育事业绽放。

复出不久，常老师随团出行香港地区，并赴加拿大达尔豪斯大学访问交流，出席在日本召开的国际会计教育年会，中国会计教育界的声音出现于国际舞台，国际会计也进入了中国会计教育的视野。

毕业一年后我重返厦大，师从余绪缨、常勋和黄道标三位先生读研，我荣幸成为常老师的第一个研究生。此时常老师已是花甲之年，却更是气质非凡精神矍铄。当时正编纂中央电大教材《西方财务会计》，为石油部涉外财会班授课。继而给研究生开讲“国际会计三大难题”和“高级财务会计”，国内首次将国际会计的三大难题引入教学和研究。1988年创办厦大会计师事务所，常老师任主任会计师，探索、制定一套为国内借鉴的审计业务标准规范，培养了一批优秀的注册会计师。其后受聘出任中国独立审计准则中方专家咨询组组长，参与了中国审计准则的研究及制定。当选民革福建省副主任委员和民革中央委员，任福建省及厦门市政协委员及人大代表，参政议政，为国家发展献计出力。七十高龄受命创办华夏学院，并出任首任院长。

短短数年常老师不仅在教学、科研、会计实务和审计领域取得了令人瞩目的成就，还在社会活动等多个领域都做出了非凡的贡献。

读研究生三年，国光三号楼的常老师家我经常光顾。国光三号楼是传统的瓦房，常老师居于国光三号楼中间，门前有一小院，栅栏上攀缘着三角梅和玫瑰。一间卧室、一间小厅，后面是厨房，出后门还有一小块空地。虽然居所不大，师母却将其收拾得干净整齐，朴实典雅。去常老师家，门厅里迎接我们的一定是师母慈祥的微笑，还有常老师小孙子常亮的雀跃。进门小厅右边是常老师的卧室兼书房和客厅，常老师和我还有回母校进修的赵锦爱，师生三人在这个房间里讨论问题、分析教材、修改论文、谈天喝茶。可惜当时身无摄影器材，未曾留下任何影像，但那些场景永存于学生脑海之中。难以置信，常老师的许多成果及大量的前期工作，都是在国光三号楼的平房中完成的。

常勋老师——2012 年 7 月

此后每次去厦大总要去常老师住过的国光三号楼，回忆秋冬栅栏边的三角梅和春夏门前的玫瑰。

因历史问题连累家人，常老师一直觉得心存亏欠。而妻儿因迫于压力而导致了常老师精神上的伤害，也一直倍感内疚。八十五岁庆生座谈会上长子常煊为此当面道歉，父子相对落泪，场面令我们感慨万千，至今影像如新。长子常煊回厦门后三代同堂，常老师和师母相濡以沫，子孝媳贤，温馨和睦，令我感动。师母待人儒雅大方、为妻贤淑，对常老师的照顾细致入微。一次常老师留我吃饭，师母摘洗空心菜的细致用心犹如绣花，那天做的空心菜是我迄今品尝过的最美味的空心菜。常老师的成就嵌淌着师母的涓涓暖流。儿媳打理家务、管顾家事，常老师曾多次赞赏并表示感谢。如此之多的家庭影像我至今记忆犹存。

常老师待学生宽厚谦和、关心备至、尽力提携，凡事为学生着想，从不给人添麻烦，为此赢得了各届同学、校友们的爱戴与敬仰。1998 年入学 20 年纪念返校，赵锦爱给师母带了条丝巾，常老师一再感谢说锦爱太客气。出差乘机承杜红鹰在机场关照，常老师也是时常提起。学生们更是惦记常老师，外地同学每返厦大或到厦门出差一定前往探望，或专程拜访常老师。

2001 年 10 月，我患乳腺癌，手术后化疗直到 12 月份我还住院。常老师来北京开会，电话中我如实告诉常老师生病一事。电话的那一头，顿时无语，空气似乎凝固。稍后常老师好像缓过神来，详细问了我病情，嘱咐我好好治疗和康复。一年过去了我安然无恙，2002 年常老师开政协会下榻北京饭店，我带儿子前往。常老师看我状况不错，非常高兴，谈了很久，并拍照留影。

时而有同学提议为常老师庆生，都被常老师谢绝。2008年天健华天会计师事务所提议给常老师庆八十五岁生日，常老师一再叮嘱，小范围进行。仅限常老师指导的学生和涉外财会班的同学，十几个人小会议室聚会，晚餐由事务所张罗。然而消息传出，财政部会计司等单位、兄弟院校及业界同仁，纷纷来信来电祝寿。2013年，常老师的身体大不如以前，陈箭深师弟、致同会计师事务所提出庆贺常老师的九十华诞，可以说这是常老师唯一为外人所知的生日庆典。海内外同学、校友得知纷纷亲临或视频祝寿，会计学会、注册会计师协会诸单位来人亲临祝贺，财政部会计司、兄弟院校发来贺信贺电。

2012年夏天，林湜电话说常老师感染肺炎，情况不容乐观。林湜、赵锦爱和我一致认为应该在常老师健康状况还好、头脑清晰的时候去看望他。我和锦爱立即去厦门，还好常老师肺炎痊愈，见到我们非常高兴并拍照留影。照片上可以看出常老师面带微笑、平静慈祥。我们认为常老师思维敏捷，没大问题，可以过九十五岁生日，甚至百岁寿辰。孰料2017年元月9日，林湜电告常老师去世的消息，我十分悲痛，赶往厦门。次日在灵堂迎接常老师灵柩。常老师躺在鲜花丛中，神态十分安详。

常老师走了，但是常老师的人格魅力常在，风范和精神永存。常老师前半生坎坷，将近花甲之年才获得重新工作的机会，他用二十多年的时间做了许多人一辈子也难以做到的事。常老师没有招收指导博士生，但他的成就远超博士生导师的学术水平。常老师的成就得到了会计教育界、学术界，以及会计、审计实业界同仁的一致高度评价和称颂。“雪寒方显腊梅艳，夕阳堪比朝霞红”。

常老师走了，但国光三号楼常老师的卧室兼书房和客厅，常老师和师母慈祥的影像仍存脑海，小院栅栏边的三角梅、红玫瑰还在微风中微笑……

2019 年 3 月 1 日于北京

7

雪

春节刚过北京冬奥会开赛，南方迎来了大范围雨雪，弟弟刚从肥西发来视频，雪真大、景真美!

雪，洁白晶莹，象征着纯洁无瑕。在冰雪世界里，眼前一片洁白，内心也会变得宁静。我对雪的最早印象，大概三四岁时，记得二哥寒假回家，一夜大雪，早晨起来院子里铺上了厚厚的积雪，到处一片洁白。二哥和大姐踏雪去到院子中间，用小段树枝和竹竿在雪地上支起晒谷的簸箕，或支起装棉花的竹篮，撒上稻谷或豆子，等麻雀来吃。簸箕或竹篮后拴一根细长的绳子，二哥拉着绳子躲在远处的一棵落满雪花的桂花树下，一旦麻雀进入簸箕或棉花篮里面觅食，二哥将快速拉动绳子，以便将麻雀罩下抓住。不过抓到麻雀的机会几乎没有，但是我们兄妹仍旧十分快乐，欢呼雀跃，乱蹦乱跳，院子里留下了杂乱的脚印和欢笑声。

后来雪的记忆里少了二哥和大姐的身影，却有了弟弟相随。一次下大雪，雪花漫天飞舞，大地素裹银装，只能呆在家里和弟弟围着小火盆，在火盆里烤几颗花生或豆子之类，弟弟不时地伸出小手拨弄花生，露出馋馋的神情。雪后天晴想找邻居的小朋友玩，也只能趁一早一晚赶冻出门。那时的孩子们没有雨鞋之类，又不会穿绑靴（用木头做的类似小板凳，用绳子绑在脚上），农村到处都是泥巴地，雪融泥巴和着水，踩下去布鞋就会全部泥湿，冰化雪融孩子们就没法出门了。下午房屋上的积雪开始融化，傍晚雪水流下来就冻成了凌锥挂在房檐上。我就盯着凌锥，长一点就敲下来一点，担心冰凌伸长了把草房上的草拉下来损坏了房屋。

记得刚上小学那年，一天大雪纷飞，父亲让我拎着一只小火球（有提手的小火盆）上学，风一刮把炭火灰刮起来直冒火星子，我赶快将火球放到大袍子底下，好在我家离学校不远，穿过一条小巷，走过一条田埂，大约三四百米，到学校也没燃着衣服。三年困难时期，我似乎没有了雪的记忆，大概是饿急了的孩子们只想着吃，周边环境的变化全然不见了。

再有雪的记忆就是“文化大革命”了。那时我已经在生产队干活，不管春夏秋冬，只要不是天气十分恶劣，生产队总是有活干都要出工。冬天下大雪，尽管多数时间要开会学习，但总会有几天不上工，所以冬天还是很希望下大雪的。大概是 1969 年春节过后下雪，生产队好几天都组织开会学习，斗私批修，地点设在生产队场地的两间房子里，或房屋大一些的人家家里。

那天雪下得很大，天气寒冷，生产队开会，社员们介绍心得体会，气氛倒也热烈。晚上回家，听说对门德芹的姐姐小妹梅下午开会发烧头疼得厉害，回家后冷得直往火炉上扑。可是次日一早，听到她家门前有人走动声音嘈杂，说是小妹梅去世了！头嗡地一声，真的吗？弟弟听到后吓得直哆嗦。我们两家虽是对门，但不是一个生产队，她家是街西生产队，我家是街东生产队。她前日下午还在开会，谁想到她次日就去世了！她和我年纪相仿，平时说话很少，也很少与邻居的孩子们玩。冬天常穿一件墨绿色呢子短大衣，那是她妈妈以前穿的，他父亲曾是国民党军队里的军需官，是“四类分子”受管制。就在这样的大雪天，也没有棺木，没有任何的告别，她就被送走了！当时的情景我一辈子都忘不了，心里难过极了！她真的死了？不敢相信！后来听说她是得了脑膜炎，生前人家都叫她小妹梅，她走了，名字似乎也被忘记了！

虽然出了这样的事，那些冬天对下雪还总是很期待。下雪了，不开会不上工的时候，在家里围着火盆，纳鞋底补衣服，还可能看几页书，难得有那么一点惬意闲暇。最担心的就是大雪天叫父亲去送信，公社所辖的大队多，得送几个大队。

雪天送信，每年冬天都会有，记忆深刻的那次大约是1972年。腊月的一天雪很大，没人踏过的地方积雪有几寸厚，下午队里告诉父亲，要他送信去李岗和段冲两个大队。这两个大队较远，从李岗去段冲要经过曹河的老河筒。过了曹河老石碑，两边河坎比较陡峭，风卷积雪堆积在河道中可达一人多深。又是下午，冬天天黑得早，来回近二十里地，信没送到天就该黑了。父亲那时六十多岁了，加上眼睛不好、腿脚不利索，如果掉进雪坑里就冻坏了，越想越担心！我们只能在家里等待，直到晚上十点多钟父亲回来了。如我所料，天黑方向难把握，看不清，父亲绕了不少的路。庆幸的是父亲总算摸了回来，我们还是非常的高兴！

后来，我在厦门大学读书几年，南方见不到雪花。毕业后来北京工作，到北京的第一个冬天就下了一场较大的雪。那是在元旦前，我的同学车幼梅做论文，来北京调研住我这儿。早起见雪很大，我俩决定去大观园踏雪。我们在大观园的雪景中穿行，寻觅潇湘馆、怡红院的主人们雪中游园的情景，还在大观园冰冻的湖面上拍了照。那时北京三环以外尚未大开发，比较开阔；城内车辆不多，行人稀少；天安门雄伟壮观，紫禁城红墙黄瓦；雪花飞扬银装素裹，美轮美奂。

车幼梅（左）、余恕莲在大观园

现在北京下雪，住在城里除了公园，很难看到开阔的茫茫雪景了。路上的车辆络绎不绝，高峰时经常拥堵。积雪妨碍交通，容易出事故，道路上的积雪需要很快清理。不仅人工清扫，更是撒融雪剂之类，冰雪融化，道路立即就变成了褐黑色。

雪天若想观雪景你得赶紧去公园，否则公园的雪景也会很快消失。每次下大雪，我总是第一时间冒雪去附近的紫竹院公园，园里的紫竹、斑竹、箭竹、矢竹、早园竹，高的矮的、细的粗的，依然郁郁葱葱；长河穿园，小桥流水，回廊游亭，湖面冻冰。雪花飞舞覆盖湖面，压弯斑竹，落满雪松，撒满翠柏苍松，就连落光了叶子的银杏、枫树，枝干上也沾上了冰雪，枯黄的草坪也披上了雪白的毯子。绿墨不惜捧场，映衬着洁白的冰雪，置身园中立于虹桥，犹入仙境！不由得取出手机从不同的角度，拍下园里的每一处雪景。

雪，在不同的境况下带给人们的心情不尽相同，或伤感、或欢愉，或担忧、或兴奋！冰雪天生丽质、晶莹剔透、妖娆美丽。雪，象征着纯洁和浪漫，她给人以无数的遐想，身披纷飞的雪花，置身于冰雪裹着的大地，听到了春的脚步声由远及近！

2022 年 2 月 7 日

8

雪夜故人

妈妈的脖子上的肿瘤已经十年了，1975 年秋天，我带妈妈去芜湖弋矶山医院做切除手术。很幸运，经病理检查肿物是良性肿瘤，不过创伤面积太大很难愈合，手术后一个多月伤口还在冒水。但是生产队已经多次催促且措辞严厉，父亲几次来电报非常着急，我只得将尚未痊愈的母亲留在芜湖继续治疗。二哥二嫂要工作，有幼小的侄儿侄女，还有生病的母亲要照顾，但也只能如此。

由于生产队催得紧而合肥又没有地方歇宿，心急如火的我希望当天就能回到家。那天一大早从芜湖出发，先到码头乘过江轮渡到江北二坝，然后乘坐二坝去往合肥的火车。火车很慢，到达合肥已经是下午四点多了，从东门火车站乘市内公共汽车到西门，再转乘去合肥化肥厂的郊区车，到化肥厂下车已经傍晚时分。合肥化肥厂离家约三十五华里，当晚赶回家已经是不可能了。心急也因无处歇息，决定沿大路，即沿六合公路往西走，实在不能继续赶路，再找路边的人家借宿，次日直奔生产队在小蜀山附近的修路工地。

从化肥厂走到大铺头（大蜀山），此时天已擦黑，加上是阴天远处已经模糊不清。就在这时，听到背后有人叫我名字，回头一看竟是初中低我一届的同学余广和，也是本家，按辈分是我爷爷辈。在学校我与广和只是认识，彼此并非十分了解，我们不在一个公社，广和的家具体住在什么地方我也不清楚，只听说他家在鸡鸣山附近。我的情况他可能比较熟悉，他同班的一位同学是和我一个生产队的余广琪。五十里小庙中学只有初中部，规模小学生少，每个年级两个班，全校才 6 个班级，什么事情全校差不多都会知道。1966 年 5 月，我们肥西五十里小庙中学也停课闹革命，此后再没有上课，大约 1968 年同学们回学校领了毕业证书，就再没有见面。

我们都各自回乡务农将近十年未见，在学校时，我们都是十四五岁的少年，如今都已成长为二十多岁的青年了。广和的个子虽然长高了许多，但模样并未大变，给人以成熟稳重的感觉，此时遇见广和我十分高兴。广和问我现去何处，我通报了自己的情况，说是今晚想回到家里，明日还要上修路工地。广和知道情况后，说：“现在天已经黑了，天阴好像要下雪，你一个人走这么远的路恐怕不行。你着急，我可以送你一程，但不能送你到家。因为回生产队明天有事要安排，我今晚也必须赶回去。”看来广和是生产队干部，他告知我他是去合肥看他哥哥的，因急事赶回。我非常感谢，说不用送我到家，能送到上七下八（地名）就行了，那以后的路不是太远我也比较熟悉。

这样我们在井岗铺岔路口，下了六合公路改走小路，将经由梁墩三十岗到上七下八，再途经李岗回将军岭。井岗铺离梁墩三十岗还有几里地，三十岗到将军岭大约还有十五里。上七下八位于将军岭与梁墩三十岗中间的七八里处，故名上七下八。到达三十岗天几乎全黑，并飘落着毛毛细小雪粒，四周一片白雾茫茫。那时的农村村庄稀疏，出了三十岗，周围就全是农田和土岗。我们深一步浅一脚一路向前，雾更浓，雪也更加稠密，四处一片漆黑。不知怎么，我们走着走着就迷路了，转来转去，四周不是农田就是长着小灌木的土岗。广和自言自语地说："遇到鬼下障了。"听后我顿觉全身发毛。因为这一带他原本非常熟悉，现在不知在何处，也不知道往哪个方向走。他告诉我说："今晚恐怕没办法送你回家了。"广和那么辛苦送我，我当然不会再提赶回家的事了。

广和带着我没有目标地摸索着前行，一会麦田，一会荒地或土岗、小树林。不知走了多久，突然噗的一声广和掉进了小水渠。农村的水渠是灌溉用的，都不会太深，还好冬天水少也还没有结冰。广和随即嘱咐我看好脚下，沿着水渠埂向前行走，他已经爬上了对面的水渠埂。我们俩沿着水渠埂平行前行，又走了不少时间，前面终于出现了灯光。广和高兴地喊起来："刚才一定是鬼下障，我现在完全清醒了，前面的村庄是我们大队的，今晚我们去那里借宿吧。"走了大半夜听了广和的话，我当然是十分高兴，在水渠窄的地方广和拉我跨过去，直奔前面亮灯的村庄。

开门的是一位大约三十岁左右的农民，中等身材，壮实憨厚，是广和的朋友。看到广和湿漉漉的鞋袜和衣裤，瞅着雪天半夜三更造访的两个人，感到十分吃惊。广和连忙说明了情况，主人十分热情，赶忙叫广和换下透湿的裤子鞋袜，招呼他的妻子做饭温酒招待客人。广和介绍我是将军岭余广治的孙女，是他的本家也是同学，主人更是热情万分，生火做饭。此时正值秋收后的初冬，家乡素有备咸鱼腌肉供春节之用，主人拿出来招待我们，给我夹菜添饭。饭饱体暖，无法表达我的感动和感谢！

我祖父余广治，在乡里是一位传奇人物，方圆几十里老少皆知，很受尊敬。老人家一生勤劳善良，互助乡里，见多识广，饱受沧桑、战乱和动荡，经历清朝、民国和新中国。老人家各项农活样样在行，能够观风测雨，预测来年收成，可谓当地的天气预报员。对于祖父的神奇离世，这家主人早有所闻，便问我详情。祖父去世前一个多月还步行三四里地从将军岭街上去乡下三叔家，然后在那里去世。祖父自己选择辞世的地点时间。自己选好墓地，自己请好扶重（抬棺材），自己下老单，就这么平静地走了！祖父竟是如此的神奇！家人也十分不解。这家主人的所闻得到了我的证实，更是敬佩我祖父，认为他乃真神仙也！

饭后广和送我去一家人家歇息，说是明早他不能送我了，他还得连夜赶回家去。我的感激无以言表！借宿人家的丈夫也挖河去了，妻子带孩子在家，孩子还不会走路。夜里我与这娘儿俩同睡一张床，因为她家就只有这一张床。我早晨从芜湖出发至后半夜，真是人困马乏，倒下即睡着，无比香甜。但心中有事，次日天刚见亮便醒了，不便叫醒女主人，没有告辞就起身赶路了。

出门发现小雪早停了，地上也没有积雪，只是雾蒙蒙的。这个地方位于将军岭东偏南方向，离将军岭不会太远，估计八九里路，然而当天又是大雾弥漫，我出门向西朝着家的方向赶路。一早出发应该不到两小时就可以到达，但是走了大半天也没遇到村庄。直到中午时分，大雾渐渐散去，才发现我是往南直奔西去的，平行偏离将军岭的位置约五六里地。于是立即折转往北，到家已经是下午了。父亲站在厨房的屋檐下，高兴地看着我，进屋向我介绍了家里和生产队的情况，生产队的催促紧迫而严厉，告诉我明天一早要出发去修路工地。我也说明了母亲的病情，让父亲放心。

次日一早，我便赶往十五里地以外的四十铺，六合公路的修路工地，到工地就立即开始干活。那个地方离小蜀山不远，两天后的一天晚上，听说小蜀山的驻军放电影《海霞》。有电影看机会难得！我们这些修路的青年农民，不顾白天的劳累，晚上全员出动结伴前往。记得歌曲《渔家姑娘在海边》就是电影《海霞》的插曲。没过几天，不知是谁、也不知从哪里弄来了一辆自行车。那时的自行车可比现在的小汽车还要稀罕得多，年轻人蜂拥围观，都想轮流试着去骑上一回。好不容易轮到我，同伴们扶我上车坐稳骑走，但走不直歪歪扭扭，不小心车轮歪进场地上的一个漏洞里，连车带人跌落下来，腿蹩入车轮下的漏洞里，脚踝崴坏了。当晚脚背青紫，脚踝又肿又红，不能干活还得吃饭，生产队只好让我回家休息。弟弟找来大板车，送我回将军岭。躺在平板车上，车轮吱吱地响着，才有时间想起几天前遇到余广和夜间借宿的情景，便向弟弟讲述了从芜湖回家途中雪雾弥漫遇到广和的事情，弟弟听了也非常感动。

然而那天深夜借宿，见亮离开，匆忙之中并未知晓热情款待我的男女主人的尊姓大名，更没问借宿人家女主人的姓名。

那个夜晚至今已经过去四十多年了，当时的情景却不时地浮现在眼前。1978 年去厦门上学，后又来北京工作很少回家乡，父母亲去世后则更少回家乡了。广和与我原先就不是一个公社，具体地址也不清楚。一次回乡扫墓，回合肥要侄儿开车经梁墩三十岗看看。可是经过几十年的规划搬迁，那里已是面目全非，路旁竟然有一个湖，还有草地树林，根本无法辨认那里曾经是什么地方了。

然而我永远记住了那个温馨感人的雾雪迷茫之夜，我的本家余广和，还有热情好客的两家主人。永远感恩广和与那憨厚、好客的农民夫妇，还有留我深夜投宿的母子俩！

于 2017 年 5 月

9

农民工的工棚

每次看见建筑工地或施工场地的工棚或柜房，总会想起我以前住过的工棚。建筑工地的工棚几年前大都是铁皮塑材所建，一层或两层，蓝色的棚顶，灰蓝色的墙体，甚至还建围栏设门卫。房间内有洗涮的地方，旁边还有卫生间。现在见到的柜房，由专门材料构件根据需要组装而成，可大可小，对小型的、用工少、短时间施工项目的工人来说，尤为方便。有的柜房外墙还打有广告，如“柜房 A 级防火，6 元租用一天”等。一个这种柜房里面大约可放两张简易床铺，有铁窗和铁门。

看到来城里务工的农民兄弟的工棚，总是想起四十多年前我们这些兴修水利、挖河修路的农民。

1966 年，我辍学回乡务农。1968—1977 年间多次参加挖河修路，最近的离家七八公里，远的离家大约二三十公里。记得最后一次挖河是 1977 年冬天，在县城参加完高考，直奔杭埠河（安徽肥西三河镇南）工地。当年的农村生产队承担了国家建设的大部分投入。打下的粮食首先交公粮，余下的才是口粮。修路筑坝、挖河平川几乎都是生产队的义务工。在江淮之间，挖河修路都是在秋收完毕，小麦、油菜播种结束之后的农闲时节。一般开始于农历十月，也就是公历十一月底或十二月初出发，春节前回来。挖河修路的任务分到公社（相当于现在的乡），公社分给生产大队（相当于现在的村），生产大队再将任务分到各个生产队。生产队自带粮草，农民自携铺盖卷，肩挑人扛，浩浩荡荡向工地出发。

修路挖河的农民工都是分散住到工地附近的农民家中，条件稍微好一点的人家有堂屋可住，堂屋类似现在的客厅，最多的就是两小间草房。在地上铺上一层干稻草，稻草上摊开铺盖卷，晚上睡觉，白天卷起铺盖卷与稻草，供主人家及民工们歇息使用。

因为人多，而且有些人家堂屋很小住不下那么多人，再说男女应该分开，所以很多时候需要在院子里，或在屋外周边搭建工棚。工棚一般搭在地面高一点的地方，工棚进出口是三角形的，工棚顶部用粗点的木头或毛竹，两侧用树枝干或小竹条自上至地面铺成斜面，条件好一点的先在斜面上铺上草编的帘子，再铺上稻草，没有草帘子，就直接在树枝干和小竹条上铺稻草。周围用土坯围上一圈，压住树干或小竹条，使之牢固。有的人家屋外栽有高矮适当的树，则可依傍着树搭建。搭建好的工棚只有两头各有一个三角形的出口，为了避风往往堵住一个出口，留下一个出口供人们进出。棚内地上铺上较堂屋室内厚一些的稻草，稻草上展开铺盖卷，便是人们晚上的栖身之处。

这样的工棚如果没有雨雪，对于白天大强度劳作一天的人来说，夜里倒是睡得十分香甜，能有这样的栖身之处也很满足。一般来说，江淮之间冬天下雨相对较少，但也少不了时而有雨雪，且连绵多日。

下雨下雪，对于劳作的人来说，本来是件好事，可以暂时休息。大姑娘小媳妇们可以纳鞋底做针线，大爷小伙子们可以推牌九打扑克聊天，但是住在屋外工棚里的人们，可是遭了殃。

大约是1971年或是1972年的冬天，生产队挖河，我和一群女孩就住在搭建于一家后院的工棚里。一天夜里悄悄下起雨来，夜间睡得正香突然有人喊“进水了”，随后靠工棚边的姑娘也发现铺盖湿了。大家乱作一团，慌忙披衣彼此叫醒起来排水。上工地干活没有人带雨伞，那时的农民也少有雨伞，下地干活都是穿簑衣、背风及斗笠。姑娘们急忙出草棚去前屋叫醒房东大姐，从大姐那儿借来蓑衣和斗笠，冒雨在工棚四周挖出排水沟，阻止雨水继续浸入。然而老天爷却慢条斯理，丝毫没有停下的迹象，雨越下越大，不一会棚顶又开始漏水了。大家找来接水的器具，连吃饭的瓷缸都用上了。就这样棚内几乎没有可睡下的地方了，只得坐待天明。虽然天明找来草木灰、干土之类吸水、垫高，但连绵好几日大家都没办法睡好觉，只盼能早日收工回家。

在工地上，村边的水塘就是我们的洗漱间，爱干净的姑娘小伙子们早起在水塘旁洗脸刷牙，晚上下工回来就在水塘边冲洗灰尘和汗水。挖河抬土上坡下坡，工作非常劳累，抬土时通常单衣夹袄，汗湿衣衫。然而在工地上一整个冬天，没地方换衣洗澡，工棚里的汗气脚臭可想而知。姑娘媳妇们头发因出汗而粘连在一起，加上反复汗湿多日不洗，长出虱子来。晚上头贴头睡在一起，大家互通有无，春节前回到家中几乎都要来一次虱子大扫除。

农村的茅坑多在村边，好一些的茅坑上有茅草屋顶，但大多数就是用土坯围成的一个坑。冬天上茅厕路远，黑灯瞎火的姑娘们害怕，通常结伴而去；再就是冬天太冷，如果夜间起夜那可就更遭罪了。白天上工尽管很累，但是姑娘媳妇们晚上还想纳鞋底做针线，为家里的老人孩子们在春节能穿上新鞋飞针走线。晚上工棚里点一盏煤油灯或蜡烛，大家围坐在一起，边做针线活边说笑聊天，倒也快活。

除了挖河的劳累和生活的不便，挖河工地也有不少的趣事。挖河大多为年轻人，一个公社，上千号人同在一个工地上干活，也都住在工地附近的村庄，是年轻人聚会交往的极佳场所。各大队的年轻人平时在家干活，分散在不同的大队生产队，很少有结识交友的机会。挖河工地各大队上下工时间大致相同，下工后都没有家务，晚饭后的活动多样而频繁。晚上总有人推牌九，其实就是赌钱，赌注不大，赌的人少，看的人多，热闹非凡。推牌的人深思熟虑，看牌的人急得抓耳挠腮，又不能明说。赢家高兴，输者沮丧。如果十里八乡的有放电影，即使七八里地，大家也浩浩荡荡、欢声笑语结队前往。男女青年相识交往多了，不免有人相互爱慕，河埂地头约会，悄悄地谈起了恋爱。若被窥见，还会被跟踪偷听，传开来就变成了谈资。不过这种恋爱几乎都不会成功，但或许给他们的青年时期留下了浪漫甜蜜的回忆或是遗憾。

在工地上用餐，饭基本可以管饱，大盆菜每人盛上一勺。生产队也偶尔加餐，我们生产队多是炖熟的咸鸭按人数切成块，每人自选一块。肉多的块小，肉少的块大一些。有时能买到肥猪肉，加上豆腐青菜，每人一勺连汤带菜吃得不亦乐乎。

四十多年过去了，不曾想到如今的农民工可以住上上下两层、蓝顶灰墙、有水有电、像城里人一样楼上楼下的漂亮工棚。现在工友们劳作的艰辛与当年的民工也许不相上下，但由于机械化程度的大幅度提高，劳动强度肯定是大大降低了。工友们的业余生活我没有去了解，但可以肯定的是生活条件今非昔比。有电灯、电话、电视，还有临时厕所和洗漱间，即使在大冬天，收工后可以待在温暖的房间里，躺在铺上休息或看电视，至少不用担心房间会进水！

那时我们这些挖河的农民，可有人会想到几十年后今天的生活吗？我是做梦也想不到的，何况那时白天挖河抬土太劳累，夜间睡得过于香甜，不曾有梦，更没有梦想！

于2020年3月于北京

10

看　水

浐史杭的淠河由西向东从将军岭街道的北面流过，流经将军岭公社境内约四五公里，大大改善了将军岭公社农业生产的基础条件，使全公社的大部分土地，尤其是中部、南部几个大队的农田基本旱涝保收，极大地降低了天气对农业生产的影响。我们生产队，北倚淠河，公社电灌站就建在我们生产队的地盘上，几台大功力的抽水机、几丈高的抽水管爬上河堤，将淠河水用水泵抽上来，灌入公社修建的蓄水池，经由主干渠，然后分流至大大小小的水渠，输送到淠河南岸的各个大队。

我们生产队位于淠河南岸，得天独厚，主干渠又流经我们生产队。夏天清凉的渠水为劳动的人们驱除暑热，孩子们在渠水中游泳嬉戏，姑娘们在渠水中浆洗衣被，刚收工的小伙子们跳进水渠，洗涮满身的汗水泥浆，然后在渠边的刺槐树下歇息乘凉，与洗衣的姑娘们调侃。

为了引主干渠的水浇灌生产队的几乎全部水田，我们生产队还得安装自己的水泵抽取渠水。为此拉了一里多远的电线把电送到渠边，在水渠埂岸边上立起了较其他电线杆粗一点的电线杆，在电线杆离地面约一人高处装了一个小木盒，盒内安装了一个小电闸。然后从电闸内拉出电线，靠着渠边安装了一个小水泵，水泵的抽水管伸入水中，用水时节将渠水抽上来，灌入傍着水渠岸的水田，然后分流至需要的地方，可以说那就是我们生产队的电灌站。每逢抽水，需要一个人去看水。所谓看水，就是看管电闸、开启水泵、移动抽水管，保证电闸安全，水泵正常运转，水管正常出水。

那一年，生产队长是位姓余的女队长，她对我特别信任，觉得我办事认真，责任心强，就将这份差事派给了我。看水是份好差事，看水不用下田，免去了一定的重体力活，清闲自在。还可以带一点自己的活去做，如纳鞋底做针线、织补衣服之类。如果弄到书，还可以看书。再就是环境优美，水渠两岸种满了刺槐，春天草木葱郁，鸟语花香。尤其是在刺槐树开花的日子，清香四溢，微风吹来，沁人肺腑，令人陶醉。夏天，渠道两旁，满眼深绿，中午或傍晚蝉鸣声此起彼伏，热闹非凡。最好是遇上下雨，雨点打在树叶上，洒落在稻田里，飒飒作响。雨天气温适中，不冷不热，人们坐在水渠旁边，戴着斗笠或撑着伞，充满诗意。不过夏日酷热的中午时分，看水人也得值守岗位不能离开，即使坐在树荫下，那也能烤出油来。再者耳闻树上蝉鸣一阵紧似一阵，一声高过一声，也是烦热难耐。但是看水的日子并不是很多，只有在春天和夏天赶时节灌水插秧，或夏天干旱无雨、水稻灌浆抽穗时节，而且主干渠也得灌上了水，才有水可抽，急需蓄水时才有那么几天。

看水看来清闲，但承担着比较大的责任。首先是保证不出事故，如防备触电伤人；还需维护好水泵水管，不被泥沙堵塞；再就是察看抽上来的水不会跑、冒、漏、漫，适时将水引至周围需要水的稻田或小水塘囤积。生产队如此信任，我自然守职敬业。首先防止触电事故，第一天我就在装电闸的小木箱上安了铰链，买了一把小锁，人离开的时候将电闸箱锁上。再就是得空就在渠岸边的刺槐树林中砍来树枝，粗细分别堆放。再从场地上取来稻草，搓成草绳。等攒够了树枝和草绳，在电杆周围扎上树枝栅栏，免得有人靠近。再就是将出水口的稻田埂加高加固，进水处挖深扩大，就像一个微型蓄水池，使得抽上来的水不致溢出且待分流。这样的工作延续了好些日子，生产队的水电站才算完全建成。看着电线杆、电闸、树枝栅栏和小蓄水池，业余电工的成就感油然而生。

队长不仅对我信任，可能认为我上过中学，一定了解如何用电，比如合闸拉闸、断丝更换等，其实我初中还没赶上学物理就辍学了，根本不懂电。不过我们生产队的劳动力大多是妇女，她们家里的男主人有的是工作人员，如在供销社、食品站、电站等单位工作，有的会一些技术在外做工。除了我，生产队似乎也没有其他人懂得更多了，于是我就当上了生产队的业余电工。我置办了一把小扳手和一只电笔，至今这个扳手和电笔还保留着，不时还为我所用。

我这个业余电工想学习电工知识，可又没有地方买书，只好自己摸索着学。平常去加工站加工米面、饲料，看过工人师傅加工面粉、粉碎饲料等操作。电闸向上推机器立即转动，表明通电；电闸拉下机器停止转动，表明断电。我如此操作，果然渠水由丈余渠底哗哗涌上来。一天水正流着，突然水泵停了。任我怎么开合闸，水泵都动不了。这可把我急坏了，是停电了，还是电闸坏了，还是水泵出问题了？用什么方法检查？突然想起来了，我有一支电笔没带在身上，赶快回家，取来电笔。拉下电闸，上面有电，下面没电，表明没断电，不是电闸问题，但又看不出问题。稻田急需灌水，怎么办？我只好壮着胆子，拉下闸，用电笔去触摸电闸、保险丝，还好没触电。经过触摸发现其中的一根保险丝融化了，不仔细触摸还真看不出来。我立即将熔断的保险丝更换了，再合上闸水泵就又转动起来。我高兴极了，故障排除了，可以说业余电工掌握了全套技术：合闸、拉闸、检测、更换保险丝，成为了一名合格的电工。

伏天是一年最热的日子，而且也是稻田最需要水的时节，几天不下雨稻田就缺水。用我祖父的话说就是“三天一小旱，七天一大旱”，几天没雨就得补水。

7 月的一天，天阴云厚，一扫多日的暴晒炎热，但气压低湿度大，稻田上空似乎飘浮着薄雾，感觉有一些闷。上午开闸水泵正常出水，我便去四周稻田查看。转一圈回来，远远看到小蓄水池水面上演了一幕奇妙的情景。池中有鱼跃出水面，随出水的浪花飞跃跳动，似乎在比赛谁跳得更高。不时有胜出者跳出稻田，落在田埂上，场面非常壮观。一上午我就捡了十几条，都是差不多一拃长的鲫鱼，我用草穿起来，中午带回家去。妈妈见了非常高兴，放点葱姜，稍加油盐，煮了一锅鲜鲫鱼汤，鲜美极了！那真是纯天然健康美食。

下午看水，我从家里带了一个小盆和一个小竹篮，竹篮捞鱼，小盆盛鱼。下午气压更低天气更闷。拉上电闸抽水机出水了，不一会鱼又跳跃起来，鱼更多也跳得更欢，跳到田埂上的也更多。捡来放入盛水的盆里，一下午捡了满满一盆。傍晚时分下起雨来，慢慢地鱼不再跳了，但还能见到有鱼头浮出水面，嘴一张一合，似乎在喝水或吸气。我用竹篮去捞，但是很少能捞到。晚上一场大雨，次日当然不用抽水了。后来再看水，我还是带上盆和竹篮，还想守株待兔。但除了那一天，以后抽水再也没有见到欢快跳跃的鲫鱼了。那天可能是天气的原因，气压太低水中缺氧，稻田里的鱼奔着流水来到小蓄水池，欢呼跳跃，才使得我成功守株待兔！

水渠干流自北向南拐弯流经我们生产队，电闸和水泵分别安装在水渠的东西两岸，电闸安装在西边，抽水泵接抽水管安在地势高的水渠东边。早先生产队就在这里的水渠上方架了一根横跨渠道东西的过水管，因为水渠东边水田的上游有一个大水塘，修渠阻断了水塘的水引向水渠西边的水田。没有水渠前，这个水塘的蓄水就是我们生产队的命根子。这次安装水泵，就是因为那个水塘的水不能满足用水需求了。水泵安装在水渠东边，不需挪动水泵，渠道东西两边的用水都可以得到满足。由于物资匮乏，过水管是由铁管和胶管两部分拼接而成，铁管口嵌入胶管，用铁丝紧紧缠绕，在水渠岸两边斜坡用木桩三脚架支撑。铁管和胶管都是旧的，大约比碗口粗一圈，也不知当时是从哪里弄来的。

看管电闸、水泵、查看水情，我必须在水渠东西两岸来回走动。靠近水泵的水渠上没有桥，过桥奔走于东西两边绕道比较远。为了节省时间，及时察看来回便利，我将水渠上方架的过水管道当成了桥梁，从水管上行走于两岸。我的平衡能力还不错，虽然水管不够粗也不够结实，我还是来回自如。但本来过水管材质就不好，再加上使用的时间长了，难免木桩朽坏，铁管生锈。

一天傍晚，我正自东往西自如地行走在过水管上，突然嘣的一下，支撑的木架垮塌，我从过水管上摔下，一条腿被垮塌的铁管重重压住，动弹不得。幸亏在水渠岸边放牛的孩子见到了，几个孩子赶过来，帮助我向下坡移动，缝隙加大才将我的腿从铁管下慢慢抽出来。还好，腿没有被压断，收工了我还能走回家去，感到十分庆幸。可是晚上腿就肿起来了，次日清晨不能弯曲，疼得走不了了。一看小腿青紫、一摸胫骨压扁了，洼陷了不小一块。用现在的话说，属粉碎性损伤。我只得向生产队请假，垮塌的过水管也得抓紧修复。那时医疗条件差，腿骨粉碎性损伤，公社医院也没什么办法治疗，只能在家休养。还好我的同学当赤脚医生，在公社卫生院实习，她给我做了一些处理，敷一些消炎的药，后来也就慢慢地痊愈了。直到现在，还能摸出胫骨不平，仔细摸有洼陷，可见当时伤得不轻。

可惜看水的时间并不长，后来抽水渠整修，不需用水泵抽水了，也就不需要人看水了，我的业余电工职业就此结束。但那个夏天的看水经历，给我留下了美好而又难忘的回忆。那电线杆和电闸、横跨两岸的过水管、小蓄水池，尤其是那欢快跳跃的鲫鱼、重压在小腿上的破水管，似乎还在眼前。

写于 2017 年 7 月 24 日

11

童年伙伴

余中平是我的童年伙伴，她母亲是余姓本家，按辈份我应该称中平为姑姑。但我们年龄相仿，一起上学、一起玩耍、一起割草，平时总是直呼其名。我 1978 年离乡读书至今，虽然见面极少，联系不多，但我们仍然是好朋友，彼此的感情未变，对她的信任依旧，时常挂念。

中平是一位正直仗义、足智多谋的姑娘，1.6 米个头，双眼皮大眼睛，瓜子脸，下巴稍稍前倾，皮肤白净，身材姣好又不失健壮有

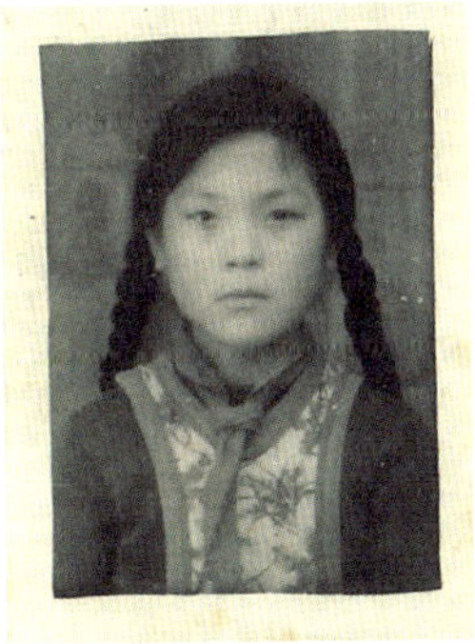

童年伙伴余中平

左起：余恕莲、余德茹、余中平

力。她父亲开了一家裁缝店，早期也是街上唯一的裁缝店。她父亲是师傅，收了几个学徒，所谓裁缝店就是师傅带徒弟做衣服而已。她父亲的手艺说不上时尚，但做工细致质量讲究，生意也算兴隆，家庭经济条件在街坊中也算上乘。中平并非是她父母亲生，她是父母的养女。但她刚生下来就由养母抚养，养父母待她如同亲生，非常疼爱，视为掌上明珠。在街坊邻居的孩子们中间，中平的生活条件显得比较优越，她总会有好吃的好穿的，父亲是裁缝，尤其在穿着方面更是突出。至今我还记得她的绿色背带裤，绿色裤子白底蓝花背带，令街上的小姑娘们羡慕不已。

中平看起来大大咧咧，实际上胆大心细，遇事的时候喜欢眯着眼，旁侧斜视。因为仗义爱打抱不平，似乎成了孩子王。那是1961年生活困难过后不久，冬天，县剧团有时会来乡下巡回演戏，戏台通常搭在小学校内的院子里。孩子们都十分想看戏，但又没钱买票，虽然也就一两角钱。记得有一年冬天，县剧团又来演戏，为了让大家能看上戏。中平经过勘察认为可以从教室的窗户翻进去。白天上学的时候，她逐一排查每间教室，看哪间教室比较隐蔽不易被人发现，哪扇窗户从外面容易打开。天黑了，等看戏的人都陆续进场，快开演了，她第一个从选好的窗户翻进去，然后把我们一个一个拉进去。当然带进去的孩子不多，人多了容易被发现。我弟弟人小胆子也小，小学时一个男孩时常捉弄他。一次那孩子又追逐我弟弟，中平看见后追上去一把抓住，连训带揍，此后那孩子再也不敢欺负我弟弟了。

中平的学习成绩不错，完全可考上初学，但是小学毕业后她父母就不让她继续上学了，要她在家里跟父亲学裁缝。中平比我高一年级，她不上学了我很难过，次年我小学毕业去了十五里外的小庙中学继续上学，就大都放假了才能见面。开头两年她年纪小，父亲没太严格地让她跟班学徒，但她心灵手巧，踩缝纫机一踩就会，缝制各种衣服也不在话下。但她似乎不愿学习剪裁，我也从未见她剪裁过衣服。上小学的时候我们上学放学经常一起走，常去她家玩，听她父亲讲许多鬼怪的故事，尤其是晚上听后恐惧不已，回家一路小跑，总觉得身后面有鬼。据说裁缝师傅都会讲故事，因为做衣服经常熬夜，讲故事提振徒弟们的精神，就不会打瞌睡了。

不久她父亲招了一个徒弟，且对这位徒弟非同一般，技艺上毫无保留、全心全意地传授剪裁手艺，生活上同吃同住视为家人，显然是要将该徒弟培养成接班人了，后来才知道她父母是要招他为上门女婿。既学到手艺又能娶到这么好的媳妇，还可能继承裁缝店，徒弟当然乐意，刻苦学手艺，认真做裁缝活，对二老更是乖巧顺从。中平心里非常清楚，内心深处却绝对不认同这样的安排，但既然父母没有挑明，她也不动声色，以兄长相待，称呼父亲的徒弟为哥哥。

1967 年春夏之交暑假之前，中平突然到访我就读的小庙中学，说要在学校玩两天。这时学校已经停课一年了，种种迹象表明学校复课遥遥无期，同学们都准备长期离校了。临别前，家住河东的李慧芳和家住高刘集的王修季二位女同学，邀请我和另外两位同学去她们家玩，中平说她可以和我们同行。到了高刘集，中平才告知我她的生母就住在高刘集，正好过去看看。于是我们一起去见了她的生母，此时知道她还有个妹妹，长像与中平十分相似。

在她生母家与她分手后，我和其他同学又去乡下的河东同学家里玩了两天。可是我回家后一进门就遭到母亲一顿大骂，原因是中平离家出走，说是我教唆带领她去找她的生母，她养母来过我家，找我母亲告状讨说法。我真是一头雾水，冤枉呀！我哪知道她生母姓甚名谁，家住何方？更无能力教唆，我真是以为中平来学校找我玩的。真相是，她养父母要给她订婚她才离家出走的，且出走前已躲在同村的男友家中数日，父母追逼得太紧，不得已离家出走。

此事大大超乎我的想象，现在想起来仍十分惊讶，她还会谈恋爱！据说她小小年纪还当过公社革委会主任，只不过时间极短。我没见过她当革委会主任是啥模样，也没听说她整过谁、斗过谁。所以一直以来大家都以为她男孩子气质，大大咧咧不拘小节，从没有想过她还会私下谈恋爱。然而就在她养父母明确招徒弟为女婿，为她准备操办订婚之时，她公开了她与本村青年潘传升的恋爱关系，明确将与他结婚。突如其来，极其隐蔽，谁也没有想到。她养父母气坏了，动用一切关系，采取一切措施，要她顺从。而她坚决不从，于是发生了离家出走，寻找亲生父母一事。

事已至此，不可挽回，养父母见她已与亲生母亲取得联系，更担心她会离他们而去，失去抚养多年的女儿，只得妥协，同意了她与本村青年的恋爱。招女婿未成，她养父母觉得对不起徒弟，将徒弟视为养子，物色了徒弟认可的女孩，托人说媒，正式下聘礼订婚，置办新房嫁妆，为徒弟举办了很排场的婚礼，在自己家里为徒弟娶了媳妇。其徒弟夫妇跟二老一起住了约三年左右，后离开师傅家到岳父母家居住。

1967 年夏天以后，我就彻底辍学回乡务农了，虽然同她不在一个生产队，但都住同一个村子，关系更加密切了。那时供销合作社秋天都要收购棉花，收购后要打包运出。供销社将棉花用包装袋缝制，给了她家的裁缝店承做，缝制棉花包装袋很容易，会踩缝纫机就行。冬天晚上我在家也没多少事，中平经常邀我晚上跟她一起做棉花包装袋，教我踩缝纫机，时间长了，我也学会了踩缝纫机缝制衣服。而且她家裁剪衣服的碎布条，经常让我带回家，我祖父给我编草鞋将布条加进去，草鞋穿起来既舒服又结实。

大约1969年左右，她与同村的潘传升青梅竹马，终于结婚了，次年生下女儿，那时中平大概不到二十岁。婚后两个人勤劳智慧，别人家夫唱妇随，她家妇唱夫随。婆家的条件也不错，公公是老中医，医术远近闻名。丈夫健壮如牛，勤快手巧，样样农活不在话下。中平除了做裁缝店的活、料理家务，还时而干些农活。几年后，又有了一个儿子，婆婆和母亲帮助带孩子，日子过得相当的惬意。

中平结婚以后，我成了她们夫妻俩的朋友，更是她家的常客。那时物资匮乏，一般老百姓买肉买油非常困难，半夜排队也不见得能买到。中平做裁缝跟街道上的各个部门的关系比较好，又敢说真话，与食品站关系也不错，她想买什么一般都能买到。所以每年春节前她都过问，帮助我家解决困难。我叔叔在新疆，吃不上大油（即猪油），祖父每年都想给他寄点猪油，买不到只能找中平，她总是尽力不让我祖父失望。我家富农成分，父亲又有历史问题，一般人不敢亲近我们，但是中平毫不在意，见到我父母总是远远地就打招呼，非常尊重，有事相求总是尽力帮助。每年春节总会邀我去她家吃饭，饭菜之丰盛，邻居街坊少有。

为人处事，中平夫妻俩性格相投，都豪爽大方，十分好客。那时公社大队组织宣传队，每到农闲组织起来排练演出。她丈夫无师自通，会吹奏唢呐和笛子，而且水平不低，少了他宣传队还玩不转。公社宣传队成员来自公社各个大队，我也是其中一员。每次宣传队在公社聚集，他们夫妇总要请大家吃饭，丰盛的饭菜、热闹的场面，我永远不会忘记。

改革开放给老百姓带来了无限的希望。中平夫妇凭着智慧和勤劳，立即投入到发展经济的大潮中，自己致富也贡献社会。一天我在教室里上自习，同宿舍同学来叫我，说我的安徽亲戚来了在宿舍等我。回宿舍路上我琢磨着，老家离厦门那么远会是谁呢？到宿舍一看，原来是中平夫妇和同行的一个伙伴，他们是来厦门探行情，想进一些商品回内地卖。就这样他们从经营小商品开始慢慢积累资金，以后不久，夫妻俩又学会开汽车，买汽车开始跑运输。丈夫带着员工跑长途货运，妻子在家经营客运。生意轰轰烈烈，非常红火。随着公交公司的客运延伸至农村，他家私营的客运不跑了，专营货物运输，公司承办各类货运，包括出租车辆等运输工具。

1962 年前后，差不多在招徒弟的同时，中平养父母还收养了一个男孩，即有了一个弟弟，弟弟到她家时已有十多岁了，由于生身父母的家庭状况比较差，才把那么大的孩子送人，孩子不免有点自卑，所以胆小听话。养父母也没让他学裁缝，长大了就在生产队务农。徒弟夫妇走了之后，中平与养父母关系和好如初，此后一直承担着赡养养父母的义务，待之为亲生父母，直到二老去世。对弟弟也是百般照顾，给予资金和人力方面的支持，帮助弟弟一家增加收入，提高生活水平。

现在中平已年近七十，外甥女大学毕业正准备去英国留学，孙子大学毕业也已经工作。在大女儿二十岁的时候，1989年他们意外地又生了个的小女儿，现在小女儿早已卫校毕业，先在医院工作后又开医疗用品公司，也已经结婚生子。不久前见面，知道他们夫妇还在经营运输公司，不仅如此还承包工程项目。见面的那天，她丈夫正在高速公路改造现场指挥，她用电话指挥相关各方的调度。问及她弟弟，她说弟弟找了一份保安工作，家庭情况都很好。

中平为人正直仗义，朴实无华，聪明能干，勤劳智慧，处事周密谨慎，平凡中见不平凡，是女性中少有的佼佼者，她的生活快乐而又充实！

于2021年5月

12

难忘同学少年

2018年10月，初中同班同学们五十[①]年后首次相聚，由袁中文通知我，但当时未能前往。听说自那次聚会后，同学们轮流做东邀约相聚。这次回合肥，我想邀请同学们聚会。于是请袁中文替我联系邀请，合肥附近约二十位同学如约而至。

袁忠文与窦超约我最先到达，随后每位同学先后都来了，他俩都问我这是谁？五十多年前分别时青春年少，现在都是古稀之年。虽然有的同学都是1966年7月别后至今未见，除了岁月侵蚀了少年的水润，光泽度下降，脸上显现细纹，头发不再乌黑外，同学们少时的神情、相貌特征犹存，一般愣几秒钟总会认出来。徐世东，我们班的团支部书记，一眼便可认出。徐世东相貌身材没有大的变化，谦虚而又宽厚的微笑依然如同55年前。董光明，当时我们班个头最小、最机灵、大概也是年龄最小的同学，现在长高了许多，看起来还是那样灵敏活跃，一见面就和我讨论起法律问题，谈及房

① 按1968年拿到毕业证书算起。

屋的拆迁和归属问题。因为其他同学的不时打断，没能探讨具体问题。陈景荣初中时就比较壮实，年纪大了身材似乎与年少时相差无几，体态微胖但变化不大，仍是憨厚淳朴的大哥。在学校不太说话的张德纯看上去较同龄人年轻不少，却比在学校时活跃许多。显然他是个经常锻炼的人，古稀年龄少年身材，阳光挺拔，大家都应该向他学习。特别感谢李世祥，他不顾劳累特地远从霍山赶来合肥。在我的印象中，李世祥学习用功做事认真，对同学都很友好，当时在班上算不上活泼。这次见面他好像长高了许多，尤为健谈活跃。听同学说他曾在安徽驻广州办事处工作多年，也许是从政留下的职业印记吧。徐德文让我有些意外，在学校时极为活跃，说话幽默，绰号徐得味。这次聚会他却显得有些腼腆，说话不多更不愿贡献他年少时的幽默。瞿得轩还是延续了在学校时的体质状态，仍觉得有点柔弱，说话轻声小语。许维君在学校时似乎有点口吃，或许我记忆有误，说话不多，温和礼貌。这次见面他依旧笑容可掬，默默地倾听着同学们的交谈。瞿福荣、胡文权和沈时高，1966 年秋冬一起串联，年底几位男同学送女同学都回来了，他们和队长谢多炳等几位继续留在上海，据说后来还串联去了更远的地方。从容而又敢于冒险，游历了当时农村的孩子们想都没敢想，或根本不知道的地方。五十多年过去了，他们依然那样地深沉。那天忘记当面求证他们后来串联的情况了。

相对于男同学，女同学都显得较同龄人年轻，除身材不够苗条外，相貌特征没有大的变化，即便走在大街上我也能一一认出。我与王修季最后一次见面大概是 1969 年左右，在县城她二姐家。后来听说她经历了不少的磨难，心里一直很惦念。这次见她身体健康、开朗快乐，真是非常地欣慰！金继华仍旧苗条，2019 年别后第一次见面时她身着红色的风衣，这次身着雪白的外套，鹤发童颜，优雅大方，还是我们的班花，性格还是那样热情开朗，忙前忙后招呼同学为大家拍照。赵纯依然是那样的稳重文静，说话总是慢声细语。1978 年高考，她给了我们极大的帮助，当时她哄着孩子，给我和弟弟搬动竹床笆的场景犹在眼前。炎热的夏夜让我和弟弟很好地歇息，次日考试才有好的状态。每次想起这些总是充满温暖与感激！

感谢李莹和李新英，那天两人都身着中国红，特地为我们的聚会准备了节目。餐后，李莹和李新英为我们表演，聚会达到了高潮！很羡慕李莹年近古稀还梳着大姑娘都少有的黑发长辫，她盛装出场，载歌载舞，舞姿优美，歌声悠长。听说她是公园广场舞的教练及领舞，她的演唱不亚于专业人士，给听众送去了欢歌，也给自己留下了快乐！大概也圆了她年轻时的演员梦吧。李新英原和我一个公社，她与我们最后一次见面并无太大变化。她落落大方，阳光喜气，显露着年轻人的活跃和爽快。那天虽然伴奏带不给力，但她的演唱仍然很精彩，尽管她自己可能觉得没能呈现给大家最好的表演，但她的歌声甜美，给同学们留下了美好的记忆。其后同学们合唱了《让我们荡起双桨》和《我的祖国》，回忆少年时光，歌唱伟大祖国的繁荣昌盛，更是情绪高昂。我想下次聚会应该早做计划，给她俩多一点的准备时间，也希望其他同学贡献才艺，让聚会更加欢乐精彩！

这次聚会要特别感谢袁中文和许有根两位同学，联系同学确定聚会地点。我与许有根也是五十多年后的第一次相见，他家离学校最近，就住在学校门前的郑大塘东边。他还似当年从学校东门郑大塘埂走过来的许有根，衬衫系在西裤中，好像是出席一场盛大的舞会，高矮胖瘦大体与年少时无大差别，清爽利落，精神能干。自2018年，我与袁中文多有联系，他真诚憨厚，个头高身体也棒。记得在学校时，他个不高也不够结实，总是笑嘻嘻的，性格好，极其友善。这次才知道，他辍学后学了裁缝，曾去广州开过服装厂，后因经营困难关闭了，家里还曾经历过一次重大事故。未曾想到他平静谦和的外表下蕴藏着坚韧的心，遇事勇敢面对，永远向前。现在他还经营着一家小企业，管理井然有序，经营也比较稳定。他热情周到，总是热心为班级聚会、同学之间的沟通联系出力献策。这次回合肥，我也是先给他打电话，请他联系同学，确定聚会地点，并说明这次由我买单。但是袁中文执意做东，并预先就付了款。所有感谢的话都不说了，只希望下次回合肥再次聚会，一定得由我做东，以表达我对同学们的感激和同窗之间的深情厚谊。

那天还来了两位客人，窦超和余中平。中平是我小时候的伙伴，曾一起上学一起玩耍一起割草，给过我许多的帮助。窦超也是小庙中学的同学，高我们一级，他个头比一般同学都高，挺拔帅气，给我的印象是深思、少言寡语、极其聪敏，会组装无线电收音机。我觉得那时候他可能偶尔会收听到外台，当时收听外台是犯法的，也曾有些替他担心。现在窦超个子仍高但已经不再挺拔，据说是多年修理电器留下的痕迹。如果他继续上学，很可能是一位物理学家。

五十多年后再相聚——2021 年 4 月

五十多年后大家再见面都是古稀老者了，但相聚时仍如同学少年，同窗友情、相聚欢乐之情洋溢在每个人的脸上，期望下次再相聚。

2021 年 5 月于合肥

第三部分

越洋怀思

1

温哥华居所

1989年8月12日离京，前往位于温哥华的加拿大不列颠哥伦比亚大学做访问学者，8月13日到达温哥华，一行二人。哥伦比亚大学商学院的Grace王接待我们，安排住市中心的一家旅馆，期限大约5天。这期间要自己寻找住所，否则此后的旅馆房费得自付了。对我来说自费住旅馆根本不可能，从国内出来，先生张辉担心我人生地不熟，托人用300元人民币换了40美元让我带着，一天的住宿费都不够。

初次出国不知去哪里找房，真是急坏了，只好找来报纸寻找出租房广告。出租房广告很多，但房租都十分贵，看到一则广告招租女性租客，我觉得房主可能是女士，或这一家有孩子，女租客爱干净好相处，房租应该不贵。很快拨通电话，接电话的是一位男士，说一口标准的英语，我很高兴，还可以学习英语，改善听力和口语。对方看来急于出租房屋，客气地提出马上来车接我去看房。我下楼到旅馆门口不一会儿，一辆小车便停在了旅馆门口，车上下来一位非裔青年，说是出租房主人。我心里不由得嘀咕起来，但又无法推脱，只好硬着头皮上车。

路程不远，不一会便来到了主人家。房屋位于 Granvaill 大道旁边一个路口的住宅区里，房主人带我参观房间布局和设施。房内大约是三间卧室、一间大的起居室和厨房，房内各种用具齐全。主人还带我参观了他的书房，房内有效果极好的音响设备。房主是独身一人，他说我若租房，可以和他共享音响和图书。我心里更加发怵，但还是有兴趣地浏览设施。我说一切都很好，设施很完备，只是觉得房租太贵，容我回去再考虑考虑，或再找一个室友共担房租，随即像逃跑似地离去。回到旅馆当晚，便电话告知房主人，房租太贵，不租他的房子了。

后来有人告诉我去学校学生会或类似的地方寻找租房信息。去学校果然有出租房信息，粘贴于报栏的小纸条上留有出租房的信息和电话。我撕下好几个小条，带回旅馆联系，结果不是太贵就是太远。眼看旅馆快到期了，还没有眉目，心里万分着急，打电话求助先前来温哥华的同事。还好很快有同事带来好消息，说有一出租房，之前已住了三位从中国来的女学生，其中一位希望分摊租金，招一租客，两人同住一间，问我是否同意。我非常高兴，有地方住就行，而且与中国学生合住，又可以省钱，立即确定入住。

该出租房为一家自越南来的陈姓华裔所有，共三层，地下室是锅炉房和存储间，一层主人家居住，二楼出租给中国学生。已经住进的三位，两位是来自北京的小黄和小范，她俩来加拿大学语言，另一位是来自上海的小余，她是从日本来加拿大的，后便留在了温哥华。小黄与小余都尚未结婚，小范已成家并有一女在北京。小余在日本留学英文较好，经济状况也比较好，独自一间卧室。小范也是独自住一间。我和小黄同住一个房间，没有床板直接睡在床垫上。我们都艰苦惯了，觉得挺好。我和小黄、小余相处很好，因小范的房间和我们隔一个宽过道和卫生间，我与她平时交往不多。

寒假过后，一天哥伦比亚大学亚洲中心的叶嘉莹教授给我打电话，说有一家人家要一个房客，免费入住。条件是她家有一几岁男孩正上幼儿园，每天早回或晚送，家里必须要有人，问我是否有意去。室友们都说这是难得的大好事，我知道这是叶先生对我的关照，便告知叶先生愿意前往。随后与这家女主人见面，便搬去入住。

女主人应该比我年轻，她丈夫大概是医生，原籍中国，好像来自香港或广东，在温哥华华人圈内应该属于成功人士，与叶先生熟识。我住在她家的卧室在地下一层，房间宽敞设施完备，比我原居住的地方条件好很多。但入住的第一天我就感觉不好，白吃白住得做一些事吧？我来此做访问学者，拿资助津贴，任务是学习交流，要为 MBA 备课。免费吃住，应服务、受约束，将影响我的工作学习，当晚便觉得事前欠考虑，不应该为节约房租来此居住。但是已经来了人家，反悔不合适。一是辜负叶先生的好意，担心主人家怪叶先生怎么会介绍了这么个人？且是刚到就有想法，主人家也无思想准备，决定坚持几天再说，她要找一个免费住她家的中国女学生应该是很容易的，等她找到了自己再走。

然而，第二天发生的一件事，让我决意要走，且无法再等。主人一家吃完早饭各自离去，我开始吃早饭，是牛奶面包之类。不料女主人回来大发脾气，且用英语。说了半天我才明白，是我用了不锈钢餐具在微波炉里热了牛奶。我默默地听着，没有辩解，只怪自己没有见识，缺乏知识，哪里知道金属器具是不能用于微波炉的。

20世纪80年代，我在国内没见过微波炉，更没用过微波炉。这也告诉我，国外许多东西在国内没见过，不知道不会用，以后要多加谨慎！我的自尊心受到了伤害，但还是应该感谢房东的及时提醒，再说看孩子不同于使用微波炉，若有不当，后果更难设想。不能再等！随后我给原来的室友打电话，请她们把我原来的床铺留着，我要回去。次日我抱歉地向女主人提出：因为不习惯住这里要离开她家。她听了又很恼火，说是太突然不好找人。我也理解，但我已决意离开，行李无法搬运回去，小黄和小余看我着急，找她们的朋友帮忙，开车把我接了回去。后来小余在艾尔伯塔找到了工作，我就与小黄分开，各自一间卧室，直到回国。这前后不到十天。这件事我没有向叶先生解释，此后叶先生也没问及，叶先生的好意和关怀，却是这样的结果，真是十分抱歉！

有幸认识叶先生，是起因于我二哥。二哥是研究中国古代文学的，叶先生是研究中国古诗词的大家，海内外知名，我去加拿大时二哥托我带《玉溪生文集》一书送叶先生。叶先生当时是不列颠哥伦比亚大学亚洲中心的教授，对国内来的学生都非常关爱。当时来自北大的何东辉女士在亚洲中心读博士，选修叶先生的课，叶先生对她也是关照有加。何东辉是南京大学硕士毕业，大约与我先生张辉同届，于是我们来往较多，成了朋友，后来我同她一起多次去看望叶先生。1990年春节，我和一些中国学生受叶先生之邀去她家包饺子。我一直觉得对不起叶先生，直到今日仍怀着深深的歉意！也不知道，何东辉是否还在温哥华?

事情已经过去三十年了，当时的情景仍然历历在目。同为炎黄子孙，但因贫穷落后，见疏识少，很是自责，心情是难以描述的，或许是我过于敏感吧!

而短短三十年，中国发生了翻天覆地的变化。如今不要说教师出国短期交流访问说走就走，半年以上去国外大学的进修访问是一些大学年轻教师晋升的必要条件，国家给津贴，单位有补贴，体面风光;人们出国旅游更是寻常事，组团或自由行，住豪华旅店，购买奢侈商品。但是我们要清楚，只有持续发展、戒骄戒躁、不断进取，才能使国家不断强盛。国家富强，大家才能过上体面富裕的生活!

2019 年 8 月

2

罗杰·戴维斯教授

罗杰·戴维斯（Roger Davis）是加拿大不列颠哥伦比亚大学商学院的会计学教授，是我访学期间的指导老师。他身材高大健壮，颇具绅士风度。

我初次见罗杰·戴维斯是在他的办公室，如没记错的话，办公室在商学院的三楼。办公室不大，办公桌对着门放，进门靠办公桌放了一把椅子，应该是给来访者准备的，椅子后方留出空间方便进出办公室。罗杰教授坐在办公桌前面对着门，他左手靠墙是一排书柜，上面放满书籍。办公桌左边靠着书柜，右边间隔是进出过道，后面的窗户与门相对。

我在门口向他打招呼，做了自我介绍，他微笑着示意我坐下。第一次见面，他在我的笔记本上写下了他来学校办公的时间、所讲授的课程、上课的时间和地点以及预约见面的联系方式。他问我来温哥华是否都安顿妥了，接下来有什么打算，需要他提供哪些帮助等。

我的访学项目应该是关贸总协定（现世界贸易组织）与外贸部（今商务部）的合作项目，关贸总协定提供资助，外贸部主管，为外贸部所属院校的 MBA 项目培训教师。项目没有规定我听课、研究等具体的任务，由自己安排，可以随意听任何教师的课，最终要为 MBA 会计课程的教学提供教学大纲、授课教案，包括练习、作业、试卷，等等。

我住的地方离学校比较远，每天早上去学校，下午 4 点后回家，中午自带面包、水果之类。开始我主要是听课，听罗杰教授给本科生讲的“财务会计”、另一位教师给 MBA 讲的“管理会计”，还有其他教师讲的“管理学”等课程。其余的时间几乎都待在计算机房，自己摸索着操作使用计算机，因为最后的课件都要用计算机存盘并打印成册。在国内，我从来没有摸过计算机，更不知道怎么操作，只能自己慢慢去学。我天天都去机房，打开计算机小心摸索，时而请教旁边的学生。很快我学会了进入 DOC 操作系统，学会了写作，学会了存盘和打印文件之类的操作。后来商学院还专门组织了几天的计算机学习培训，记得执教的是一位日本裔教师，英语说得很不标准，但很流利。我听力本来就不好，再加上计算机的陌生术语，大多没听懂，但连蒙带猜，还是学到了不少东西。回国的时候，我买了一堆小的存储盘。谁知计算机存储技术发展太快，这些盘现在还放在那里，几乎一个都没用上。

在这期间，我基本上是十天或两周见罗杰教授一次，主要谈会计教学和相关会计的研究，他给了我好几本《会计理论》和其他教材，后来这些书都送给我了，尤其是《会计理论》，让我获益匪浅，至今都放在我的书柜里。我们还讨论会计师职业，他介绍了加拿大的审计及会计职业：加拿大主要有两种会计师职业资格证书，一是特许会计师（CA），另一是注册会计师（CGA）。取得特许会计师资格较难，而给上市公司做审计的会计师必须是特许会计师，罗杰教授具有特许会计师资格。

罗杰教授给我指导帮助，我觉得应该给他做点什么，如批改作业之类。所以见面总问罗杰教授，能否为他做点什么？圣诞节之前，期末考试，一天见到他我又问，他就说："你可以给我批改期末试卷吗？"我十分高兴地答应了，拿回了一摞试卷及标准答案，回家就抓紧批改。但是批改了几份以后，见学生答题异常，觉得有一道试题的标准答案有点问题。经仔细计算核查，还是觉得有问题，有必要问清楚，于是打电话给罗杰教授。

这道试题是关于公司债券的提前收兑业务，要计算债券回收的账面价值、收兑损益。这与债券的票面价值、发行折价或溢价、收兑价格、摊销期限、付息时间，收兑时间等相关。该业务的会计处理也有些复杂，涉及多个账户，稍有疏忽就会搞错，学生经常因此丢分，出试卷也经常在此设陷阱。罗杰教授接到电话不一会就回电话说："答案是有问题。"对我表示感谢！并且说他原只要我批改试卷的前面几题，可是我当时没听明白，试题逐一都给批了。那道题靠后，本来我是不会批阅至那道题的。试卷改好后，罗杰教授开车来我住处取卷子。他参观了我非常简陋的住所，我们的餐厅即客厅，一张旧餐桌，几把旧的凳子。我请他坐了一会儿，谈圣诞节，又谈到了中国即将到来的春节，还给他看了先生张辉刚寄来的儿子的照片。因为这件事，可以说罗杰教授认可了我的专业水平和英文能力。

其实判英文卷子对我来说不算什么，在厦大读本科的最后一年，李百龄老师给我们开了"西方财务会计"课，翻译教材是油印的。研究生期间，常勋老师给中央电大编写《西方财务会计》教材，我和赵锦爱参与了一些工作，读硕士几年也阅读了大量的英文原版经济类书籍。刚到对外经济贸易大学工作，就给外贸专业的学生用常老师的电大教材讲“西方会计”。在这之前，对外经济贸易大学管理系的会计课程都是用英文原版教材由外教讲授。1988 年我们系的外教走了，系主任高国沛让我接手，给研究生用原版教材讲西方会计。在课堂上主要用汉语，但是教材、板书、授课内容、作业、考试等所有一切都是英语。关键术语给学生译为中文，西方的商业环境，如资本市场、股票、债券交易等，相关法律及会计准则，一点不敢马虎，自己事先一定要弄明白，方能给学生讲清楚。所以做访问学者期间，专业不存在任何问题。

这以后，罗杰教授与我的交流多了，关系密切了不少，谈话的内容也更加广泛。临近中国春节的一天，他问及我儿子和家里的情况，问有没有什么困难需要帮助？我说：“没有困难，我在加拿大有津贴，国内有工资。中国虽然没有加拿大富裕，但生活没问题，北京就是住房条件不大好。”他说可以理解，中国的人口是加拿大的五十倍，已经了不起了！我算了一下，还真是！他可能认为我是中共党员，问我是不是？

7 月 3 日，他开车来接我，邀请我去他家做客。他家在北温哥华，开车要经过一座桥。行车途中他介绍说：儿子在维多利亚工作，女儿在学习牙医，妻子温迪（Wendy）不工作，经常做志愿者。孩子小的时候他们开一辆大车，大车现在由妻子温迪时而开着，他便买了这辆大红色的丰田，轻巧省油，并说加拿大的许多商品都不是加拿大国内制造的。

车过了桥不一会就到他家了，那是一栋独立的大房子，或称为别墅，坐北朝南，前面不远就是开车经过的那座桥下的河。房子后面是一个大院子，院子再往后上坡，是不高的山，沿河靠山的住户都是独栋大房子，户与户之间的间隔都比较大。还没进门，一条大黄狗跳出

罗杰教授和我

门外，向我扑来，吓得我赶快躲避。温迪笑着出门说：“她是欢迎你的，对你表示友好！”然后拍拍狗的耳朵，说了两句什么，大黄狗就跟我们进屋，蹲在旁边看着我们。温迪招呼我在客厅坐下，喝水聊天，接着带我参观了她家的房子。房子共三层，地下一层，地上一层是客厅、餐厅、厨房，还有车库，后门通向院

在加拿大原住民景区

子。楼上二层好几个房间，其中一间是她女儿小时候玩耍的房间，还堆放着许多玩具，一只棕色的大玩具熊尤为醒目。女儿的卧室还留着，但她女儿学牙医，在外面租房很少回来。靠东还有一个大阳台，伸向院子。阳台上放有桌子、椅子和遮阳伞，可以在阳台上观景休憩，喝茶聊天、晒太阳。我们在阳台上坐了一会儿，观赏院子和后面的山林，院子里的草坪修剪得干净整齐，里面有好几棵大树，有的树上挂着小木箱子，那是给小鸟和松鼠们准备的。山上的林草茂密葱翠，绵延东西，看不到头。

快吃饭的时候，他们的儿子回来了，儿子叫 Mark，没有他父亲那么高大健壮，打了招呼便不多说话了。正餐吃的是蒸米饭，糙米比较硬，配青豆角、牛排和鸡腿。餐厅较大，长长的餐桌，像我在电影上看到的西方人家的餐桌。四个人各坐一方，盘子边摆着叉子、勺子和刀，叉子和勺子似乎是银质的。他们有一艘小游艇，就停泊在家门前的那条河边，气候适宜有闲暇的时候，他们夫妇便会驾着游艇顺着海岸，去西雅图海域或更远处游弋。

暑假过后，我就要回国了。罗杰教授送了我一些专业书籍，一个石雕的狗拉雪橇，一个当地印第安人的木雕图腾。8 月 31 号，我先乘三十座左右的小飞机到西雅图，然后换乘西北航空的飞机，经由日本回北京。

1992 年 10 月中旬，作为 MBA 项目的一个部分，罗杰教授应邀来经贸大学工作访问，时间大概不超过十五天。他们夫妇到北京下榻昆仑饭店，那天是我去饭店接的他们，其后罗杰教授在学校 MBA 中心做交流访问。那学期我给本科生讲英文原版《中级会计》，邀请他

罗杰教授夫妇和弋江

给我的学生上了一节课。由学校安排，我陪他们夫妇参观了八达岭长城，在保利剧院看了一场演出。罗杰教授和我都要工作，温迪自己去游览参观了故宫。她说她最想去的就是中国和澳大利亚，现在她如愿来到了中国。她说她一个人去玩，没有不安全感，见到的所有人都很友好，对她微笑。

在罗杰教授离开中国的前两天，我邀请他们夫妇到我家做客。那时我家住在石景山八角中里，住房小，家具简陋，水泥地没做任何装修。先生张辉和他的同学黄乔生打车去昆仑饭店接他们，那时的出租车好像是夏利车。我特地包了饺子，做了一大桌的菜。当时我母亲还在我家，罗杰教授夫妇进门与我母亲打招呼，相互问候交流，我做翻译，加之手势比划，彼此都很高兴！吃饭的时候，虽然我为他们准备了勺子和叉子，但他们还是试着用筷子夹菜，称赞饭菜味道很好。饭后我领罗杰教授夫妇参观了弋江学画的少年宫，少年宫的领导还说：“怎么没先打招呼？”后又去了八角南里的菜市场，罗杰教授夫妇都细细观看，很有兴趣。

离开北京的前一天晚上，我去送行，他们请我在昆仑饭店里的餐厅吃饭，其中的一道菜叫做“贵妃鸡翅”，味道极好。我后来也学会做了，尽管味道没有那么好。

大约2000年前后，罗杰教授退休了。他来信说，退休后他做志愿者，为老年人的税收、理财提供帮助，给他们讲解、解决财务方面的相关问题。他们的儿子婚后生了两个女儿，稍后他女儿也结婚了，有了一个外孙。从他们的来信中，可以看出他们特别喜爱外孙。他外孙非常热爱冰雪运动，尤其是滑雪和打冰球。今年北京冬奥会，他们一直在电视上看比赛，夸赞比赛的精彩。赛前我通过电子邮件对他说："冰雪项目是加拿大的强项，加拿大一定会取得好的成绩，你们的外孙将来或许也是一个优秀的冰雪运动员。"

退休后不太久，他卖掉了北温哥华的房子，搬去了科莫克斯（COMOX）的一个小岛上，他们自己建造房子，建好了一部分就先住了进去，后续再慢慢地建造。罗杰教授告诉我，他家的周围有鹿、有鹰、有松鼠等小动物，刮大风经常刮断树木，他们要花很多的时间去清理。

罗杰教授回国后，给我寄过多期的加拿大哥伦比亚省的画册，弋江小的时候，温迪每年都给弋江寄来生日礼物和生日贺卡，有UBC的

罗杰教授夫妇来作客

体恤衫，有 UBC 棒球队的棒球帽等。她说想买加拿大制造的礼物，可市场上卖的多是别国制造的。直到现在，每年圣诞节和春节，我们都互祝节日、互报平安健康！近年他改发电子贺年卡给我了，都是中国元素，中国画配中国音乐！感谢罗杰教授在 UBC 给我的帮助！感谢他对中国的友好和友谊！罗杰教授夫妇应该有八十多了吧，祝他们健康快乐！

2022 年 8 月于秦皇岛

3

温哥华滑雪

温哥华的纬度比我国哈尔滨的纬度高，但由于傍海靠山，北面有高山抵挡了寒流，冬天的温度却与上海差不多。冬天会下雪，但街道上并不大积雪，而西北面不远的山上，却早早地就可以滑雪了，直到次年 5 月。

1990 年 4 月中旬的一天，卡米（Charmaine）打工下班回家，来电话说要带我去滑雪，说再不去的话，在我访学期满前就没机会滑雪了。她要我穿上最保暖的衣服去她家，一起去温哥华北部山上滑雪。我从没有滑过雪，也没有实地看过滑雪，听说要去滑雪很是兴奋，于是换上冬天都没穿过的羽绒衣很快赶到她家。卡米已经做好准备了，一新一旧的滑雪板固定在车顶上，见我的裤子太薄，便将她的棉裤给我穿，然后驱车直奔温哥华西北山区。

卡米是我在加拿大温哥华不列颠哥伦比亚大学听课时认识的女孩，她十分友好，后来就成了朋友。年前她就答应过冬天要带我去滑雪，但是她很忙，她读研究生还兼职挣钱，一直没有时间。到了 4 月山上的雪快融化了，9 月我的访学期满即将回国，再不去就没有机会了。

开车大约一个多小时就到了雪山脚下。山下有一些木屋，是滑雪场客服部门及餐饮酒吧之类。由于已经是 4 月中旬，又是接近下午，除了我们俩几乎没有其他滑雪的人了。停好车取下滑雪板，卡米将最好的那一副滑雪板给我穿上，她穿旧的，然后乘电缆车到最高的山顶上。山顶比较平缓，下了电缆车，卡米便教我滑雪的技巧。手持雪仗，双脚滑雪板平行向前。如果希望放慢速度，两脚成内八字状，就可以放慢速度，变成人字形那就可以停止滑行了。我按照卡米教的方法，果然顺利滑行，卡米很高兴，夸奖我聪明学得快。

可是没过几分钟我便觉得头晕想呕吐，两腿发软站不稳，随即摔倒在雪地上。多次努力站了起来可是总又摔倒，好像陷入了沼泽地，怎么挣扎都站不起来。卡米说我可能是高山缺氧，站不起来就不起来了，好在往山下的坡度渐大，坐在地上往下滑吧。因为想吐浑身没劲，下滑的速度也特别慢。见此情形，卡米叫我把滑雪板卸下来，让她背着，减轻我的负担，看我能否滚滑得快一点。脱下了滑雪板，我几乎是躺在雪地上，用尽全力滚动下滑。几经折腾已是傍晚时分，但我们离山脚下还有相当距离。卡米很担心，如果天黑前不能下山，夜里会冻伤甚至会冻死的。那时不像现在的通信发达，无法联系上任何人，真是叫天不灵叫地不应。我知道非常危险，也十分焦急，但没办法站起来，也没办法下滑得更快一点。

就在万分焦急之际，不远处滑过来一个人，滑雪技术无比高超，像飞行一般，不一会就到了我们的身边。他了解了我们的情况，自我介绍说他叫 Rubor（罗比），是负责巡视的工作人员，他让我们不用焦急，他用对讲机联系山下的服务部，让滑雪场派雪地摩托接我下山。悬着的心终于放了下来，但我们没有就地等待，还是慢慢地向山下滑去。罗比告诉我们，他在渥太华长大，从小就滑雪，所以滑雪就如同步行，没什么难的，而且速度是步行不可及的。罗比可能觉得运动的速度太慢，等待的时间太长，便问我是否愿意让他背着下山。折腾了半天我的体力已经消耗殆尽，便欣然同意。于是罗比背着我，卡米跟随其后，一起向山下滑去。罗比滑得飞快，快到山脚时，才遇上了前来救援的雪地摩托。

罗比的及时救援不仅让我们脱离了危险，还背着我下山，令我非常感动！我

卡米与我准备去滑雪

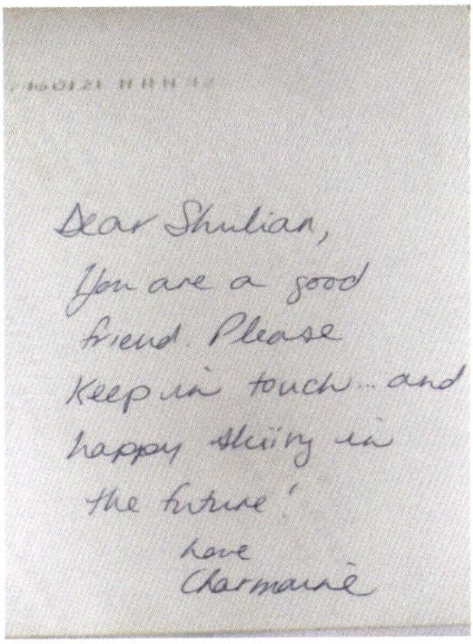

卡米题字

罗比与我在滑雪场

在雪山上

问卡米如何感谢他，卡米建议我请罗比喝啤酒。于是我们到服务部旁边的酒吧里请罗比喝酒聊天。罗比告诉我们，他在温哥华读书，滑雪场的工作是兼职的。过后与罗比道别，临别时我们还合影留念。将近三十年过去了，不时地想起罗比背我下山，仍然感念不已！

卡米是 UBC 商学院的研究生，我是在听“管理会计”课时认识她的。全班约有三十多个学生，其中至少一半是华裔。第一次去听课就发现有一位外国女孩隔几个座位冲我微笑，她就是卡米，初见面就显示出十分的和善友好。渐渐地卡米和我搭话，告诉我她去过我们的香港，并从香港去了我们的云南，说云南是个美丽的地方。后来再听课，我们大多是坐在一起，渐渐地成了朋友。卡米白皙的皮肤、浅灰黄的头发、灰蓝色的眼睛、高高的鼻梁，身高大约 165 厘米左右，是一位十分美丽可爱的加拿大女孩。她在加尔格里大学化学系本科毕业，她的丈夫 Peter 也在温哥华，是外科实习医生，她是随同 Peter 来温哥华的，在 UBC 读工商管理硕士。卡米一边读书一边工作，时间安排得非常紧。不久她的父母也从多伦多来到了温哥华，住在温哥华郊区，这期间她好几次邀我去她家做客，见了她的父母和朋友。

她父亲名字大概叫 Holger Andersen，是荷兰裔的加拿大人，母亲 Mary 是地道的加拿大人，她父母亲十分慈祥友善、好客热情。1989 年圣诞夜，我应邀与他们全家一起参加了教堂举办的庆祝圣诞节仪式。那是温哥华最大、声誉最好的教堂，那天整个教堂坐满了前来礼拜的人。仪式上有唱歌、唱诗、演说和募捐等环节。牧师的音色特别优美，浑厚清亮，风琴伴奏音响效果极佳，小朋友们的唱诗唱歌美妙动听。募捐的时候，Mary 跟我说：“你可以不用捐赠。”但我还是入乡随俗，正好口袋里也有零钱。那天活动结束得比较晚，卡米父母亲坚持送我，一家人开车把我送到家门口，她父母亲下车，看着我进了门才挥手离去。回国后虽然不过圣诞节，可是每年 12 月 24 日的圣诞夜，我都会想起 1989 年的此时与卡米一家过圣诞夜的情景，想起他父母亲送我回家的温馨场面。

暑假开始，卡米知道我不久就要离开温哥华回国了。7 月 9 号，卡米与她母亲邀我还有她们的一位朋友一起去温哥华岛边的海中 Hayaki，就是在海中划两头尖的小船。到了海边码头，她母亲领来救生衣并帮我穿好，向我详细介绍了划船要点和安全知识，我们便上船下海了。小船可以是一个人划，也可以两个人划。知道我是第一次 Hayaki，也是保证我的安全，卡米和我一组，其他的船也在我们的周围活动。温哥华岛附近的海水呈深褐色，那天的浪也比较大，但是有卡米和她的父母亲及朋友护航，我感到非常的安全，玩得十分开心！

卡米邀我划船

准备去划船—温哥华

回国前，卡米送了我搅蛋器以及做土豆泥、蒸玉米等用的厨具。我没有什么特别的礼物，就将带来的几盒中国音乐磁带送给了卡米，内有《春江花月夜》《步步高》和《二泉映月》等，她也送了我唱诗歌和教堂的音乐磁带。分别前她在我们合影的照片背面题字，说我们是好朋友，希望以后保持联系。

回国以后，很长时间我和卡米仍联系密切。Peter 实习期满，成为了一家医院的外科医生，后来他们有了好几个孩子，一段时间她成了全职母亲。她还告诉我，她去了荷兰老家，她的祖母去世了，享年九十多岁，走的时候非常平静。后来她母亲来信告诉我说，她自己患了乳腺癌，做了根治手术，已经痊愈了。她在信中说道："我是水的孩子（waterboy）。"那期间割舍了她最大的爱好——游泳，好几个月没有下水。还有一次卡米的父亲患心梗很严重，幸亏 Peter 抢救及时得以转危为安。

再后来她们搬了家，2001 年我也生了一场大病，自此失去了联系。但是她们一家人的友好善良，与她们结下的深厚友谊不会忘却！卡米多次邀我去家里做客，她家的土豆泥是那么的美味，在她家我第一次吃了开心果，她教我滑雪，带我划船，这些画面不时地在脑海里浮现，就像发生在昨天。卡米一家还住在温哥华吗？祝愿卡米一家健康快乐，也期望哪一天她能再来中国，或许哪一天我会去温哥华，希望此生我们还能再相聚！

2018 年 4 月

4

简（Joan）

二十多年过去了，每年的圣诞节和春节我和简（Joan）都会相互祝福，祝福各自的家人和国家！这是普通百姓之间的友谊，虽然属于不同的国家，但是友谊并无国界。

简是我在英国访学时结识的朋友，1995 年我去曼彻斯特城市大学管理学院会计与财务系做访问学者，简大概是该系的系务秘书，可能相当于中国大学的系（院）办主任，她 1945 年出生，当时五十岁。

到学院的第一天，简对我就很友好，微笑着表示欢迎。学院不大，就两栋楼。再见面时她带我在楼内各处转了转，教室、图书馆、办公室、咖啡室，熟悉了一下环境。然后带去见一位教师，介绍说他是我同一个办公室的同事，同时交给我办公室的钥匙。做访问学者没有具体任务与要求，我多数时间在学院图书馆看书，抄录文献资料在所难免。简告诉我，需复印资料可以在复印室复印，并且带我看了复印室内存放复印纸的地方，教我复印机如何操作使用。

此后，简安排我参加了学校新入职教师的培训。在曼彻斯特城市大学，每个新入职的教师都要参加这个培训班。在这个培训班里，学校董事会的工作人员介绍了曼彻斯特城市大学的组织结构、学校师生规模、资金来源、学科建设等情况。培训班还组织新老教师做经验交流。在这个交流会上，新老教师互动交流，先前入职的教师介绍他们的教学与科研经验。曼彻斯特城市大学的规模庞大，校园分散，那天下午培训班组织大家参观学校的各个院系，至今印象深刻的是参观纺织学院。纺织学院有几位教师到场讲解，介绍纺织机器、纺织机的操作等。那次培训让我大开眼界，收获巨大。心想国内的大学也应该这么做。

简的热情与帮助，将我与其他教师一视同仁，让我很快地熟悉了环境，消除了刚来学院时的紧张与顾虑。

访学期间，英国先后召开了欧洲会计协会的年会和英国会计学会的年会。欧洲年会在伯明翰举行，英国会计学会年会在布里斯托召

与系主任在布里斯托

在布里斯托大学开会

开。是简的安排，让我参加了这两次会议。伯明翰的会议，简事先给我订了火车票，临行的前一天，简嘱咐说早起赶车，让我打出租车留下小票回来报销。其实我的住处离学校和火车站都很近，步行去火车站大约最多20~30分钟，她可能觉得太早不够安全。我真是非常感动！不仅如此，她觉得我是第一次来英国，在会议期间给我安排了系里出资的旅游，是与参会者家属同行的旅游项目。那次旅游，安排参观了伯明翰的巧克力工厂，莎士比亚的故乡，还有莎士比亚家乡往南的两个小镇。莎士比亚故乡黑白相间的房屋建筑，还有途中吃的土豆泥午餐至今印象尤新。

英国会计学会年会在布里斯托大学召开，布里斯托离曼彻斯特有点远，仍旧是乘火车，车票还是简事先买好。简告知我，这次会议不仅有同事参加，系主任也出席年会。但主任是从伦敦自行驾车前往，我自己乘火车前往。简买好车票，定妥旅馆，并一再嘱咐乘车、住旅馆、开会等事宜。途中一切顺利，下火车我顺利地找到了旅馆。刚入住旅馆就有人敲门，开门一看竟然是系主任。系主任担心我人生地不熟有困难，开车刚到就来旅馆看我，随后让我和他一起到会务组报到，并参加了当晚的会议晚餐。开会期间，系主任很关照，一起参加招待会，一起用餐，会议结束，还开车把我送到布里斯托火车站。系主任对我真是非常地关照，之前他见我常去院图书馆，就跟我说过，他的图书馆我可以随时造访，带出图书，看后放归原处就是。我也多次在他办公室的一侧，他个人的书库，或说是小图书馆里，翻阅或借读。系主任对我的访学给予了许多的方便与帮助，可以肯定，简的安排事先都应有系主任的认可，否则两次参会的各项费用，简的权限大概是不够的。

曼彻斯特的春天，各种花竞相开放，我对异国他乡花粉过敏，脸上长满了红色的疹子，奇痒无比。简知道后让我去找家庭医生，教我如何注册如何看病，还说英国看病是免费的，让我有病就看。根据简的指导，很快注册并看了家庭医生，看外表，医生好像是一位印度或巴基斯坦后裔。医生观察疹子询问了病情，开处方让我拿了药，抹了几次就好了。记得看病只付了挂号费，当时是五六英镑，现在记不准确了。

即将期末，全系教师集中于郊外的一所旅馆开期末会议，类似国内带有旅游度假性质的期末会议。教师们围坐于圆形会议桌，会上教师们讨论激烈，甚至吵了起来。英国人吵架，我是无法听懂实质内容的，但能听出是与教学及科研问题有关。记得一位年轻教师站在系主任一方，与一位年纪稍大的教授争执，情绪尤为强烈，似乎要动起手来。后来一些教师加入，又慢慢地平复下去了。回去的路上大家又和好如初，说笑不断。这次让我领略了绅士风度的英国人也会吵架，东西方国家的人际关系、存在的问题和解决方法也大同小异吧。

八月底我将期满回国，离开前简邀请我去她家做客。她家在曼彻斯特郊区，下班后我们乘火车约 20 分钟到达。她家是一所两家联排的两层别墅，后面是一个院子，虽然已是八月，但院子里开满各种各样的花，我们就坐在院子的靠椅上聊天。简有一儿一女，女儿爱玛，儿子麦克。她丈夫喜欢做自己的活计，修理家什、打理花园等。在她的客厅里，还摆放着一大束红玫瑰。问及玫瑰，简告知我说，她前天过五十岁的生日，红玫瑰是系主任祝贺她的生日礼物，可见简在系里的重要性以及系主任对她的器重。那天简给我做了烤鱼和烤小土豆，味道极其鲜美。我说中国人爱炒菜，我的厨房经常是油污斑斑。简说她的厨房干净，可是烤箱里却是充满油污。那天聊到很晚，等她丈夫回来，夫妻俩开车送我回住处。

在我回国的前两天，系里为我举办了一个欢送会。会议室里有一张会议长桌，四周摆放了椅子。会议室一侧入口处的案桌上，摆放着烤鸡翅、鸡腿，以及饼干和甜食，还有牛奶、咖啡及其他饮料。十点左右，系里的同事陆续到来，大家一起聊天，喝咖啡吃点心，说了一些道别的话。快结束的时候，简取出长长的一束鲜花送给我。真没想到系里会专门给我举行欢送会，还送了我这么大的一束鲜花，除了感谢，感动得什么也不会说了！我抱着花束回家，房东晓燕见了，说余老师，系里对你真好，访问学者受到这样的待遇，这在英国是不多见的。

回国以后，我和简仍然保持联系。大约 1997 年她女儿爱玛与她的同学来北京旅游，我陪她们游览了天坛公园，逛了王府井周边的大街小巷。简退休以后离开了曼彻斯特，去往英格兰北部的海边小镇 Arnside 居住。爱玛大学毕业后当了教师，儿子麦克大学毕业后去美国读了 MBA，儿媳妇在澳大利亚的一家会计师事务所工作，儿子毕业后也随其妻子去了澳大利亚，在那里他们的女儿出生了。简在信中对我说，她很想她的儿子一家，但年纪太大，去不了澳大利亚。几年后，儿子一家又回到了英国，夫妻俩在伦敦找到了工作。

我和简的女儿爱玛

2022 年，简夫妇与女儿女婿，KEITH80 岁

2010 年，因 ACCA 项目我又一次去英国。到英国后，打电话与简取得了联系。在英国的行程中，我们将从牛津去曼彻斯特，在曼彻斯特住一晚，再前往爱丁堡。简知道了我的行程，约定在曼彻斯特我

们下榻的旅馆见面。可是那天高速公路非常拥挤，我们半夜才到达旅馆，简和爱玛已经等了我几个小时，让我感动不已！也满心歉意！时隔十五年再见面，我们都老了许多，爱玛已经是两个孩子的妈妈了。我们彼此问候，简向我介绍了管理学院的变迁，系主任也早不在那里了，还有会计与财务系同事们的情况，早已是物是人非。因为时间太晚，不能聊太长时间。简与爱玛开车离去，道别时期望我们还能再相见。

简于1945年第二次世界大战后出生，今年已经77岁了，前不久她老伴刚过八十岁的生日，还给我寄来生日照片。每年圣诞节与中国春节，我们都是互寄贺卡、互致问候，通报各自的生活及健康状况。疫情期间，也是彼此提醒注意防护，互报安康。结识简快三十年了，访学期间她给予了我许多帮助，虽然我们处于不同的国家，有着不同的社会环境和政治经济制度，属于不同的民族，但彼此的情感是相通的，都彼此信任、珍重友谊！

2022年4月

5

怀念曼彻斯特

1995 年 2 月，我将去曼彻斯特城市大学管理学院访学半年。

朋友刘国奋是早我一年去英国伯明翰大学的访问学者，知道我要去曼彻斯特，她联系了原先一起参加英文培训班的同学，在曼彻斯特大学访学的辽宁大学孙长治老师，请他给我找好在曼彻斯特的住所，并给了我联系电话，请他到时在车站接我。

刘国奋（左）与我在伯明翰大学

春节把儿子弋江送到合肥大姐家，2月初由北京出发前往伦敦。同事毕小为知道我要去英国，联系了在伦敦工作的岳晓丽，请她在希思罗机场接我。飞机到达希思罗机场是晚上，正在我忐忑之时，看到出口处岳晓丽夫妇向我招手，顿时释然。到晓丽家受到了她父母的热情招待，两位老人慈祥热诚，我像到了家里一样。美味的东北菜、热水淋浴、舒适的房间，一夜熟睡，十多个小时飞行的疲惫消除殆尽。次日一早晓丽开车带我去格林威治、泰晤士河的入海口等处参观游览，然后送我去中国领馆教育处报到并领取了津贴支票。下午晚些时候，我乘双层大巴去往曼彻斯特。

二月的曼城天气还比较冷，我穿了一件灰色的风衣。孙长治老师说好，会到车站接我，下车一会了还不见人。我正犹豫往哪儿走，突然冒出两个人来，且放声大笑，说："你是余老师吧，我们躲了起来，看你着急的样子呢！"随后孙长治介绍，另一位是在曼大读博士的辽宁大学的王老师。

住处很近，大约只有五百米左右。对我的到来房东很是欢迎，房东也是中国留学生，从西安来的。先生田老师在曼彻斯特大学读了博士，妻子晓燕陪读，女儿田浩，9岁。他们也是租住房子，那种房子在英国叫连体别墅。复式上下两层，楼上三间卧室，楼下客厅和厨房。孙老师和王老师，还有其他好几位留学生都住在附近。

我和晓燕一家相处得很好，晚上田浩睡了，我们就在客厅里聊天，看电视或看录像带。《大红灯笼高高挂》《霸王别姬》都是那期间看的。晓燕很会做饭，经常让我品尝她的美食，尤其是面食。她做的胡萝卜馅的饺子特别好吃，吃多了我差不多也学会了。田浩上小学，上午九点到下午三点在学校，家里有一台旧钢琴，回家练琴或读书。英国规定孩子不能单独留在家里，否则要追究责任。我的到来，晓燕若外出就不用担心家里没人了。晓燕是学中文的，出国前是一家报社的编辑，现在陪读没太多的事，周围留学生及在周边工作的华人，都将放学的孩子寄放在她家里，请她照看。她教孩子们学中文，也带他们做游戏，孩子们一起读书游戏，特别开心，也免去了父母们没时间陪孩子的烦恼。记得有一个孩子的英文名字叫汤姆，他母亲是北京中医药大学毕业的，在曼城开诊所并经营中药，比较成功。汤姆十分可爱，比我儿子大一点，晓燕觉得我很关注他，就说："余老师，你的儿子也来吧，我帮你管。"

那段时间，田老师学开车。英国学开车可以不用去专门机构学习，考试通过就行，但规定上路练车要有人陪练，于是我经常成为坐在一旁的陪练了。田老师买了一辆旧车，是单门的，后座的人要掀起前座才能进去。经过一段时间的练习，田老师可以开车上路了，于是决定开车去利物浦逛逛，游览那附近的野生动物园，也练练车。为了此行，晓燕做了充分的准备，买来鸡翅鸡腿，洗净加佐料腌制，油炸后装入饭盒带上野餐食用。还带了一些面包、榨菜、刀叉、餐巾纸之类。

8 月 6 日一早，开车出曼城驶入高速公路，路上的车不多，田老师一路驾车很是顺畅，大家都说，这次回去考驾照应该没问题了。我们先游览野生动物园，动物园内有温和的动物，如大象斑马，也有很多凶猛的动物，如老虎狮子。动物园内大多数地方不可以下车行走，要驾车在车内观看动物，即使在车内也要格外小心。印象最深的是犀牛，据说犀牛可以用它的尖角掀翻汽车，伤及游人。于是我们只敢远远地瞧着犀牛，见它似乎要靠近就赶快开车走人。

出了动物园，我们在一处草地上用餐。美餐饱食过后，前往利物浦市内。利物浦很像中国的上海，地处入海口，没见什么大高楼，我们在江边参观游览，去附近的街区闲逛。那段时间我经常闹肚子，那天也许是野外用餐着凉，走着走着突然肚子疼痛难以忍受。大家都急着给我找卫生间，可是英国城市基本上没有公共卫生间，怎么办？后来在一家麦当劳发现卫生间，但排队的人很多。只好跟排队的人商量说明情况，优先进入才化解了一场危机。

我的住处离两所大学，即曼彻斯特大学和曼彻斯特城市大学都很近，步行也就十多分钟。在曼彻斯特留学、工作的中国学生不少，平时来往也比较多。有的同学课余时间去唐人街打工，如包饺子、削土豆、送外卖之类，打工回来有时给我们讲一些打工时的见闻趣事。一次晓燕说：余老师你也去体验一次吧，一起包饺子也很热闹。我说算了，技术不行包得慢，老板会不满意的。现在想起来，当时应该去一回，那可是20世纪八九十年代许多中国留学生都经历过的。

如今国内名校博士、硕士卖猪肉和送外卖等被人笑话批评，我觉得劳动挣钱、自食其力，年轻人多些经历，多些磨练，增加韧性，并非坏事！

还有一位在曼大做研究的魏老师，他的妻儿都在澳大利亚，他是中国湖南人但来自澳大利亚。他是研究核物理的，研究的内容大概比较尖端。他邀我去参观过他的办公室，当时他刷卡进门，我十分惊异，觉得太先进了！没想到二十多年后，我们进小区也都刷卡或刷脸了。一次他请我们好几个人吃饭，记忆最深的是三文鱼头汤。乳白色的汤汁，滑嫩的鱼肉非常美味。先前不认识三文鱼也不会做，现在想来，在英国三文鱼头相对比较便宜，价廉物美！

1995 年是世界反法西斯战争胜利 50 周年，5 月 9 号是欧洲胜利日，那天曼彻斯特举行了庆祝活动，我和一些中国留学生也前去参加了纪念集会。地点大概是在曼城东边不远的地方，场地酷似战时状态。上午 9 点钟左右，上空响起了警报声，路边空地上停有几辆二战时的战车之类，车厢内及车厢挡板边站着或挂着身着二战时军装、手持武器的战士，场面特别令人振奋！

就在胜利日过后不久的一天，我去曼大旁边香港人开的店买食品，在路边听到了一个熟悉的声音。循着声音看去，竟是我的大学同班同学浦永浩。惊叹，世界真大可也真小！之前我并不知道他与我在同一所学校，他来曼彻斯特城市大学多年了，在经济系做研究，妻子也在读博士。老同学异国他乡相遇，非常意外又十分高兴！他请我去他家做客，他家院内有一颗杏树，成熟的大黄杏十分甜美。后来我们又一起看了电影《水世界》，他还邀我去远郊游玩。回国后不久听说他去伦敦中国银行工作了，再后来他回到了香港工作，但至今却再未见面。

6 月初我与晓燕一家，还有另一留学生家属吴思佳及孩子，去巴黎旅游一周。晓燕一家乘飞机，我和吴思佳乘灰狗。灰狗由曼城去伦敦，晚上连人带车在多弗乘轮渡过夜，天亮了在法国上岸，继续开往巴黎。那天夜间，我站在船舷边，茫茫大海天黑浪涌，很是震撼！次日一早在法国加来上岸。

在巴黎我们住在中国领馆教育处招待所，晓燕和吴思佳带孩子去游乐园。张辉的同学老范在巴黎读博士，他陪我参观了罗浮宫，游览了巴黎圣母院和巴黎公社墙。我独自又去了凡尔赛宫、艾菲尔铁塔、巴黎歌剧院和圣新教堂。还从凯旋门步行去巴黎新城，逛香榭丽舍大道，在塞纳河边散步。领略了巴黎的繁华，也见识了巴黎贫民窟的穷困与脏乱。

在巴黎回英国的途中，法国边警说我遇到麻烦了，告诉我说法国边境可以放行，但我可能回不了英国了。确实，到了英国在多弗入境，同行的人都放行走了，留下我盘问了很久，还打电话给我所在的学校。好在只是虚惊一场，我回来了！至今我也不知为什么，正常签证，出去时放行，回来怎么就出问题了？

8 月中旬，大约是 8 月 13 日，曼城的中国学生学者联谊会组织大家去爱丁堡旅游，我也报名参加了。沿途时见草地牧场，草场上有悠闲吃草的奶牛，散落着许多收割下来的、晒干捆打好的牧草礅。进入苏格兰，沿途见一些山丘高地，让我想起电影《简爱》中的一些场景。

那天爱丁堡似乎是什么节日，乐队穿着苏格兰特征的格子短裙，吹着风笛走在前面，游行队伍浩浩荡荡跟随其后。随后参观了古城堡，古城堡是皇宫也曾做过监狱，城墙建于悬崖之上，坚固险要，在当时应该是易守难攻，城墙边的炮台上还有几门大炮，站在城墙上可以看到远处的大海。出城堡门就是老街。我特别喜欢爱丁堡的老街，它让我想到了故乡将军岭的老街，于是在有点幽暗的巷子里来回逛了好几趟，还在那里买了条羊绒披巾。回到曼城已经很晚了。

8 月底访学结束，曼城的几位朋友送我至大巴车站，乘大巴去往伦敦。在伦敦下车还是岳晓丽接我，并将我送去伦敦中国使馆教育处的招待所，那里是留学生们来往的驿站，被大家称为“51号兵站”。在51号住了六天，参观了大英博物馆、温斯敏斯特教堂、白金汉宫，观看了白金汉宫的换岗仪式，游览了海德公园、唐宁街、伦敦桥、战时指挥所等。穿行伦敦桥，行走于泰晤士河边，偶而能听到大本钟的钟声。

结束了半年的访学，告别了曼城的朋友。二十多年过去了，在北京见过辽宁大学的孙长治老师，曼城和伦敦的其他朋友们再未谋面也无消息。怀念和他们一起的快乐时光，感谢他们的众多帮助！祝愿他们生活快乐、事业有成、平安健康！

2022年7月于秦皇岛

6

香槟趣事

2000年2月至8月底，在伊利诺伊大学香槟分校做访问学者期间结识了不少朋友，也得到他们很多帮助。半年的访学不仅收获很大，而且有趣。伊利诺伊大学香槟分校坐落在两个县之间的乡村，学校周围就是农田，种着大豆和玉米，长势良好。来之前就与学校的中国学生学者联谊会主席吴新宙取得了联系，到香槟的那天一下火车就给他打了电话。因之前没预租房子，他接我暂住他家。吴新宙是清华电子专业硕士毕业，在伊利若伊大学攻读博士，他的女朋友赵静是北大生物系硕士研究生，也来这里读博士。他俩准备结婚，租了房子，但他俩婚前都还住在原来的合租房，这房子倒是让我先住上了。

以后多日都没找到合适的房子，一直住吴新宙家，真是不好意思。我就问他，你不是准备结婚了吗？把你现在住的房间转租给我不就得了。他说他的室友是两个男孩，怕我不方便。我觉得没什么不方便的，只要那两位同学没意见，就转租给我吧。还好那两位同学很欢迎我去，于是他搬去住他的婚租房，我就住他原来住的房间了。他们租住的是学校公寓，一厅三室，每人住一间，共享厨房与客厅。住校内公寓去教室、图书馆、办公室都很方便。同住的两位一位名叫肖黎，四川人，清华自动化硕士毕业，在这里攻博士学位，有助教津贴；另一位是杨柳青，江西人，浙江大学毕业，在这里攻读机械学博士。他们都是20世纪70年代中期出生，我和他们的母亲应该是同龄人。

伊利诺伊大学——香槟分校的商学院会计系在美国很有名，不少国内的访问学者来此访学，大家经常见面。与我联系密切的有中国科学院的徐中平老师，西南财大的毛洪涛老师，还有一位河北建行的姓王的先生，他是毛洪涛在西南财大的硕士同学。儿子弋江来香槟后，他教弋江滑旱冰，我们称他教练。徐老师住所离学校远一点，来学校需要乘公交车，他与中国学生合租住房。毛老师和王教练离我很近，走路最多就十分钟左右。王教练和毛老师都同美国本地人合租住房，毛老师与同住的美国老头关系很好，还请我们去他家吃饭，毛老师背地喊他疯子。与教练合住的美国人极不友好，甚至有敌意，每当教练做饭，他们都在旁边扇风叫骂，几次把警察都叫来了。由于交了押金和房租，无法退房，十分无奈。

肖黎与弋江在香槟

弋江

与徐中平（右 1）等老师在香槟

由于住得近，我和毛老师晚饭后经常一起去不远的一栋科研楼前的广场散步，广场比较大，还有喷泉装置，散步累了会在喷泉边的石阶上休息，讨论各种各样的问题，谈及国内会计界的名人轶事。毛老师虽然住的地方离我不远，但属于居民区。香槟治安状况不好，毛老师说有一天他在学校有事，回家比较晚，黑暗中总觉得有人跟着他，似乎越跟越近，吓得他不敢回头也不敢跑，此后再不敢天黑回家了。

一天晚饭后，毛老师在屋外喊我，我急忙锁门会同毛老师往广场走去。每天散步大约一小时左右，那天也是至少一个小时。远处的人已经看不清楚了，目送着毛老师远去的背影，我才慢慢地向住所走去。走到房间门口还没开门，就闻到浓浓的烟味。突然想到情况不好，急忙开门，家里烟雾弥漫，灶台上青烟乱窜，炉具和灶上的水壶烧得通红。我吓坏了，急忙关闭开关，用烧菜的铲子将水壶移离电炉。电水壶烧得变了形，我打开门窗驱散烟雾，坐在沙发上发呆、后怕。如果再迟一会回来，燃烧的电水壶可能引爆炉灶后壁，引起大火。那是一栋连体的几套住房，火灾不仅将烧毁房屋及房内财产，还可能导致人身伤亡。那是怎样的后果？想到疏忽大意差点酿成大祸，那是何等可怕！我又是何等万幸！整个晚上我都坐在沙发上发呆，自责反省，这辈子绝对不会再有这样的疏忽了。两个博士通常都是半夜三更才回来，次日跟他们讲述了昨晚的惊险，水壶虽然变形，但仍可使用。肖黎和杨柳青对我没有任何的责怪，以此为鉴，嘱咐他们以后也要加倍小心。

那段时间听课，认识了会计学教授Bob Tucker，他十分友好，邀我去他家做客。他的妻子吴向东（Jenny Tucker）是中国人，当时是该校商学院的在读博士。十多年后，吴向东发来邮件，说她见到了贸大在美国访问的副校长张新民教授。原来她博士毕业后从教，成为了一名会计教授。后不久贸大商学院聘她为客座教授，她几次来贸大访问开会，我与他们夫妇又见面了！在她家做客时，才几个月的孩子，现在已经是亭亭玉立。后来商学院的好几个博士生和教师都曾去她所在学校交流访问。

6月19日，儿子弋江跟随回国探亲的刘新宇来香槟，也给大家增添了一些乐趣。随后我们乘火车分别去东部和西部旅行了各15天，旅行回香槟后，在香槟居住直至8月底回国。这段时间，弋江每天都跟着我去图书馆、教学楼或电脑室。学校里除了体育场，就是室外的草坪空地，我们住所的房子往西不远就是当地居民区。居民区的人家并不多，那里有一处运动场地，有一些运动设施，印象深刻的是那里有秋千。有几次带弋江去那里玩，弋江在秋千上荡漾起落，很是快乐！七八月份学校基本结课，我几乎每天去图书馆，弋江喜欢在图书馆地下一层的影像资料馆看录像或图书，非常听话，也非常开心。

8 月的香槟，天气不是很热，弋江傍晚随我去广场散步玩耍，周末经常结伴去逛超市买食品用具。一天我们又逛超市，徐老师和我，还有弋江。逛了半天，弋江跟着逛什么都没要。徐老师夸奖说："弋江真好，半天了什么都不要。"徐老师的夸奖我有些意外，不买玩具、零食或提其他要求，对弋江来说是正常行为，来美国更是如此。徐老师的话让我觉得应该给儿子买件玩具什么的。买什么呢？逛了这么久，见弋江在卖游戏的展台边转了几圈。在国内表哥夏刚给他装过游戏"帝国时代"，弋江非常喜欢，于是就破例给他买了原版的"帝国时代"，还买了一双旱冰鞋。此后，我和几位老师在广场散步聊天，弋江就滑旱冰。一开始不会，在建行王教练的指导下，弋江很快就学会了，而且滑得非常流畅熟练。

一天，徐老师、毛老师、教练和我，坐在在广场前喷水池的石阶上讨论聊天。天快黑了大家相互告别，于是我招呼儿子，但是找了一圈也不见踪影，再喊也没有回声。此时天已擦黑，大家听说张弋江不见了，也觉得情况不好，都很着急地四处寻找。大家分头搜寻广场及广场四周，还是不见踪影。大家都说不久前还看到他在远处滑行，也见到有健壮的外国人经过。我认定弋江是被人带走了，几乎瘫在地上。正在大家束手无策、焦急万分之时，肖黎从实验楼出来了，见我焦急崩溃的状况，问怎么了？听说弋江不见了，他笑着说，弋江在他那儿。原来，他从实验室楼里出来看到弋江在滑旱冰，就招呼弋江参观他的办公室，张弋江特别喜欢计算机，所以一直待在里面玩。儿子找到了！从办公室里出来的弋江一脸茫然。虚惊一场！我告诉弋江以后去什么地方一定要告知，免得大人担心，安全不容忽视，不能随便随陌生的人去陌生的地方。

弋江在香槟，几个留学生大哥哥们都很喜欢他，刘新宇说他正在考博士资格，否则要开车带弋江去玩。确实他们都非常忙，考资格、做实验、查资料、写论文，每天都工作到深更半夜，真的很辛苦！离别前肖黎请我们吃韩国的石锅拌饭，毛老师请我们去他住处，吃了他拿手好菜清蒸平鱼，还有博士杜林请我们在学生会吃自助餐，每次都很开心！

我们租住的学校公寓到期了要退房，肖黎住进了学校的学生公寓，杨柳青找到了新的室友合租，我访问到期即将回国。还差几天才出发，又住到了吴新宙的家里。回国后很长时间，与吴新宙、肖黎都保持联系。吴新宙告诉我，他回国探亲时结婚了，肖黎也找到了心仪的姑娘结婚了。

遗憾的是后来渐渐的失去了联系，时间已经过去将近二十年，他们一定事业有成，家庭幸福，愿他们一切顺利安好！也希望哪一天还能再见面。

2019 年 9 月于秦皇岛

7

美国东部行

2000 年 2 月去往美国伊利诺伊大学香槟分校访学半年，在此期间希望儿子能来美国，抽空带儿子在美国走走看看。还好，学校管外事的职员是个非裔妇女，痛快地出具了信函。恰巧在香槟分校读博士的刘新宇 5 月份回国探亲，托他届时将儿子张弋江带来美国。

6 月 19 日，刘新宇带儿子从北京动身，按照行程和飞机到达的时间，我早早就做好了饭菜等待他俩，可是等到半夜还没到。2 月初离京已经四个多月了，很想儿子，迟迟未到我不免忐忑，担心路上出问题。原来是飞机晚点，大巴又出了点问题，他们后半夜才到香槟。

几个月没见，弋江长高了许多，新理的小毛寸，前额还留着几根长发，很是活泼可爱。第一次出远门，一路上都是新鲜事，还写了一篇旅途的见闻感想，旅途中几乎没休息，所以吃着饭眼就睁不开了，一觉睡到次日下午。同住一套公寓的博士生杨柳青、肖黎都很喜欢弋江，尤其是肖黎有空就带他玩。

在香槟有一家越南人开的杂货店，叫 FarEast，还有一家韩国人开的店，都卖中国商品，如饺子皮、大白菜、榨菜、罐头鱼、香肠、大米之类，而蔬菜、鸡蛋、水果、肉类等，我们通常乘车去远处的大超市买，其他的中国食品就在这两家店里买。吃一顿饺子很不容易，中国的大白菜在美国比较贵，饺子皮不仅贵而且还不是每天都有。多数时间给弋江用广州产的白油香肠炒青椒，儿子吃得舔嘴抹舌，香甜无比。直到现在，他还央我炒青椒香肠。很奇怪，国内还真没有见到美国卖的那种产自中国的白油香肠。

6 月 24 号我要前往费城，参加在费城召开的“美国管理会计师协会”的年会，顺便携弋江去东部旅游。去火车站售票处咨询，得知可以买东部行半个月的火车票，弋江刚 11 岁，不满 12 周岁的儿童可买半票。这种票规定，在半个月内随便乘火车，如果没有火车，可以搭乘灰狗链接，也是免费的。那时我的同事魏立群（小魏）老师在宾利法利亚大学做访问研究，知道我们要去费城，小魏老师邀请我们住她那儿。

现在想起来，应该是可以从香槟乘火车去芝加哥的，再转乘去费城的火车。可能是不了解香槟火车与芝加哥转乘火车链接时间，当时也没想到可免费乘灰狗去芝加哥。怎么去芝加哥呢？有同学告诉我可以在网上发帖，求搭乘顺路车，分担油费。于是我在网上发了帖子，果然有同学回应去芝加哥，愿意带上我们。开车去芝加哥大约 3 个小时左右，我们一早出发，那天早晨天阴似乎要下雨。车越开天越黑，云层翻滚又低又厚，不久果遇瓢泼大雨。因能见度很差，雨最大的时候只好在路边的小店避雨。雨停为了赶路，不免车开超速。不知从哪里冒出警察，结果罚了款。我特别过意不去，心想也许是担心我们火车误点，那位同学才超速的。

芝加哥火车站在地下一层，黑乎乎的，非洲裔旅客也特别多。有一位非洲裔女士非常友好，主动挪座位邀我母子坐下来等车。那天是夜晚乘车，记得途经匹兹堡时天快亮了，透过车窗可看到近处的河流，两岸藤木攀缘缠绕非常茂密。24 日上午到达费城，小魏老师见到我们很高兴，她住的公寓是一居室，设施不错。她把床让给我们娘儿俩，自己睡沙发。

管理会计协会年会在费城的万豪酒店（Vermont hotel）召开，我白天去开会，小魏老师去学校，弋江一个人留在家里。小魏老师家里有电脑，弋江一个人就玩电脑。后来小魏老师对我说：张弋江玩电脑太多，要限制，不能让他玩。小魏老师有一个三四岁的女儿在国内，同为母亲的小魏老师对孩子观察得很细致，对她的及时告诫我十分感谢！小魏老师抽空带我们参观了宾大校园，还去了她的办公室，

在魏立群（居中）老师家

在唐人街

与徐仁燕阿姨

在麻省理工学院

在联合国总部

那几天正好遇上“中国学生学者联谊会”放中国电影，其中宁静主演的电影《黄河绝恋》至今印象深刻。其间小魏老师还邀请同在宾大访学的天津谭老师一起包饺子。谭老师和面、擀皮、包馅都十分熟练，聚会十分开心！包饺子要去唐人街买菜，路过费城市议会大厦时，看到许多民众在议会大楼前集会，集会者大多是非洲裔。

会议结束后告别了费城去纽约，28 号乘火车到新泽西，再转乘地铁直达纽约世贸中心。徐仁燕原是我经贸大学的同事，后去了中国化工进出口公司工作，当时派驻纽约中化分公司，办公地点在世贸中心 22 层。事先联系好了，徐仁燕邀我到纽约住她家。在世贸中心大楼一层我们被门岗拦住，经过徐仁燕的电话认可，乘电梯直达位于22层的中化公司办公室。徐仁燕的办公室临着哈德逊河，坐在窗前可以俯瞰哈德逊河两岸的景色。徐仁燕家就在世贸中心附近的哈德逊河边，步行几分钟即可进入办公大楼。徐仁燕也是将大床给我娘儿俩，她睡客厅小床。徐仁燕特地给弋江做了好吃的，说要让孩子吃好。

当天我们就去逛唐人街。纽约的唐人街规模较大，与广州、厦门的街道很是相似，卖的物品也是中国产品居多。唐人街上不时见到中餐馆和小食店，街上的行人也多是华人。逛唐人街的重要目的之一，就是买中国产的食品和水果，走在唐人街上，仿佛是在逛中国某南方城市的大街小巷。

次日一早出门，我们娘儿俩散步至哈德逊河边，顺着河岸往东，逛到轮渡乘船登上了位于哈德逊河口的自由岛，参观了自由女神像，随后乘船去了艾利斯岛。艾利斯岛上有美国的移民博物馆，博物馆展示了黑人由非洲被贩卖到美国为奴的悲惨境况，也看到了华人在美国发展生存的艰辛悲苦历史，了解了来自世界各地的移民为美国发展作出的贡献。

从岛上返航后前往世贸中心的双子塔，登上塔顶似乎感觉大楼在轻微地晃动。哈德逊河从下方流过，在顶层俯瞰纽约哈德逊河，河面比在地面上看窄了很多，河上空还飘着几个大的充气气球。周围虽然高楼林立，在双子塔上俯瞰，都矮小了许多。进入顶层时楼梯口有人拍照，出门时要求付钱拿照片，我们没要，那些人就显得不大高兴。

没想到次年的9月11日，即2001年9月11日双子塔被炸为废墟。那天早上徐仁燕还没出门，我的厦大校友张伟平是徐仁燕的同事，听说那天她一大早就到了办公室。不一会她听到了爆炸声，看到窗外滚滚浓烟，便急忙从22层步行梯急速下行到地下地铁，幸运躲过一难。伟平家就在徐仁燕家旁边的另一栋楼上，那次在纽约，伟平请我和弋江吃饭，记得她烹炒的大虾味道极佳。得知世贸大厦被炸，整夜为她俩担心！那天夜里，世贸中心被炸的消息是前同事毕晓为电话告知我的，她为徐仁燕担心！问中化办公室在哪一栋楼？次日一早听说张伟平已经出现在香港卫视新闻的采访中，悬着的心平静了。万幸！她俩都平安！

下午晚些时候我们去往纽约的帝国大厦，在帝国大厦的广场小憩，又赶往时代广场。之前时常听人提及美国纽约的时代广场，且出现在新闻中的频次也很多。本以为时代广场很大，去后很是失望！很小的一块地方，周边都是一些商场店铺，只是大的电子屏幕上，不断地滚动更新着广告及时讯。

30号一早，我们去参观曼哈顿金融街的纽约证券交易所，证券交易所是进不去的，只能隔着玻璃观看交易所内的情况。看见交易所内闪烁的电子屏幕，交易员们忙碌和比划不停的手势。观看了交易所后便去联合国总部，里面参观的人很多，尤其是联合国总部的会议大厅。弋江还坐在会议厅的座席上，似乎体会着召开会议的情景。随后陆续参观了大楼内的联合国相关机构的地点及设施。

洛克菲勒中心和大都会艺术博物馆都离联合国总部不远，我们先参观了洛克菲勒中心，随后前往大都会博物馆。大都会艺术馆内总有艺术品展览，那天展出一些大幅的现代派的线条绘画，看不懂更体会不出任何美感。

出大都会博物馆不远处就是中央公园，园里湖光树影，人少路静。远远地看到一个大胖子牵着一条大狗，很是怕人。时间也不早了，似乎也不太安全，避开了大狗不一会儿我们就离开了，一路又去逛唐人街。

逛了纽约之后我们还打算去波士顿，乘火车时间太长，估计来回十五天，时间不够了，决定跟旅游团去波士顿。晚上再逛唐人街时，在一个小门店的二楼上，找到了一家华人经营的旅游公司，预订了2日游的旅游团。

7月1日跟随旅游团从唐人街乘大巴去波士顿，旅游团大约有三十人左右，都是华人。开车的是非洲裔司机，导游是一位华人老太太，估计年逾六十岁。旅游途中的第一站停罗得岛，参观岛上的大理石庄园。罗得岛上的大理石庄园有好多处，我们只参观了其中的几处。庄园内设施豪华，居室精巧别致，院落深深，园内林木葱郁，极为幽静。沿途还停留了一些小的旅游景点，小景点都是田园风光，很是清新宜人。

当晚住在波士顿，老太太带领旅游团去一家华人餐馆吃龙虾，同车有人没去，我和弋江也没去。没见过龙虾，担心花了钱还吃不惯或吃不饱，还是去吃了汉堡包，关键是嫌贵吧。晚上入住旅馆，大家都住下了，还有我们娘儿俩没单独安排房间，最后让弋江和我与老太太同住一间房。估计是旅游公司为了省钱，让老太太和我们挤住在一个房间里的。

次日一早，大巴送大家去码头，排队乘游船去大西洋海上观看鲸鱼。游船有三层，船上游人很多，海面非常广阔。船航行了约两三个小时，在有鲸鱼出没的地方停了下来，不一会就看到像潜艇一样的鲸鱼黑背，先后看到好几条大鲸鱼浮出水面。它们庞大的身躯在海中翻滚，卷起大浪，引得人们大声呼叫。弋江很兴奋拍了许多照片。在观鲸船往返途中，似乎没见到一座岛屿，不禁疑惑，也许大西洋靠近大陆的地方，较太平洋更深更陡峭？下船后大家乘大巴去哈佛大学和麻省理工学院。

哈佛大学与麻省理工学院都没有围墙，哈佛像是一个小镇，路边有商店和餐馆，教学及办公楼都不高，多为咖啡红的墙面。我们在哈佛像前拍了照，参观了商学院及法学院等几个学院。麻省理工学院（MIT）的风格与哈佛大学有些不同，校内有的建筑看起来有点怪异，大概属于新潮设计吧。我的厦大同届物理系同学洪蘋，1987年到MIT读博士。她是研究光谱的，厦大硕士毕业后我们俩都来了北京，她去了北京工业大学，我在对外经济贸易大学，她在申请美国学校时，常去我那里用打字机。

1990年我在加拿大时曾与她通过电话，她说实验室里的博士或研究人员大都是来自世界各地的华人学生，其中有来自中国内地的、台湾的、香港的以及新加坡及东南亚等地的。在实验室交流的第一语言是汉语，所以她说英语口语没啥大进步，还得加强。此时已经过去十多年了，我们早已失去了联系。她博士毕业后可能不在MIT了，也或许就在这里的哪栋大楼内。弋江在一座体育馆似的建筑前拍了照，又在校园各处逛逛走走，随后乘大巴车返程。

在回纽约的车上，老太太提着口袋收集小费，每人5美元，童叟无欺。不禁让我回忆起小时候看杂耍，表演过后表演的的人端着盘子讨钱的情景。那时候人小没钱又想看，但也不敢多看，觉得看了不给钱对不住人，其实玩杂耍的人是不向小孩子要钱的。

回程途中还是吃汉堡包，起初弋江很高兴，尤其是炸薯条。可是汉堡、薯条蘸番茄酱已经吃了两天，闻味都有点想吐了。回到纽约从唐人街步行回徐仁燕家，曼哈顿周边狭窄的楼间街道，老鼠出没乱窜，黑暗中毫不怕人。弋江将剩下的薯条丢在垃圾桶上，马上就被老鼠一抢而空。在途中一交岔路口弋江和我较劲，说是我带的路错了，他要走另一条路。我要是不信，就分道扬镳各走各的路。我怕他走失，无奈跟他走。事实表明弋江带的路是对的，很高兴！年纪不大方向感极强。

这次在纽约停留的时间不多，只参观了曼哈顿周边的标志性景点，也是匆匆而过，遗憾当时没有去长岛看看

7 月 3 日告别了纽约，乘火车去华盛顿。到达华盛顿，下车直奔事先联系好的中国使馆驻华盛顿教育处，张辉的同事魏礼庆先生接待了我们。时值中午正是午饭时间，魏先生说教育处没办法解决我们的吃饭问题，附近也难找到吃饭的地方，他将自己的那份饭给了我们，他回家自己做饭。我们一早从纽约出来，真是很饿，那份饭成了我们娘俩的大餐。记得主食是米饭，菜有西兰花和虾仁，这份饭真是很救急。回国后我们一直想当面感谢他，但一直都没见上面。

当天下午就去逛国会大道，远处是五角大楼，东边是华盛顿纪念塔。参观白宫的人很多，其中不少是来自中国的旅游者。耐心地排了很长时间的队，进去以后觉得没太多的特别之处，但是来了华盛顿不参观白宫又会觉得遗憾，参观了白宫，总算是到此一游了。

7月4日是美国国庆节，一大早我们就来到了宾夕法尼亚大街，等待观看庆祝活动。大道两旁观看的人不少，但并不拥挤。游行开始，队伍由国会大厦沿着宾夕法尼亚大道前往白宫方向，队伍组合多样，还有华人参与其中。队伍不是很规整显得有点杂乱，队伍中还有马队，马队经过留下了一些马粪。游行结束之后我和弋江步行去了唐人街。华盛顿的唐人街规模不太大，逛逛街，买了一些榨菜、方便面、面包之类作为晚餐和早餐。

7月5日上午还有点时间，弋江要去逛华盛顿国家动物园。动物园较大，动物也很多，但是并未觉得有印象深刻的特别之处，也许在国内看得多了。下午乘火车离开华盛顿回芝加哥，再由芝加哥换乘火车回到了香槟。

22日出发，7月6号晚上回到香槟。第一次在异国他乡旅行，乘火车、汽车途径密歇根、宾夕法利亚、马里兰、新泽西、康涅狄格、罗德岛和马萨诸塞，顺利归来，恰好15天。

一路走来，得到魏立群、徐仁燕、张伟平和魏礼庆先生的许多帮助。因为他们，我们在每一处停留都有回家的感觉，使我觉得踏实，带着孩子才有安全感。感谢他们！还有不知名的让我们搭便车的留学生！

2019年9月于秦皇岛

8

美国西部之旅

表姐的女儿女婿在美国工作已经快十年了。其女婿胡先觉协和医学院毕业去美国，当时在做实习医师，等拿到医师执业资格，就可以自己开诊所了；其女儿王明娥在实验室工作；他们的儿子大约四岁，名叫 Robur。他们家在德克萨斯州的埃尔帕索，位于德克萨斯州与新墨西哥州交界的地方，那里有一个白沙公园，是游览胜地。胡先觉知道我到美国访学，盛情邀请我们去他家玩，让我事先告知到达的具体时间，他好预定行程和旅馆，带我们去旅游观光。我们已经有了东部十五日旅行的经验，东部旅行回香槟后休息了几天，就又买了火车票，动身开始了西部之行。

西部之行，于 7 月 12 号动身。这次有了经验，香槟没有直达埃尔帕索的火车，我们就在香槟乘灰狗去往最近的火车站（Bloomington）。记得那座车站不大，在那里遇见了一位等火车的非洲裔妇女，她很友善，问我们从哪里来到哪里去。知道我是带儿子旅行的，便告诉我她的儿子很出息，大学毕业已经工作了，话语间显露出很为儿子骄傲的心情。美国的火车不如我国现在的动车，但比蓝皮火车好很多。火车开得很慢，从伊利诺伊到埃尔帕索跨越好几个州，从伊利诺伊出发，途经密苏里、阿肯色到达德克萨斯，需要两天多。车上有卧铺，为省钱我买的是坐票，座位间空隙比较大，放下可以躺靠。上车已经是下午了，火车经过圣路易斯是晚上，透过车窗看见了密西西比河上灯光中的大桥。车上的旅客都很友好，有一位妇女中途下车，要把她的葵花子留给儿子弋江。车上邻座的孩子比较吵闹，一些旅客比较烦。一

乘坐迪斯尼小火车

母子在迪斯尼

弋江在好莱坞

戈江在大峡谷

戈江和 Robur（右）在埃尔帕索白沙公园

位妇女夸奖戈江说，你看人家的孩子多安静，一点儿也不闹。在火车上过了两夜，途经比较大点的城市有伊利诺伊州的首府斯普林菲尔德（Springfield）和密西西比的圣路易斯（St.Louis）、阿肯色的小石城（little Rock）、德克萨斯州的达拉斯（Dallas）、奥斯汀（Austin）、圣安东尼奥（San Antonio）、阿灵顿（Arlington）等地，14 日到达埃尔帕索（EL Paso）。密苏里丘陵平原，植被茂密，德克萨斯州时见沙漠，比较空旷荒凉。火车经过达拉斯时，见车窗外不远处大量的废旧汽车放置绵延，没想到十几年后，中国也有那么多的汽车了。一路走来，看到美国西部的荒野与东部的满目深绿，差异还是比较大的。

胡先觉家离市中心不远，是独栋的三层楼房（house），在中国称之为别墅。其实在美国及一些西方国家，除市中心外，都是类似的住宅。别墅后院有大片草坪和树木。房子是租熟人的，房主去外地工作了，小地方卖不出去，房租就非常便宜。埃尔帕索的城市不大，但市政设施完备，商业也很发达，沃尔玛超市的商品与大城市无异。到达当日，先觉夫妇带我们去市中心的一家中餐馆吃饭，吃什么忘记了，但是极其美味。在美国几个月，开支节约，生活简单，吃到这么好的中餐感觉尤其的好！那天先觉的儿子 Robur 想买玩具，跟他爸爸说："既然带我来你一定是要为我做点什么吧？"聪明伶俐、说话婉转，目的是要买东西，最后给他买了玩具。先觉非常盛情，预先订了去大峡谷（Grand Canyon）国家公园和圣安东尼奥（San Antonio）海洋世界的行程及旅馆，计划是先去大峡谷，回来再去海洋世界。

次日，胡先觉开车带我们去附近的白沙公园烧烤，那天天气晴朗，一路上没有什么树林之类，偶见小灌木。柏油马路晒得似乎冒油，远处路面闪光像是浸着水。行车路程并不太远，就见到路边的白沙满地。白沙公园实际上是一片沙漠，覆盖着白色的细沙，要不是无可遮挡、火热四射的阳光，真以为是茫茫雪原。蓝天白沙一望无边，几个人洒落在沙海里，显得十分渺小，沙天衔接处似乎就是地角天涯。停车进入沙丘地带，那里有供游人用炭火的烧烤柜，上有遮阳的小顶棚，看来是一个旅游景点。我们取出带来的烧烤用碳和鸡翅、牛肉等，点燃炭火，烤食野餐。天气太热，吃过烧烤不多久我们就回家了。

那时我的同事王坤在美国新墨西哥州州立大学读博士，离埃尔帕索不远，胡先觉知道我这里有熟人，就邀请她夫妇来做客。王坤夫妇没想到我会来埃尔帕索，好几年没见了，能在埃尔帕索见面，我们都非常高兴！

7 月 16 日，胡先觉开车前往大峡谷，明娥怀孕反应很大，不能去，只有我们一行四人，即胡先觉、Robur、弋江和我前往。埃尔帕索去大峡谷路途很远，从埃尔帕索出发，跨越新墨西哥州到达亚利桑那州北部。沿途有沙漠、山地森林和高原草地。沙漠地带也很荒凉，植被稀少，散落着稀疏的草丛或小灌木，还有仙人掌，类似我国新疆改造过的沙滩荒漠。大山深处森林茂密，公路蜿蜒曲折，坡陡路窄，行车很是危险。还有一些山林被山火烧过，山上留下大片大片烧焦的林木。胡先觉说，林木大都是被雷电击中后燃烧起来的，有时会燃烧很长时间。沿途山区人烟稀少，胡先觉不敢在深山之处停车加油，说是很不安全。经过草地平川不时见到有房车停靠地，房车停靠地水电设施齐备，停车接上水电就在像家里一样。听说在美国一些人开房车旅游，以房车为家，当时觉得很新奇，不想现在中国也有人买房车开车旅游了。一路上开车很少歇息，当天晚上在离大峡谷不远的 Williams 一家旅店入住，旅店设施很好，还有游泳池。因为旅途劳累，吃完晚饭就早早歇息了，次日早饭后直奔大峡谷。

大峡谷十分壮观。我们应该是在大峡谷的南面，对面黄红色崖壁呈阶梯状，谷深壁峭，气势恢弘、令人震撼。我们从多个角度，俯瞰峡谷、拍照留影。此时高原夏末将入秋，沿途林中的树叶绿中泛黄，时而红色点缀，色彩斑斓，美不胜收。离开大峡谷我们驱车去拉斯维加斯，途中路过胡弗大坝，胡先觉在此停车，带我们下坝底参观。胡弗大坝是美国西部的重大水利设施，听说建于20世纪40年代，坝顶很高，很是壮观，工程浩大，令人赞叹。

到达拉斯维加斯已经天黑了，晚上入住赌城旅馆，据说是免费入住。房间设施很好，宽敞舒适，房间还放有赠送的赌博筹码。朋友黄笑生在美国学法律，毕业后就在拉斯维加斯工作，晚上他来旅馆看望我们，后大家一起去赌场参观。楼下的赌场热闹非凡，各种不同的博彩方式，令我们眼花缭乱。最简单的赌博就是老虎机，将筹码塞进去，盈亏马上揭晓，老少皆宜，一学就会。因为不允许小孩子玩老虎机，黄笑生演示给弋江看，将换来的几个筹码塞进老虎机，结果是钱均覆没。拉斯维加斯的大街上到处都是老虎机，随时随地可以参赌。晚上还有激光秀，满城灯如昼人如潮，夜市更为活跃。

尽管胡先觉特别盛情，而且他们在美国工作稳定，收入不错，有能力支付旅游费用，且早就做好了计划：先游大峡谷，回埃尔帕索休息两天再游圣安东尼奥，带弋江游玩参观海洋世界，并且早已预定了旅馆，但让他们破费，来回陪同，叨扰麻烦太多；再说目睹了开车来拉斯维加斯远途的劳累，沿途路况的险恶，且胡先觉回去还要工作，不愿再麻烦人了。非常感谢先觉夫妇的邀请和款待，以及远途的陪同旅行，于是说："我和弋江不回埃尔帕索了，我们想去洛杉矶看看，再由洛杉矶回香槟。"告别时特别提醒他们途远路险，开车疲劳又带着孩子，路上要小心驾驶。后来知道他们回埃尔帕索选择了另外一条路，途经凤凰城，且回去途中还真的出了状况，幸好没有造成人身伤害，否则我将后悔终生。

离开赌城旅馆，将去往黄笑生住处借住一宿。下午我和弋江逛了拉斯维加斯唐人街，买了肉馅、饺子皮、蔬菜之类，回黄笑生住处包饺子。晚上黄笑生和他的室友、我们娘儿俩，四个人一起吃饺子。能在美国相聚，共进晚餐，大家都很高兴！拉斯维加斯的白天十分炎热，晚饭后黄笑生陪我们出去走走，而夜晚的炎热依旧让人难耐。

19日我们动身去洛杉矶，拉斯维加斯没有火车直通洛杉矶，按说可乘灰狗链接，但却不知是否真能免费。我和弋江一清早就离开了黄笑生的住所，去了汽车站等候。问车站的服务人员：是否有车去洛杉矶，是否能免费？也许是言语沟通有误，并未获取可靠信息，只能等待。一直等到下午，娘儿俩不敢离开，没吃饭又饿又着急，走不了晚上如何处置？正着急难耐，通知去洛杉矶的旅客开始上车了。我硬着头皮拿着火车票前去上车，没想到检票员啥也没说，我们顺利地上了大巴车。大巴车开了很长时间，途中停车一次，让乘客片刻休息方便。沿途的大部分地方比较荒凉，快天黑了才到达洛杉矶。

去洛杉矶前，胡先觉已联系好了他在洛杉矶工作的同学张亦彬，请她在洛杉矶接我们，送我们去洛杉矶中国领馆教育处。到车站后我用公共电话给张亦彬打电话，由于电话里英语提示不能迅速听懂，几次以后才接通。张亦彬是个山东姑娘，高个子，瓜子脸，披肩发，为人热情周到，见面后她开车先送我们去洛杉矶中国领馆教育处住宿。到教育处后才知道，教育处不接待留学生了，教育处的工作人员介绍我们去一家旅馆，那家旅馆好像是中国人开的。办好入住放下行李，张亦彬又帮我们确定了次日去迪斯尼的旅游大巴，随后带我们去洛杉矶的新唐人街吃饭，再送我们回旅馆。我和儿子已经一天没吃饭了，都快撑不下去了，有饭吃而且是中国餐，别说是多么美味可口。我们吃的是便当，即快餐，还带回一份次日吃。回到旅馆，儿子没洗澡就睡着了，睡姿可爱，别说有多香甜。

20日一早我们乘坐巴士去迪斯尼乐园，途中停靠好莱坞影视城。停留好莱坞的时间不长，只记得好莱坞标志，不记得有令人印象深刻的其他景观了。随后大巴直奔迪斯尼乐园。园内游人非常多，儿子喜欢小火车，我们先乘小火车转了一圈，然后排队体验各项娱乐项目。人太多，每个项目都排长队要等待很长时间。我和弋江先体验冒险之旅、矿车、加勒比海盗、鬼屋等项目。冒险之旅我和弋江坐在一个舱内，进入黑洞后倾斜颤动尤为剧烈，我非常担心儿子随时会掉下去，就紧紧抓住弋江的衣服。矿车速度快、上下起落幅度非常大，心似乎跳了出来。当时很后悔，不该玩这么危险的项目，但过后觉得虽然挺惊险还是很有趣。鬼屋没有危险动作，但是阴森可怕，途中突听一声鬼嚎，与恶鬼狭路相逢，惊吓出一身冷汗。弋江最想玩的是开小汽车，可是排了很长时间的队都排不上，为了多玩一些别的项目，最后只得放弃了。傍晚我们来到了美丽国，场景特别温馨迷人。更没想到的是最后还有游园活动，游行队伍中有米老鼠、唐老鸭等动物人偶，还有焰火表演。弋江特别高兴！非常喜欢动物人偶，跟着游行队伍直到天黑，回到旅馆已经是很晚了。

21号，即离开洛杉矶的前一天，我和弋江在洛杉矶闲逛，重点逛了洛杉矶最早的唐人街。唐人街规模比较大，街上的华人居多，商店里也大都卖中国商品。逛唐人街应该买点什么吧！弋江觉得话梅好吃，又很便宜，于是从唐人街超市买了一大包话梅路上吃，一路吃来还有剩余，后来在回国途中才吃完。

22日离开洛杉矶，张亦彬说要送我们去火车站，但我担心她有事来不了，于是一大早，把儿子留在旅店，独自去打探去火车站的乘车路线，顺便买点食物路上吃。为了省钱，买一些比较便宜的食品，记得买了几个柿子椒途中当水果。张亦彬特别守信，如约而至，开车将我们送至火车站。

回去乘火车的时间更长，出加利福利亚，途经亚利桑那、新墨西哥、科罗拉多州、堪萨斯、密苏里，到达芝加哥再转乘火车回香槟。沿途有亚利桑那高原山地，新墨西哥州的沙地荒原，堪萨斯的平原丘陵。多日的劳累，在回程车上更多的是休憩养神，经过的城市记忆比较模糊，好像有新墨西哥州的阿尔伯克基（Albuguerque）、亚利桑那州的弗拉格斯塔夫（Flagstaff）、堪萨斯州的堪萨斯城（Kansas City）等。印象深刻的是晚间车厢里有两人大声喧哗，似乎在吵架，列车员上前询问发生了什么事，说有事可以帮助。次日一早有警察上车还带了一条警犬，若有人走动警犬都会躁动一番，警察也会警觉踱步，很是神秘。弋江很好奇，警犬躁动他也十分关注。不久那两个喧闹的人，连同警察就都不见了。

想起来，那么长时间的火车，我们应在每个州选一城市下车停留歇息，多走走看看，游览自然景观，也了解当地的风土人情。当时主要还是手头拮据，时间也不够，车上的饮食比较贵，途中都没在火车上吃饭，多半时间是饿着肚子。

美国东西部两次各十五天的出行，儿子弋江从未提出过任何要求，没有一次说要买吃的。陪妈妈一起饿肚子旅行，现在想起来觉得我太亏待孩子了！最近在《读者》（2019第18期）上读到海明威的名言“饥饿是有益的磨练”，自己得到了些许安慰。确实两次旅行磨练了孩子的意志和耐力，感谢儿子！

火车到达芝加哥还不到中午，去香槟的车傍晚才开。我和弋江没什么事，就坐在芝加哥的希尔顿塔楼附近的空地上，从那里直下往东可以走到湖边。于是我们去湖边逛了一圈，余下的时间就坐在大街边发呆，观看行人、蓝天和白云。那天晚上的火车晚点了三个多小时，回到香槟，已经是凌晨了。

火车到达香槟早已没有公交车了，车站离家不是很远，但我们不敢步行。因为香槟治安状况很不好，以前有留学生被枪杀。不久前有学生晚上开车回家，一下车就被人用枪顶住，抢走了车内的所有财物。于是我用公用电话打电话给杨柳青，请他开车来接我们一下。当时到站后不久候车室里的旅客全部出站了，只剩下了我们娘儿俩。我想出站去看一下，不料一出候车室大门就自动关闭，我们进不去了。带着孩子在候车室外的黑暗里等候，不免害怕起来。还好，没等多久杨柳青就来了。又是十五天，我们顺利地返回了香槟。

这么多年过去了，给予我那么多帮助的朋友们至今没有联系，也没有信息，但愿他们在美国一切安好，健康快乐！

2019年9月于秦皇岛

9

祖国宝岛台湾行

2013年12月，弋江休假陪我去祖国宝岛台湾旅行，一切由弋江安排，儿子真的长大了！由北京直飞台北，三个多小时，降落台北桃园机场。脚踏祖国的宝岛，无比兴奋！从桃园机场乘大巴至台北，途中眼睛一直盯着窗外，唯恐漏掉一个地方。沿途类似厦门周边的山林平地，并不陌生，很亲切。我们在台北火车站下车，当时正下大雨，在站外小摊上，大约合人民币每把十多元买了两把雨伞。撑开雨伞走入雨中台北，很有诗意。

旅馆是弋江在网上早已预定好的，离火车站不远，我们撑着雨伞拉着行李箱不多久就到了旅馆。旅馆的服务热情周到，只是房间比较小，两张单人床、一张小桌，几乎无剩余空间，不过设施齐全，还有无线网络。办妥入住手续，弋江带我去外面吃饭。街上的一切与大陆差不多，语言、行人、店面都很熟悉。街名也都是以大陆的城市或地方命名，如重庆街、武汉街，等等。我们在离火车站不远的商贸城里找了一家小吃店，各点一份类似石锅饭之类的吃食，价格、味道都和大陆差不多。

饭后，我们立即去逛街，繁华地段类似北京的步行街，行人熙熙攘攘，繁华热闹。我们随意闲逛，在街边的水果店里看到了莲雾、杨桃等水果，价格也不贵，我们在一家冷饮店还吃了刨冰。查地图，发现孙中山纪念馆不远，我们立即向中山纪念馆走去，到那里差不多天就黑了。中山纪念馆是一座中国宫殿式建筑，晚间灯光通明，显得辉煌壮丽。馆内中山先生坐像的底座很高，需仰视才能看到中山先生，塑像下方两边插着中国国民党党旗。瞻仰了中山先生坐像，又参观了室内的各项展品，便出了中山纪念馆，直奔 101 塔。101 塔周边是一些高档的商场，快到 12 月 25 日过圣诞节了，商场内外节日气氛浓厚，布置了一些圣诞树、圣诞老人。我们在 101 周边随意逛街观赏，大楼外围的灯光跟我们在电视上看到的差不多，101 塔一层有孩子们的音乐演奏表演，我们听了一会音乐，没有登塔观光便逛街返回。

次日早饭后我们乘车去“台北故宫博物院”，9 点多到达，当时正下着雨。“台北故宫博物院”是宫殿式的建筑，包括主殿和两侧建筑，似乎都是绿瓦白墙，背靠着不太高的山脉。“台北故宫博物院”前面有一处类似植物园的公园，园内小桥流水，植物茂密，水中游鱼，林中飞鸟。“台北故宫博物院”虽然建筑宏伟，宫内也有许多精美的展品，如玉白菜等，但很难与与北京故宫博物院相提并论。我们几乎参观了“台北故宫博物院”的每一处展馆，然后在一楼买了纪念品即乘车去“士林官邸”。

“士林官邸”的周边林木繁茂，花草葱郁，下午天空放晴，空气清新。“士林官邸”占地很大，恰似一座大花园和热带植物园。园里鲜花随处可见，菊花造型各异、优美典雅，创意独到，印象深刻。各种植物相间而置、错落搭配，有苔藓、藤蔓、蕨类，弋江很感兴趣。馆内历史痕迹并不明显，“官邸”大铁门紧闭，游人只能在大门外、透过铁栏杆向里面观望。

之前已与程章灿约好下午四点左右在台湾大学见面，晚上我们一起吃饭。程章灿是张辉的南大同学，是南大中文系教授，时为台大客座教授。游览了“士林官邸”，三点半左右我们到达台湾大学。台大校门圆形砖砌，两扇铁门、铁窗，类似电视中的军营大门，上面写着“国立台湾大学”。台大的校园环境非常之美，许多高大的王棕树，与厦大校园体育场前的王棕差不多，却似乎更高更粗壮。

离约定的时间还有一会儿，我们就自己闲逛。进门走不多远看到一处植物园，走进园去发现傅斯年墓就在园内。墓设计得像个亭子，墓碑上刻着“傅校长斯年之墓”，墓前立着高高的尖碑。周围的树木高大，草木繁盛，幽静宜人。不一会章灿也来了，他和弋江在园内傅先生墓前合影留念。

随后章灿领着我们沿着椰林大道参观校园，椰林大道中央，树木高大间隔一致，向东延伸。大道两旁花草茵茵，林木修整有致。章灿特别向我们介绍了傅钟，钟是专门为纪念傅斯年校长建造的，傅钟每日只敲 21 次，以纪念傅斯年的名言“一天只有 21 小时，剩下 3 小时是用来沉思的”。傅钟上刻着“敦品、励学、爱国、爱人”，那是傅斯年 1949 年在台大校庆演讲中的演讲词。我们一直走到大道最东边的广场，然后折回去往程章灿的办公楼。那栋楼内有三个系：中国文学系、外国语言文学系和历史系。章灿的办公室很大，书柜、沙发、办公桌椅，墙上还有黑板，大概是在办公室给学生上课用的。从办公室出来，章灿带我们去校园各处参观，校园很大，随处可见花草树木，繁盛似锦。园内湖边假山石上，有禽鸟休憩，不时飞入湖中嬉戏。湖边有三五学生装扮成游戏中的动画人物，摆姿势拍造型。

在一处服务部，章灿请我们喝咖啡，聊天时提到了何东辉，那是我在温哥华认识的朋友。她是南大外文系硕士毕业，在温哥华不列颠伦比亚大学读博士期间我们交往较多，回国后再无联系。章灿说在西雅图开会时遇见了她，世界就是这么小，不经意又会听到以往熟人的消息。晚上章灿请吃饭，餐馆在离台大不远的街巷中，那天章灿点的菜都是特色美味，在台北与章灿聚会真是很开心。出校园去餐馆时天气还好，可吃饭期间又下起雨来，离开饭馆时雨下得尤其猛烈。我和弋江虽然带了雨伞，可是瓢泼大雨，回到旅店全身都湿透了。

次日我们要去花莲，弋江早已计划好了台湾之行的旅行路线，落地游台北，然后去花莲，再由花莲去垦丁游鹅銮鼻，最后再回台北。次日一早我和弋江去火车站转了一圈，弄清楚了台湾的火车线路，买了火车票，乘东线火车去花莲。车厢内的设施与大陆早些年的动车差不多，旅客很少，显得比较宽敞。台北到花莲的火车沿着海边走，隔着车窗，观赏沿途景色，大约三小时左右，中午到达花莲。

花莲火车站不大，站前草坪不远处有一尊孙中山先生的塑像。那天好像刚下过雨，我站在塑像前，向北看去，远处有绵延的山，白云在蓝天与山间飘游浮荡，美极了！我们在中山先生塑像前拍了照，便去往预定的旅馆。旅馆是一家民宿，老板是一位端庄秀丽的女士，知道是儿子陪母亲旅游，于是对弋江大加赞赏，说住她旅馆的游客，陪母亲旅游的人并不多见。放下行李稍作收拾，娘儿俩就出去吃饭逛街了。出门右拐走过一条小街，看到街边的一家小食店有扁食，我们要了两碗，味道特别鲜美。扁食是闽南一带的叫法，就是馄饨，我和弋江都说是最好吃的馄饨。仔细一看是汤中放了油渣香葱，那应该是最地道的猪板油油渣，才会有这么好的味道。

次日早饭后我们先去海滨公园，出门走过几条街道，路过充满海鲜腥味、有些狼藉、空无一人的市场和几条马路，远远看见高大的观音像，那里就是海边公园了。公园很大，园内设计精巧，花草树木错落葱郁，沿海边修有自行车道。我们沿着自行车道前行，然后下了自行车道走近海边，在礁石间穿行，在海边捡石子。刚来时天气还不错，可是不久天空就开始昏暗，看样子要下雨。我和弋江急忙离开海滩，沿自行车道往回走去。然而风雨来得太快，没走几步就落雨滴了，还好，天阴时我们带了雨伞。俄而浓云翻滚，豪雨立马倾天而下。雨伞没有用，我和弋江赶忙跑进岸边的一个亭子里躲雨，但是风太大，风裹着大雨涌入亭子，躲进了亭子里依旧打着伞，全身还是湿透了。此时海上巨浪翻滚，浪吼海啸，海水上涨，瞬间巨大礁石全被淹没了。见此情景我非常后怕，幸亏上来得及时，否则有被巨浪卷走的风险。雨来得快去得也快，大概不到一个小时，雨过云稀，我们从亭子里走出来，离开海边的时候，北面的山间又飘起了白云。

离开海滨我们要去松林别馆，听说那里是二战期间日本侵略军“神风特工队”集结的地方。沿着大街大概是往北，边走边问、边逛街边前行，傍晚时分过了一座桥，左手边好像是一个军队驻地，有军人站岗戒备森严，不由得让我想起电视剧中的国民党宪兵队。过桥以后路开始上坡，且坡越来越大，两边都是高大的树木。天快黑的时候，我们找到了松林别馆。松林别馆位于海边的崖上，但是不对外开放，也或许是去晚了。我们只好隔着大铁门往里窥探，里面应该是很大的地方，看到里面有楼房、草坪和阴森、密集、高大的林木。加上傍晚阴暗的余光，想到日本侵略军“神风特工队”，真有些不寒而栗。

离开了松林别馆，我们开始逛花莲的夜市。花莲城市不大，也没有高楼大厦，我们顺着街道随心漫步，逛超市买了些水果，在一家小餐馆里点了一份鱼肉饭菜，也打听到了汽车站有去太鲁阁的旅游大巴。

次日一大早我们就退了旅馆，在火车站寄存了行李，然后去汽车站。汽车站前有人建议我们拼车去太鲁阁，说车费便宜又方便，我觉得不太放心就拒绝了。等班车的时间并不长，乘大巴车就出发了。从花莲去太鲁阁，经清水断崖、七星潭等景点，儿子说七星潭回程时再停留。

进山后山路险峻、陡岩峭壁，真是很担心。在一座红色桥边的停靠点，我们下车了。这座桥应该是长春桥，桥下是一条山溪，山溪两边山势陡峭，我们沿着山崖的步道前行很远。时而在山间宽阔处，见河滩浅宽乱石堆积，溪水冲刷着光滑的石头，飞溅出晶莹的浪花。我们走到河边撩溪水找奇石，溪水清澈见底，清亮透明。步行道的深处，还有少数民族的居所和表演。从里面出来，走不太远就是长春祠，我们参观了中横公路的筑路纪念碑，纪念碑是为纪念修筑中横公路而逝去的人们所建的。一直往前，山间悬崖峭壁、洞穴峡谷，非常壮观。过了燕子口，往前又是一座桥，好像是靳珩桥，桥头有一只展翅的飞燕造型，大概是燕子口的标志吧。

因为晚上还要去垦丁，尽管往前还有景点没有游览，就跟着大巴回来了，回程途中在七星潭下车观海。七星潭一边是山，一边面临太平洋。我们走到海边，捡了一些石子，然后坐在海边的大石头上观海。七星潭的海与海南岛的海很相似，远处的海水呈现出黑褐色，海面广阔，海浪汹涌，涛声震耳。在七星潭等车很着急，我担心会误了火车，还好回到花莲火车站一会儿，就上了去枋寮的火车。

花莲没有直达垦丁的火车，需乘火车去枋寮再转乘大巴去垦丁。火车到达枋寮已经是晚上八点多了，枋寮很小，像农村的小镇，天气也不好。不过运气不错，赶上了枋寮去垦丁的最后一趟大巴。夜间行车看不清车外的情景，沿途时有灯火，还停靠了几个小站。有时也看到香蕉林和亮灯的果树林，还有不停搅动池水的水塘，似乎是鱼塘，时而听到海浪声，应该距离海边不太远。到达垦丁已经 10 点多了，旅馆也是事先预定好的，下车不远就找到了。

旅馆是民宿，老板娘是一位四十岁左右的女士，微胖很热情，经营了两栋小楼。因为客人不多，老板让我们入住一间复式的大房间，房间设施高档齐全，楼下大小两张床，楼上有小孩玩的小滑梯，一层有喝茶观光大阳台，卫生间有泡澡的大浴缸。上午游太鲁阁、七星岩，下午乘火车坐大巴，劳累无比，洗罢豪睡一宿，香甜无比。次日一早坐在阳台上，吃着旅店送来的早餐，观赏楼外的景色，十分闲逸。旅馆南面过马路是一片农田，农田后面是不算太高的山。山上林木郁郁葱葱，山巅上蓝天下白云飘荡。

早饭后我们要去鹅銮鼻海边公园，旅馆离鹅銮鼻估计七八公里，不远的路边有去往鹅銮鼻公园的公交车停靠点，但是我们决定步行前往，观赏一路风景。出旅馆穿过一段两边小店、饭馆林立的街道，就是去往鹅銮鼻的公路了。我们是自北往南行进，左手边是绵延不断、不算高的山，挡住了我们的远眺视野，右手沿海。但是自公路至海边大多地段都长满了无比茂密的藤蔓林木，没办法进入，也根本不敢走入，觉得里面隐藏着蛇、虫蝎等爬行动物。左手的山也是林木繁茂浓密，时而走近也只敢往里面瞅瞅，也不敢深入。我们一路走走停停，路旁时而也有开阔的地段，建有旅馆、饭店餐厅，但价格都比较贵。到达鹅銮鼻公园，已经接近中午。鹅銮鼻公园很大，海边有许多观景点，景点之间多有栈道相连。我们沿着栈道，时而行走于礁石之间，立于最南端的礁石上眺望茫茫大海，海浪滔天汹涌起伏，伸向天际。转身向北面海湾望去，可以看到远处的台湾核电站（按照指示牌上写的方向）。

离开海边向上走去，是修剪整齐的草地、灌木和小树林，最高处耸立着鹅銮鼻灯塔。鹅銮鼻灯塔大约有十几米高，据说建于清朝光绪年间，在那样的年代，灯塔为航海的人们提供了多么重要的帮助。我们在鹅銮鼻灯塔前留影拍照，参观鹅銮鼻展馆，通过馆内的实物展品及文字介绍，让我们了解了鹅銮鼻灯塔的重要价值与历史变迁。随后在鹅銮鼻附近的林中小径散步，弋江躺在松软的草坪上仰望空中云聚云移，我在爬满藤蔓的小亭中休憩。傍晚，云层渐厚好像又要下雨了，于是立即乘公交车返回。上了公交车就开始下雨了，回到垦丁小镇雨更大了。我们在街边的饭馆各自点了一份鱼和蔬菜，饭后又在路边的小店买了几个大包子，带回旅馆做夜宵。

那天晚上雨下得很大，雷鸣电闪，我们坐在阳台上，觉得雷就劈在对面的小山上，闪电似乎要燃起山上的树林，很是怕人。临睡前想起带回的包子，可是包子味道很特别，有点像福建的五香，我和弋江都觉得很难吃。那天淋雨受凉，胃不太舒服，我说把包子扔了吧，可是弋江觉得太可惜，还是吃了下去。可能是包子不好，或许是吃后又泡澡，夜里弋江觉得胃特别难受，最后吐了才能睡去。我担心儿子生病，还好次日就恢复正常了。

告别了垦丁，我们还是乘大巴去枋寮，再换火车回台北。火车上乘客很少，一节车厢只有几个人。在火车上遇见了一位中途上车的热情女乘客，她说一看就知道我们是从大陆来的。她告诉我们，她的祖籍是广东，前几年她还回广东探亲了。她介绍了当地的海鲜和水果特产，乘几站就与我们道别了。

回台北我们乘坐西线火车，一路上停靠了很多站，经由的大城市有台南、高雄、台中等地。在台中我们还下到站台上走走，忘记是因为换车还是停靠的时间比较长。白天乘车，一路风景尽收眼底，沿途有水田、地瓜、蔬菜、菠萝等庄稼、水果地，香蕉林和别的果树林，也见到工厂大烟囱的滚滚浓烟和少水干涸的河床。一路走来，隔着车窗拍下了许多照片，回到台北已经是下午 5 点多了。

刚到台北我就联系了堂妹余咏恕，我们约好垦丁回台北后的晚上见面。我和弋江在旅馆办好入住，立即赶往她约定的地点。那是布置典雅、幽静人少的一家餐馆，我们到了刚坐下咏恕和她的母亲也到了。咏恕是余强的女儿，见面觉得似曾相识，她脸型与四爹爹家的姑妈、叔叔都很像。余强叔几年前去世了，婶婶是台湾本地人，也姓余，看起来很年轻。能在台湾相见大家都十分高兴！婶婶的娘家在基隆，咏恕与母亲也住在基隆，咏恕在台北的花旗银行工作，每天来往于基隆与台北之间。她大哥弘恕结婚有孩子了，住在台中；二哥秉恕在台北工作，因晚上值班没能来聚会。晚餐很丰盛，咏恕点的都是台湾的特色美味。晚饭后咏恕带我们去见了秉恕，秉恕正忙着招呼他的顾客，相互打了招呼说了几句话，就离开了。

戈江在鹅銮鼻

与程章灿叔叔在台大

作者在火车上

与婶婶（左2）和咏恕（右2）

回到旅馆已经九点多了，这家旅馆较大，透过大窗户可见不远处有一条宽阔的河流，公路大桥上灯火通明，路灯车灯交织，那条大河是否就是淡水河？

次日早晨又下雨，一大早我们冒雨去所谓“总统府”。还没有开门，我们就在周边闲逛，不经意走进了“二二八和平公园”。1947年2月28日，台湾人民为反抗国民党当局迫害而举行起义，“二二八和平公园”原名“台北公园”，后来台北市政府为了纪念发生于1947年的“2.28起义”，更名为“二二八和平公园”。公园内有亭阁园林，花草清池，环境很好，不少人在此健身散步，想必是附近的居民。我们在“二二八纪念碑”前拍照留影，之后去参观纪念馆，可惜纪念馆因修缮不开门。

10点多我们进了那个所谓“总统府”，一进门就听到了熟悉的乡音，那是一位老人家在协助讲解。于是跟他打招呼攀谈，他说他老家是安徽桐城，当年，随家人来的台湾。听其言语，乡音还在，他年纪不小了，但身体状况不错。

进入所谓“总统府”，游览参观了游人可以进入的地方，跟着讲解员参观了所有的展区，在出口处买了一顶帽子，寄了几张明信片，接着便去往不远处的博物馆。博物馆较大，我们首先参观了专门介绍“雅尔塔会议”的展区，展品多是关于雅尔塔会议的图片及资料。馆内还有很多展室，展出如礼品、艺术品及一些历史文物等许多展品。

午饭我们是在火车站楼上的一家餐馆吃火锅，点了台湾特色的鱼及其他海味和蔬菜，好食材好味道，吃得很开心。这次来祖国宝岛台湾尽管还是比较节俭，但就饮食来说，与我们在美国的旅行几乎是天上地下了。一是此时祖国大陆的经济状况大大地好转了，再就是祖国宝岛台湾的物价比美国便宜很多，与大陆相差无几。而且海峡两岸本是一家人，食材相同、味道熟悉，我们敢进餐馆，也会点菜。

下午我们逛“自由广场”，“自由广场”比较大，入口是一个牌楼，上书“自由广场”。广场中部的两旁分别是“国家”戏剧院和音乐厅，都是宫殿式的中式建筑，黄瓦灰墙，很有气势。这时天又下起雨来了，撑着伞我们在广场漫步，细雨蒙蒙，绿草茵茵，充满诗意。明天就要离开祖国宝岛台湾了，要抓紧时间多走走看看。广场周边都是台湾重要的行政区域，出了“自由广场”，在周边街区随意走动，路过的有教育行政机构等部门，一直逛到 7 点多才回到旅馆。

回到旅馆不久，咏恕和婶婶来旅馆看我们，送了我们一些基隆产的茶叶。时间不早了，说了一会话，她们还要开车回基隆，就相互道别，我希望下次能在大陆相见。

旅馆提供晚饭自助餐，自助餐非常丰盛，我和弋江坐在餐厅的大窗户前，看着高架桥外那条宽阔的河，河上的桥近在眼前，往来的车灯如流星闪烁。母子俩一边享用晚餐一边欣赏着桥上的灯光夜景。

次日早饭后，我们打车去火车站乘大巴去桃园机场，出租车师傅知道我们是从大陆来的，特别热情，与我们聊起台湾的人文及生活，就像我们在大陆打车聊天一般。

到达机场离登机的时间还早，就在机场免税店闲逛，给张辉先生买了好几瓶金门高粱酒，还买了好几盒台湾的凤梨酥。飞机起飞了，透过飞机的舷窗看着渐飞渐远的海岸线和祖国宝岛台湾，时间短，有些地方没来得及游览。再见祖国宝岛！我们会再来的。

于 2022 年 5 月

10

相约澳大利亚

毕小为和我于 1986 年同时分到对外经济贸易大学工作，一个教研室，同事了十年，后她调去中国五矿。2010 年公司派她去澳大利亚，在墨尔本工作。小毕多次邀请我去澳大利亚旅游，一直未能成行。2017 年，她将期满回国，又盛情邀约。

难得同事王秀丽暑假有空，弋江也可以休年假，于是小王、弋江和我办好签证，计划于 8 月 13 日出发去澳大利亚。我和小王这是第二次去澳大利亚了，上次是因公出差，我们去过悉尼、墨尔本和布里

悉尼早年气象台

帕罗尼啦城堡旧址

澳洲凯恩斯浮潜

墨尔本接机，
左起：余恕莲、王秀丽、张弋江、沈若洋

海港大桥

澳洲聚大餐（居中为毕小为）

斯班。小毕与小王同龄，在一个教研室，都住在学校青年公寓，她们的孩子一起玩，好吃的两家互通有无。小毕调出十多年了，平时都忙，小王说她这次就待在小毕家里，在墨尔本周边走走。弋江是第一次去澳大利亚，除了墨尔本还要去悉尼和凯恩斯，行程是：北京—墨尔本—悉尼—凯恩斯，再由墨尔本回国，时间 15 天。

2017 年 8 月 13 日有雨，飞机先飞深圳，再由深圳转机去墨尔本。为免误机，我们一早就打车前往机场，可是那天的雨下得特别大，尤其是过了三元桥，路面积水，雨点落在路上激起如同池塘中的浪花。雨刷不断地刷，可是车玻璃还是模糊不清，司机只好放慢速度，好在路上的车不是太多。我们到机场不久小王也到了。由于天气原因航空公司迟迟不办理登机手续，我们心里非常着急。如北京起飞误点，深圳转飞墨尔本的飞机可能就赶不上了。还好，在预定起飞时间之前办登机手续了，可是进入候机室并未按时登机，通知继续等。下午在我们认为航班将取消的时候，通知登机了，但是到达深圳时，去墨尔本的飞机早已飞走了。不仅如此，第二天也没有飞墨尔本的飞机，去墨尔本还得再等两天。这下可糟透了！弋江早已定好澳大利亚的行程，如果等两天，预定爽约或许构成违约。于是弋江与航空公司的值班经理沟通，得知次日下午有飞往悉尼的航班，可以在悉尼转机去墨尔本。计算一下时间可以衔接，决定次日飞悉尼，就这么定了。

飞机晚点，航空公司为我们安排入住旅馆，到旅馆已经半夜了。旅馆是极度的脏、乱、差，但也只得将就，三个人住一个房间。第二天下午的飞机，我认为可以利用这段时间在深圳做点什么，于是我给侄子余宏宇打电话，问他是否在深圳。真是老天安排！不仅他们一家都在深圳，大哥从温哥华回来了也在深圳，我们立即打车去宏宇家。宏宇的公寓是复式两层，装修布置得雅致舒适。见到了大哥，还有侄媳妇晓红和两个孩子，意外收获，非常高兴！行程延误的不快早已烟消云散。午饭后侄子开车送我们与大哥去机场，看着大哥检票进候机室回合肥，而后我们也登机去往悉尼了。

我和弋江原本先到墨尔本再去悉尼，现在直飞悉尼，我特高兴！心想行李由小王带去墨尔本，省得去墨尔本又折回悉尼，这样还可在悉尼多待一天。可弋江说民航客运规定，行李和托运人不可分离。高兴得太早了！还好，当天天气不错，航班衔接顺利，飞悉尼再到达墨尔本已是早晨，小毕母子早已在机场等候。

墨尔本相见尤其兴奋，一路话语笑声不断。车先到公司卸下我给小毕同事带的行李，然后小毕带我们去吃早饭。那是一个类似唐人街的地方，大都是东南亚人。我们在一家越南餐馆吃越南米粉，味道不能说不好，就是比较独特。饭后小毕带我们逛了一些店铺，特地给我们准备了两大包烤肉饼为次日早点，在去悉尼的路上吃。

从北京出发折腾了三天，真是很累。到小毕家已是下午，沈力给我们准备了丰盛的晚餐。小毕夫妇为我们的到来做了许多准备，腾出主卧大床给我和儿子，小王和洋洋各一卧，他们两口子睡沙发。很感动，很过意不去！多年交往情真意挚，说什么都多余，不客气了！墨尔本的冬夜有点凉，但被子很厚，温暖解乏，舒服极了。小毕考虑周到，给了我一堆零钱旅途乘车用，还让带了防晒霜，还有衣服以防降温，这些物品在旅途中全都用上了。次日天没亮，小毕起身送我和弋江去机场，早上车少一路飞驶，小毕累坏了！

去澳大利亚的飞机上没有吃的，也没有免费饮料，行李严格限重。到达悉尼是 8 月 15 日上午，步行了一段路，乘地铁到市中心旅馆。旅馆是弋江在国内网上订好的，位于市中心唐人街附近，对面就是悉尼理工学院。

办好入住手续，放下行李已近中午，娘儿俩去往唐人街，弋江觉得悉尼唐人街风格与香港街巷很相似，在一家餐馆点了炒饭。饭后由唐人街往西，沿着我记忆中上次来悉尼的路径往西，穿过高楼和繁华街道，逛到了海德公园。参观了位于海德公园内的悉尼澳新军团纪念馆，远处看去是一个巨大的纪念碑，门前有一个长方形的喷水池。纪念馆是纪念在一战和二战中，为了保卫澳大利亚而牺牲的澳新联军。还有一位二战老兵立于纪念馆大门内，腰板仍旧挺直，时而招呼游人。

海德公园的道路两边长满高大的树木，路边绿草茵茵，鲜花绽放，园内景点特色各异。悉尼圣玛利亚大教堂位于海德公园大道的对面，一座哥特式建筑的基督教大教堂。教堂建筑雄伟壮观，内部同伦敦、巴黎的一些大教堂相似，室内拱顶高深，壁画精美，多是《圣经》中的故事，以彩石镶嵌珠光异彩。大教堂往前便是悉尼的艺术馆，艺术馆上下几层，展室内容各异。出了艺术馆不多远就是海边，这里大概是河海交汇的海口，对岸港口内停泊着数艘舰船。我们沿着海边往悉尼歌剧院和悉尼大桥方向步行，人行道靠海一边有栏杆。海边道旁时而是开阔的公园绿地，园内草青树绿干净整洁，或冠大阴厚的大树，或修剪整齐的矮灌木，时而也有陡石、斜坡、小道。游人在草坪或树阴下休憩游玩，或凭栏观海。行至大剧院，参观了剧院室内的一些展品，在剧院广场前浏览拍照。其实大剧院在远处看，造型美丽壮观，晚上配以霓虹激光，美轮美奂，可近前看就是伸入海中的普通建筑物。沿海边从大剧院直到大桥下方都是旅游商业区，餐馆商店林立，游人旅客如织。黄昏时分，我们顺着人流熙攘的栈道堤岸，漫步至大桥下方的高坡上，天已擦黑，俯瞰大剧院湾区的商业区，周边霓虹灯闪烁，街区灯照如昼，大剧院更是流光溢彩。回到唐人街，见一家东北餐馆顾客盈门，看到刚出笼的包子热腾饱满，坐下来点了包子和蒸饺。可是店员给我们上的却是加热的剩包子，而旁边老外的包子却热气腾腾。真是让我意外，顿觉不快。

次日悉尼刮大风，逆风行走有点困难，新闻报道说，那天的大风一度影响了悉尼机场的飞机起降。弋江研究气象，决定去参观悉尼昔日的气象台，而且离下榻的旅馆并不远。气象台坐落在悉尼大桥东侧的坡上，周围有草坪和树木，是一座别致的二层楼，高低错落有致。楼顶最高处有风向标，还有拱球形罩的测量仪，也许还在进行一些气象监测吧。据介绍那个气象台已有200年的历史，博物馆的上下层各有几个展馆，介绍澳大利亚的气象发展和气象知识，还有澳大利亚气象史上的极端天气事件。那天正好也有一群小学生参观气象台，孩子们大约六七岁，他们先是聚集在小楼外的草地上听老师介绍，然后进入室内馆室参观，听讲座。博物馆后门对着悉尼大桥，不大的场地往下便是长满青草的陡坡。从室内展馆出来时值中午，许多午间休息的人们在南坡的场地上运动锻炼。我和弋江在气象台后院南坡上眺望拍照，从东北面观看大桥。大桥下是帕拉玛塔河，它将悉尼分为南北两地。我们不满足隔岸观看对岸的风景，决定沿着大桥步行去对岸看看。

随即下坡由桥头堡下方进入大桥，桥上巨大的钢梁交叉矗立，只能隔着错落交叉的钢梁网格观看河面，远眺悉尼歌剧院，伸出照相机拍照歌剧院的全景。大约步行半个多小时到达了对面的桥头堡，然后下到河边。桥西是一座码头，有渡船往来于两岸。岸边有一片公园，园内树木林草修饰得整洁美观。当时风大浪急，河水随浪冲击堤岸，尽管有栏杆我们也不敢靠近，只在远处拍照，但浪花还是将衣服打湿了。桥东边时而有船只停靠，像一个游乐园或是游艇船坞。附近的街区游人稀少，我们转了一圈后又回到西边的码头，恰好有一艘渡船即将离岸。弋江去自助机器上买票，决定乘渡船回对岸，可是来不及操作船就要离岸了。同乘的一位乘客见此情景拉上我们就上了船，意思是来不及了先上船再说。到了对岸下船，我向门岗说明要补票，可是没有补票的地方，门岗说不用补票了。我们表示感谢！门卫很是善解人意。

下午还有时间，娘儿俩买了汉堡坐在街边讨论下午何处观光？可知海鸥眼睛特好，汉堡包刚拿出还没送到嘴边，却被海鸥叼走了一大块！澳大利亚的海鸥够狠的！稍作休息，前往悉尼海港。港湾内停靠着二战留下的军舰、船坞码头设施及灯塔。那天天冷，拍照时弋江的手机都冻得关机了。海港往西沿河商业繁华游人熙攘，那里有一处游乐场，游乐场喇叭广告诱人，弋江想进去看看。我觉得时间有限，里面的明星蜡像馆之类都是人为项目，还是去别处走走，弋江也不坚持。后来证明没在游乐场逗留是对的，步行过桥对岸就是悉尼海事博物馆，博物馆有好几层，展室展品极其丰富。博物馆按照不同的主题介绍了澳大利亚与海洋的联系，包括原住居民的文化、贸易航海，海军、舰艇与战争等。据介绍，馆内展品超过40000件。因下午才入馆，时间有限，不能一一详细观看，但展室基本上都看了一遍。有历史文字、图片资料，有舰艇武器、器具用品等模型，也有许多真品实物。太丰富了，差点错过海事博物馆，那就太遗憾了！

直至博物馆提示关门了，我们才不舍地走出来。离博物馆不远的河岸沿途，几乎全是咖啡馆和酒馆，夜晚来临，游人食客开始躁动聚集，那里大约就是情人湾了吧？来澳大利亚前听说悉尼鱼市海鲜很好还不贵，晚上我和弋江想去鱼市吃海鲜。弋江带路步行前往鱼市，走了一个多小时，大约晚上八点左右走到鱼市。可是鱼市的餐馆全部关门，更不见游人食客，静悄悄的空无一人。或许是我们来迟了？或许是走错了地方？很扫兴，娘儿俩沿街区步行回旅馆，在旅馆附近吃了什么也忘记了。

17日下午我们将乘机去凯恩斯，上午还有时间决定去悉尼大学看看。悉尼大学距离我们下榻的旅馆不远，出门走过几条街区，然后穿过一小片林区，大约步行半个多小时就到了。进入小树林应该就属于悉尼大学校园了，出树林是一片草坪，面对的建筑群就是悉尼大学的校区。想进入楼内看看，提示非该校员工不让进入。这与英美的大学不同，英国、加拿大和美国的大学，校内大多数的教学、办公楼都是开放的，可以自由进出。为此我们不免有些扫兴，好在时间也不多。方向判断不错的话，我们应该是从东面正门往西，沿着楼间的道路穿行，一直走到西面的运动场，然后再从外围的另一条道路返回，拍了些许照片便回旅馆了。

下午乘机去凯恩斯，弋江带路由旅馆出门拐几个弯道，穿过一个商场就到了地铁站。航班晚点，还好晚点的时间不长，抵达凯恩斯机场有旅游公司大巴接送至旅馆。办好旅馆入住手续放下行李，出门找地方吃饭。下榻的旅馆离海边不远，晚上娘儿俩出门穿过马路绕到对面旅馆的后面，穿过草坪绿地便是沿海大道。这里的海边没有沙滩，岸边建着防护堤，堤下是乱石。我们沿着海边的道路一直往南，直到繁华热闹的海边酒吧夜市。道路右手路旁类似海边公园，有沙滩排球场，许多人在打球比赛，还有很多嬉闹玩耍的孩子们。海边西北空中，可以看到来往凯恩斯机场飞机上的灯光，往东可以见到海上亮光闪烁的舰船。酒吧或室内或室外，有露天的也有带顶棚的。夜市里人群攒动、觥筹交错，大约都是奔凯恩斯的美味海鲜而来。次日晚我和弋江也来此处餐馆吃海鲜，碰见一位居住凯恩斯多年的女士携儿子在此就餐，见我们看不懂各式海味鱼鲜的英文，便热情地向我们详细介绍菜单并给出了建议。那天我和弋江各点一份海鱼套餐，价格虽贵，味道却也鲜美，但与我的期望相去甚远。

次日一早旅行社来车接我们，带上行李换住旅行社的旅馆。那是一家华人开的连锁店，一条龙服务，观光旅游、客房、餐饮全服务链。途中导游还介绍，餐饮的蔬菜、食品也全由自家的农场生产提供。不禁感叹：中国人勤劳勇敢，聪敏能干，世界上只要有人的地方，都有中国人，都有中餐馆。放下行李又接上几位游客，一共是3个家庭8个人。一对夫妻来自湖南，看样子是有钱的商人，因为导游推荐的所有个性游览项目，夫妻俩都按单照收。如飞机空中观看大堡礁、海底深潜，等等。另外一家四口人，父母来自南京，两个儿子好像在澳大利亚读书。两个儿子与弋江年龄相仿。我们很好奇他们家有两个儿子？后来知道，女方是朝鲜族可以生两个孩子。湖南夫妇看到都是父母带孩子，很是羡慕，说他家儿子在悉尼理工学院读书，不愿跟父母在一起，票都订好了要一起来的，但是儿子临阵脱逃，就是不来，父母确实不爽。

导游是一位年轻的小伙子，比较实在。一路上给我们介绍澳大利亚的风土人情，沿途的农作物、动植物及风光建筑。游览的第一站是热带雨林公园，途中游览了一家当地少数民族的公园。园内展馆介绍了少数民族的历史、风俗习惯，开办了工艺品展览。入园走过一座木桥，到达少数民族“飞去来”的演练场地，每人发给两枚飞去来。我的两只都是一头栽到地上，弋江的飞去来也没能成功飞回，游人纷纷与飞去来的当地少数民族人士合影留念。体验了飞去来，一行人去观看当地少数民族人士的表演，表演多是当地少数民族人士狩猎、抓鱼、野食等动作和场景，我也去台上与这些人舞动一回，热烈欢快。

出了当地少数民族游览区驱车上山，山路比较平缓，不久到达一处热带雨林公园。园内有多项游览项目，有许多热带的植物花草，印象深刻的是可可树及其果实，还有许多色彩斑斓的蝴蝶。最好玩的就是乘水陆两用战车雨林探险，该项目非常受游客的青睐，大家纷纷排队前往体验。该项目以二战遗留的水陆两用战车为交通工具，一辆战车大约能乘坐二十多人，战车载着游人在高原山间的茂密雨林中横冲直闯，直下山涧中的沼泽水潭，顿时泥浆四溅、游人呐喊。原始雨林树密林深、植物繁茂、阴气袭人，水潭中时而有鳄鱼出没。车上的讲解员讲述雨林中故事，如毒气、植物毒性等稀奇古怪的事情，绘声绘色，令人胆怯。

中午导游安排游客去一家农场吃饭，那是一家华人经营的农场，也许就是旅游公司老板的自家农场吧。就餐的地方是一栋两三层的独栋楼房，位于大片农作物及果林深处，进门是大厅，出后门有卫生间和厨房。大家在大厅就餐，午餐是牛排。那是我吃过的最可口的牛排，合乎中国人的品味，不生、烤制也不太过，嫩软可口，真是很好吃！午饭后沿途游览了几个景区，印象深刻的是一棵巨型的无花果树，据说有500年的历史，无数的气根像巨人盘腿坐在地上，长发自头顶飘逸至腰间，类似厦门的大榕树。回旅馆途中，湖南夫妇在机场附近下车，导游送他们去乘飞机空中观看大堡礁，其余的游客由司机送回旅馆。

第二天自行乘船去大堡礁，早饭后直奔码头，弋江换了船票登上了去往大堡礁的“太阳恋人号”游船。船共三层，游客来自世界各地。上船后不久就有人晕船。我和弋江坐在舱外船尾，弋江说船尾不易晕船。确实不太晕船，但柴油味太重，于是上到顶层进入舱内。游船航行途中停靠过一个岛屿，那应该也是一个景点，距离较远看不清楚，有游客上下。大约航行两小时左右，游船停靠一处大堡礁平台，游人由游轮进入平台。平台由几个板块组成，有可供游人用餐和休憩的大厅，以及潜水淋浴间、卫生间和各项浮潜设施等。主要项目有半潜艇及玻璃观察船、海底观海室和各项浮潜。

到达后弋江即领取防护镜、换气管和脚蹼，穿戴齐备准备下海。那天是海上活动，除弋江带手机外，我们随身几乎没有带任何物品。我不敢浮潜，弋江跳下海后，我的视线就跟着弋江的游弋而移动。弋江在水里就是浪里白条非常显眼，由近及远直至潜入水下。我拿出照相机追随弋江拍照，看不见了，不免有点担心，是否潜得太深会撞到礁石，是否遇上鲨鱼？可是不一会弋江又游回来了，上岸在甲板上休息，叫我别在这里看，抓紧时间去体验其他项目。

我先乘半潜的玻璃观察船，我认为那是最好的项目，印象最深，一次不够又去观察一回。玻璃船潜入水下的船舱是玻璃的，游人下到玻璃船舱，可以看到水底世界。船带着游人在海底的珊瑚礁峡谷中穿梭，就像陆地上的深山涧谷，珊瑚礁形态各异，在阳光照射的海底忽明忽暗，呈现出不同的颜色，色彩斑斓，伸展舒合。不时有鱼群游弋其间，大小不一，时而靠近船体，时而远去，目不暇接，好看极了，我拍了很多照片。还有个很好的项目，就是乘船在平台四周远处的海面上转一圈。我上船时恰好退潮，许多珊瑚礁都露出海面，一眼望去就像海上长出了一片片庄稼，好几次看到大海鳖浮游海面，懒懒地在珊瑚礁上晒太阳。乘坐了半潜玻璃船，其他项目如海底观海室，就不再有魅力了，因为那里只有鱼群，没有大堡礁等海底景色。中午在船上享用海鲜自助餐，有海蟹、海虾、鱿鱼等各种海鲜，还有米饭及冷热饮，非常丰盛。

午饭后弋江稍作休息又下海游了一小会，我告知他玻璃船很好看。弋江冲洗更衣，剩余时间用来乘玻璃船观海底等。返程途中我们都在舱外，观看海上的海况风浪。晚饭由旅游公司提供，那是在旅馆外面的一家餐馆，量不多，但味道还不错。晚饭后，凯恩斯繁华地带的广场上有活动，似乎是庆祝什么节日，各个社团都表演节目，当然离不开华人演的节目。据导游介绍，凯恩斯最多的是日本人，华人大约五万人左右。我和弋江也坐在草地上观看，很晚了才回旅馆。

第三天参观帕罗尼拉公园，那是一个西班牙人荷西·帕罗尼拉，以其美丽的爱情故事和他非凡的城堡设计和建造。我们参观了他的城堡、自来水通道、水池花圃等。然后走上溪涧吊桥，漫步于棕榈树林和竹林之间，赞叹着考里树的耸直与粗大。参观了帕罗尼拉公园，不禁赞叹帕罗尼拉梦想的坚定和他的不懈追求，以及他的勤劳与智慧，深深地被他的故事所感动。不幸的是他的城堡后来被大火烧毁，他的后人也不兴旺。导游说他的选址不好，常年的阴郁潮湿，有损于人的身心健康。我赞同导游的说法，决策正确，付出才会有好的结果。

中午是在城堡旁边的餐馆就餐，吃的是烤鱼，这是澳大利亚旅游比较常见的午餐。下午去到一个湖边，那里有咖啡厅和商店，我和弋江没有去咖啡厅，想绕湖行走，估计时间来不及，就在湖边及旁边的山边林地走走看看，湖光倒影，静无一人，惬意迷人。晚上旅游公司不提供晚餐，我和弋江在大超市里点了份饭，我点中餐弋江吃的是日餐。饭后我们去往露天游泳池边的沿海栈道闲逛，不时坐在水泥海堤上歇息，观看路边行人和水中的大天鹅。

次日一早，旅游公司来车，这天换了一个女导游，接上我们又去另一高级旅馆接湖南夫妇。那里似乎是凯恩斯的富人区，旅馆、街区建筑和周边环境都明显好于其他街区。女导游先带大家沿海边驱车，说墨尔本有大洋路，这里是小洋路，沿海景色确实十分诱人。然后进入一个类似动物园的景点，园内有袋鼠、鳄鱼、禽鸟，尤其是各色鹦鹉印象深刻，游人纷纷与鹦鹉游戏合影。中午在园内用餐，还是吃烤鱼，还有水果。我第一次品尝了百香果，据说国内早已进口百香果，女士们说是可以美容。而我却是第一次听说百香果，不好吃，且用它泡的水味道也不好。

下午旅游车送机场回墨尔本，小毕和洋洋在机场等我们，回到小毕家已经很晚了。从凯恩斯回来浓睡一宿，吃好喝好，开始观赏小毕的居所。上次就住一晚，住所内外没来得及细看。那是一栋连体、两层的楼房，楼上三间卧室，楼下客厅、餐厅和厨房。大门朝北，出南门是一个十多个平方米的小院，有小门通向车库，车库门朝西。园内东南靠院墙有一颗橘子树，树上还挂着未采摘的果实，可以随时摘食。靠西有一棵小树，旁边低矮绿植应该是什么花，然后是南北向的晾衣杆。东北面还有两棵大点的树，楼墙和院墙之间还有约两尺宽的窄巷，沈力已经给开发出来了，松软的黑土应该很肥沃，我觉得可以用来养花或种蔬菜。那天小毕买了太多的葱，我把剩下的葱都栽种在那里，不知后来成活了没有？我要是长住，小院一定是蔬菜四季长青。居所的小区比较大，空旷处都是草地，间或可见高大树木。出北门是一块草地，东墙外不远处是正在开花的薰衣草。

洋洋可算是澳大利亚旅游通，凯恩斯的行程是他的建议，墨尔本他给我们订了大洋路一日游。休息好了，小王与我们娘儿俩三人游大洋路。旅游大巴开出墨尔本不久，便驶入沿海岸线的海滨公路，即大洋路，堪称世界上最美的海滨公路。公路大多数地段都是一边靠山另一边便是临海悬崖，很是凶险。不时山上有山火过后的痕迹，斑驳焦黑的山上不见草木新枝。跟车的导游一路介绍地理和景点，行到一处导游指着洋面说："这是太平洋和印度洋交汇的地方。"透过车窗望去真的觉得海面颜色不一样，似乎印度洋的水更黑一些。可是那么远的距离且隔着车窗，也许是心理作用吧。

车开了很久，开始停靠景点，导游介绍说都是原始海滩。游人步行至沿着礁石或木板的行人便道，观看矗立海中被风化的礁石。经过千百万年自然界的变迁，洋流风浪的侵蚀风化，礁石大小、形态各异，远近不同地矗立在海中。人们凭着想象力赋予这些礁石不同的形象，如《圣经》中的十二门徒等，远远看去确实有几分相似。有几处可以沿着陡峭的石阶下到海边，警示牌警告游人不要靠近海边，防止被大浪卷走。我和弋江跟随游人沿石阶去到水边拍照，不料一个大浪打来，海水漫到膝盖，吓得我赶快上岸。午饭时正值下雨，路边的餐馆挤满了游人，胡乱点了一碗面，又跟车前往下一个景点，回到墨尔本已经很晚。

接下来的几天，小毕要带我们在墨尔本市区转转，一处风景离小毕上班的地方不远，是叫天鹅湖吧。小毕开车把我们送到湖边后她上班去了，沈力陪我们在景区游览。那片湖很大，天鹅及不知名的水鸟在湖中飞走游荡，湖水边长着芦苇及水草，随风摇曳。湖边草地上长着许多高大树木，行人在草地上树林间休憩闲步，还有人环湖健步或奔跑。天空时而白云飘浮，时而层云积聚。快近中午时，我们正在湖边闲逛聊天，突然乌云翻滚下起雨来，我们急忙进入附近的一所建筑物内避雨。发现那是一个举办宴会、庆典或演出的场所，大厅内似乎正在布置宴会。中午休息，小毕开车送我们去参观艺术馆，艺术馆展出内容极为丰富，我们拍了很多照片，可是后来照相机丢失在馆内的卫生间了，没有找回来，非常扫兴！包括大洋路在内的许多照片全在照相机内。

我最想去的是墨尔本的皇家植物园，上次来墨尔本去逛过一次，还想再去看看。墨尔本的皇家植物园似乎自然生成，环境优美舒展，生长着来自世界各地的珍稀植物奇花异草，逛植物园享受自然之美又长见识。沈力、小王、弋江和我一行四人，到达植物园已近中午，在植物园内的咖啡馆中加餐小憩。园内林木花草、湖水栈道、绿地斜坡、小径宽道。走走停停、粗观细看、拍照留影，一天半日看不下来，出园已是傍晚。

晚上，小毕开车带我们去看企鹅归巢，这里的企鹅很小，可能还没有北京紫竹院的鸳鸯大。海边有木栈道和礁石堤坝，石头堆砌着许多石缝和洞穴，看到很多小企鹅在里面休憩。听小毕说，小企鹅每天出游五十公里寻找食物，当晚归巢。很难想象这么小的动物，来回游一百公里那是何等的不易！

休息日小毕带我们逛商场、超市，采购了不少商品。购物我是外行，跟着逛也很兴奋。那天逛街走过一座跨河大桥，桥下就是雅拉河吧？回家路上我们沿着河边逛了很长时间，边走、边看、边聊，将近三十年了，难得这一回！

除了酣畅的休憩游玩，就是享受美食了。沈力的咸水鸭、烤肉、烤红薯、生鱼片、生虾，小王的饺子，张洁的泡菜、蛋糕和点心，尤其是他们自钓的海蟹，极其鲜美。可把弋江给撑坏了，几天下来体重又增加了不少。

一天晚饭后我们在小区散步，那天是我国的农历七月初四或初五,一轮弯月挂西偏北，不时被白云抚摸。我想此时在北京紫竹院观月应是悬西偏南。感叹跨越地球南北，也就十个小时左右。不要说古人，就是四十年前我们这些普通人做梦也无法想象！

他国聚会也许此生就此一回！友人的挚情、友人的款待、友人的庭院，美食馋客、欢声笑语萦绕脑海。凯恩斯、悉尼、墨尔本的美景不时浮现，澳大利亚之行难以忘怀！

2020 年 2 月 15 日于北京

第四部分

诗作

1

寄思

悼念二哥（不眠，寄思二哥）

（一）

三尺讲坛数十载，桃李芬芳育英才。
唐宋文史李杜诗，呕心沥血爱讲台。

（二）

病中忧思唐蕃事，邮件往来史实求。
魂断京城如梦幻，唐诗宋词情未休。

（三）

雷电骤雨[①]涤乾坤。驾鹤仙去惊鬼神。
蓝天为幛云为幡，我往何处可招魂？

（于 2014 年 8 月 26 日）

---

① 二哥于 2014 年 8 月 23 日离世，当天晚上电闪雷鸣，大雨如注。告别那天，云白天蓝。

中秋夜思

月圆中秋分外明，问月为何心内疼？
吾兄乘风去不归，明月照我少一人。

（于 2014 年 9 月 8 日中秋夜）

见牡丹思二哥

昨夜细雨润京城，紫竹院中花似锦。
恍若随兄紫竹行，可知吾兄去四春？
今岁寒潮春来晚，牡丹迟开花未芸。
昔日西侧牡丹园，双林塔址修一新。

（2018 年 4 月 22 日于紫竹院）

明月寄思（二首）

（二哥四周年忌日）

（一）

紫竹院内望月明，吾兄今夜月宫行？
嫦娥探知兄心事，乘风伴兄紫竹停。

（二）

骤雨雷鸣四年前，今夜天青月如银。

人间不见长生翁，天宫应有不老魂。

（于 2018 年 8 月 23 日夜）

怀念大哥（闻侄女说大哥墓志铭）

大坪塘中一小鱼，跃入江河搏激流。
皂角树上一小鸟，展翅丛林立枝头。
恕人律己立师德，勤俭忠厚家风守。
远行难舍故园情，马岗冢① 中将墓留。

（2021 年 8 月 31 日，秦皇岛）

中秋邀月

中秋月圆思亲人，踏云乘风月宫临。
我邀明月寄我心，携与俩兄与双亲。

（2021 年 9 月 21 日中秋）

① 大哥安葬于故乡将军岭南马岗墓地。

梦访大哥

今日长兄去一春，别我远行细雨纷。
梦中寻得故乡路，夜扣马岗灵宅门。
（2022 年 4 月 21 日）

赏花入梦

又是一春牡丹开，吾兄赏花入梦来。
路旁采得花一束，携往芜湖神仙台[①]。
（2022 年 4 月 22 日）

附录：二哥病中[②]

思弟吟

童年同学又同窗，放猪牵牛同上岗。
弟上学堂兄辍学，读书夜眠思兄长。
家成业就济兄困，著书科研乐共享。
夕阳无限长相忆，电波往来诉衷肠。
未料病魔悄然袭，住院之前校书忙。
京城寻医精诊治，小妹侄女照慰详。

① 二哥安葬于芜湖神仙台陵园。

② 二哥病中俩兄弟以诗寄思。

吾心稍安信弟坚，静泰稳准制顽魍。

假以时日渐康复，风雨过后得安详。

（大哥恕伦于2014年4月28日）

忆长丰乡下

（二哥恕诚病中思念母亲）

长丰田野一片荒，炊烟稀少人影茫。

恍惚老母村头望，默默无语立斜阳。

（2014年4月29日于北京）

二哥病中恍惚，见大哥寄来“夏日发大水绝句三首”，

两首一恍不见，另一首依稀记得。请大哥订正。

泥鳅上水游活活，群虾下水自入网。

青椒韭菜炒白虾，爷夸童孙会罗张。

（二哥恕诚2014年5月23日）

大哥得知后，补写另外两首

（首一）

路心塘水白茫茫，弟拎竹篮兄扛网。

鲫鱼上水扑啦啦，东逮西溜捉鱼忙。

（首二）

兄在下游扎住网，弟在上游搅水忙。

哈哈鱼儿全网上，弟捡小鱼放回塘。

2

秦皇岛随笔

居秦皇岛同事来访

（2018 年 12 月 2 日）

同事四人沙滩行，海阔天空尽畅吟。
海边小镇寻佳肴，奥体广缘有餐厅。
特色美味尽入单，孙姐付款扫微信。
乐知王玲逢生日，小妹祝福友深情。

秦皇岛外捕鱼人

（2018 年 12 月 10 日）

昔日捕鱼用木船，今日捕鱼电皮艇。
潮起船儿海上去，潮落载鱼归岸停。
天寒地冻夫出海，栈道卖鱼妻辛勤。
今昔辛劳皆相似，秦皇岛外打鱼人。

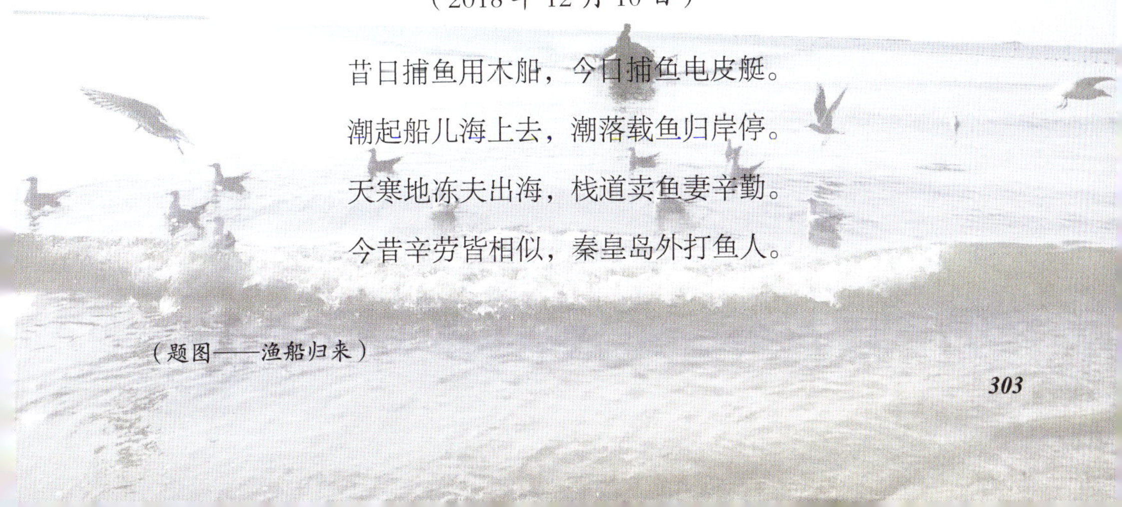

（题图——渔船归来）

观涨潮

（2018 年 12 月 25 日）

大潮挟浪入溪流，秦皇岛外涛依旧。

东临碣石越千年，萧瑟秋风遗篇留。

赠老伴

（2018 年 12 月 25 日）

尽责家国乐此生，和邻善友爱儿孙。

知足常乐人增寿，笑口常开擞精神。

位显名赫力不及，积财聚富脑不灵。

古往今来多相似，康乐出自平常心。

潮起潮落

（2018 年 12 月 26 日）

入九寒天地冻愁，潮起潮落涛依旧。

浪击礁石成冰凌，浪花成雪沙滩留。

科技飞速世惊悚，潮水涨落永不休。

人定胜天理想高，罔顾自然难持久。

嫦娥奔月寻仙去，月离地球何处走？

护好地球人类家，科学探索规律求。

观海冰

（2018 年 12 月 29 日）

悄然迂回海中伸，数九寒天海冰生。

涛潜冰下低声吟，蓄势春来待融冰。

秦皇岛鸟邻居

（2018 年 12 月 31 日）

（阳台外空调孔内住着一家麻雀，观察多日，早上 7 点刚过雀母准时呼儿，我亦起床。我住的五号楼西南边树上有一个大喜鹊巢，后面六号楼西的树上也有两个喜鹊巢。喜鹊出巢相互招呼，下午飞至我阳台外林间树下嬉戏觅食。鹊巢都是筑在邻近树上，猜想它们是家族或有亲属关系。）

麻雀母子

窗外麻雀知时辰，七点刚过催我醒。

慈母催儿轻声唤，鸟儿应答叽叽声。

唧唧喳喳离巢去，晚来入巢步轻轻。

喜鹊家族

出巢喜鹊枝头唱，树下聚会喜相迎。

追逐嬉戏林中舞，归巢道别门前停。

人儿不解鸟儿语，哪知鸟儿亦深情。
并非人间立规矩，鸟儿有章不逊人。

改革开放四十年巨变有感

（2018 年 12 月 30 日）

定国策改革开放，民小康国家富强。
四十年弹指一挥，三十载转眼一晃。
返校园学海徜徉，好姻缘小家有样。
惜良机海外求学，站讲台教书爱岗。
遇病魔秉持镇定，得康复有险无恙。
儿成才而立之年，媳贤淑二老心畅。
四十年时光无虚，退休居闲心平常。
再出发携手耄耋，看中华复兴腾翔。

海冰

（2019 年元月 19 日，四九第一天）

数九大地寒气升，潮退沙滩留雪痕。
二九寒潮北风嚎，浪击礁石挂冰凌。
三九浮冰初聚集，四九始见冰上行。
冰冻绝非一日寒，方见冰坚三尺深。

退休生活

（2019年元月19日）

秉承家风示子孙，修身养性当自省。

勤为衣食俭为德，处事守信待人诚。

诗书为伴多诵读，咏歌赏乐常互吟。

冬去春来夕阳美，潇洒人间又一春。

海上明月

（2019年元月20日，农历十五，大寒）

日至大寒月圆时，天青星稀月色明。

夜寒浪大人稀少，情侣沙滩依偎行。

远眺海港灯如昼，吊车下落海轮停。

明月初照共此时，海天一色波光粼。

闻老伴过红旗拉甫平安抵巴基斯坦①

（2019年4月23日）

君往异国去，吾心随君行。

此行山高远，边境多险情。

梦君处险境，醒来魂尤惊。

闻君平安至，悬心款款寝。

① 老伴退休后，曾志愿赴巴基斯坦教中文，2019年4月是最后一次去。

两城三地一家人

（2019 年 4 月 24 日）

君往山之巅，我来海之滨。

心远系京城，两城三地心。

秦皇岛抗疫

（2022 年 11 月 3 日）

风吹黄叶地上旋，愈寒红叶渐凋残。

封控抗疫出不得，儿童老人楼下玩。

路上无人车亦稀，买菜卖菜都叫难。

纵然急需不差钱，无肉少蔬又几天？

如梦令：台风利奇马来袭

（2019 年 8 月 12 日秦皇岛）

昨夜雨急风骤，晨起风雨依旧。

卷帘窗外见，断枝落叶飕飕。

不可，不可，暂停海边行走。

3

紫竹院闲趣

赏梅

（2020 年元月 24 日大寒）

立春就在大寒后，透骨寒列四九风。

腊梅莫笑水仙娇，同为迎春贺岁荣。

抗新冠紫竹院

（2020 年 2 月 12 日）

（新冠肺炎病毒袭来，行人如织的紫竹院突然空荡寂静，只闻鸟叫声）

新冠病毒气焰嚣，举国上下齐围剿。

百啭千啼相问询，为何园内静悄悄？

紫竹玉兰

（2020 年 3 月 20 日）

（紫竹院竹韵餐厅前、竹林旁几株玉兰盛开，

即日刮大风，见落花满地）

几株玉兰紫竹旁，翠似墨玉白如霜。

忽然一阵横风过，万杆竹斜一地香。

春回紫竹院

（2020 年 4 月 7 日）

片片桃红柳绿中，迎春花与连翘重。

玉兰花落香犹在，幽幽丁香花正荣。

牡丹吐蕊初探头，海棠含苞露芳容。

赏春不负紫竹行，疫霾终去春正浓。

初夏雨后紫竹院

（2020 年 5 月 31 日）

夏初紫竹新雨后，疫情淡去尽出游。

新竹似矛直指天，玫瑰经雨叶凋留。

游船行迹起浪波，天蓝云白影揪揪。

绿树沉阴似天篷，行人篷下乐悠悠。

春夜喜雨，紫竹院晨

（2021 年 3 月 19 日）

喜雨春夜润京城，清风拂面紫竹游。
迎春花开鹅黄蕊，山桃绽放枝悠悠。
樱花蓓蕾腮抹红，垂柳嫩芽秀轻柔。
松鼠欢跃捉迷藏，喜鹊展翅叫枝头。

初冬紫竹院

（2021 年 11 月 11 日）

绿墨园竹傲雪松，娇柔垂柳犹戏风。
银杏黄叶纷纷落，吓得枫叶别样红。

瑞雪兆丰年

（2022 年 2 月 13 日下大雪）

瑞雪纷飞兆丰年，银装素裹紫竹院。
老伴相随踏雪来，飞雪扑面美难言。

春雪

（2022 年 3 月 18 日）

三月回暖四月春，寒流飞雪袭京城。
桃花效梅不畏寒，笑迎春雪露红唇。

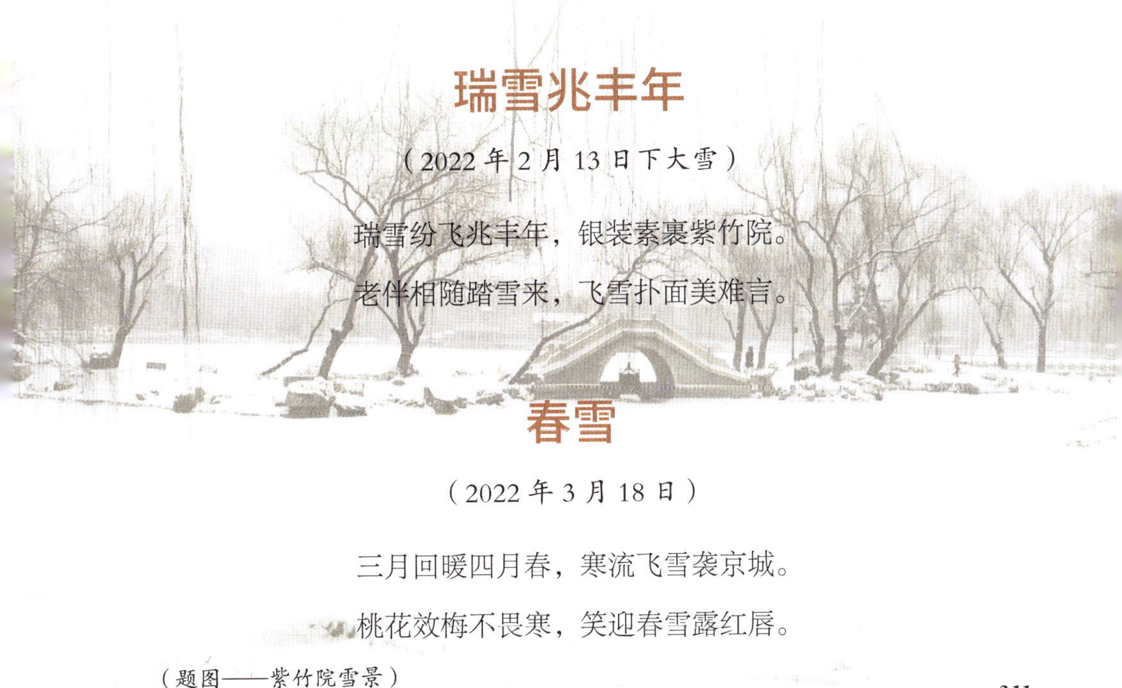

（题图——紫竹院雪景）

京城大风

（2022 年 4 月 13 日）

云起云动六级风，柳摇竹斜落花声。
花飞花谢春欲归，护花赏花莫负春。

柳絮落花

（2022 年 4 月 14 日）

京城四月风来喧，柳絮纷飞落花添。
世间无人不爱花，谁见落花不爱怜。

花影寄友

（2022 年 4 月 18 日）

又是一年百花开，踏春赏花入园来。
不舍采摘花一朵，花影问君常相怀。

赏花思春

（2023 年 4 月 26 日）

又到百花争艳时，年年赏花惜春思。
花开花落总相似，绝非去春那一枝。

（题图——落花）

后 记

二哥去世对我的打击极大，二哥那么一个诚恳真挚、勤奋谦逊的人，说走就走了！二哥走后，我不时想念，偶尔写下思绪。第一篇为二哥去世一周年而写，其后听说农村撤乡并村，很担心故乡小镇消失，常思念小时候的故乡、亲人与故交，尽管当时小镇已经面目全非。2017 年国庆节，我回故乡看望二位叔叔，当时三叔九十七岁，耳背，但身体很好，行动敏捷，记忆清晰；三爹爹家二叔九十二岁，耳聪目明，记忆非凡。三叔和二叔又提及将军岭及我家 20 世纪 20 年代以来的历史事迹及相关细节，两位老人都是那段历史的亲历者。我又查阅了将军岭余氏族谱，开始了追忆我的故乡、往事和亲人。

2018 年，儿子结婚，小房子装修，家里的两居室住不下了，我去秦皇岛独居三个多月。那时我还没有用微信，也没有电视，带了一个小音响、一台收音机、一台笔记本电脑。阅读、听戏、听音乐，时而上网，海边散步，很是自在快乐！我大概是个念旧的人，对于居住过的地方，有交集的人，总是不时地想起，尤其是退休闲下来以后。2018 年 10 月至 2019 年元月这段时间，海边散步更见闲暇，思忆萦绕脑际。

眼睛早就不太好，2018 年暑假前退休，7 月去同仁医院，大夫给我的右眼做了白内障手术，手术后感觉很好。2019 年夏天开始，左眼又开始不好了。2020 年 4 月，我又去同仁医院，经检查我左眼白内障加黄斑裂孔，因裂孔医生拒绝给我做白内障手术。因为眼疾，2020—2021 年一段时间看电脑困难，写的少了。2021 年秋冬，左眼几乎失明了，决定无论如何也要治白内障。再去同仁，找到了云波大夫，云波大夫说，先做白内障，裂孔以后看情况再说。太感谢云波大夫了！做了白内障手术，虽然裂孔还在，只要不再扩大，眼睛虽不再好用，字放大还是可以用电脑的。我要珍惜我的视力，同时也清楚，年纪大了零部件随时可能出问题，甚至完全毁坏，想做的事情还是要趁早做！

白内障手术愈后，又时而写作。我写给自己看，也与姐姐、弟弟分享，关于故乡和祖父辈的事件，与平塘郢的亲属们分享。一百多年的变迁，家国都不易，记忆不能丢失！

思绪渐渐地越出了“故乡和亲人”，回想自 1989 年初次出国，先后在国外几所大学做访问学者，后因大病没再工作访学，却也几次出境旅行。我种地、读书、教书，对朋友故交时忆时记，遂有“越洋怀思”和“触忆感怀”，还有怀念兄长及后来随笔的数十首诗，归纳成集，产生了出版一本集子的想法。去年五月，耄耋之年的堂兄出版了他的《诗集》，更是给了我极大的鼓励，先生张辉也大力支持，于是决定出版文集《故往情思》。写给我的故乡、我的亲人、我的故知和朋友！

我要感谢对外经济贸易大学出版社，为我出版这本文集，还要感谢责任编辑汪洋老师和编审朱成器老师。

汪洋老师从文集的版面设计、色彩及封面图案选定、结构安排、照片选择及布局等各个方面，给予精心的构思和细致的安排，对一些表述给予了独到的建议，真是受益良多。

耄耋之年的朱成器老师，在北京六七月份的炎炎夏日为我审稿，逐字逐句修改标点符号和语法问题，对文字加以润色，对一些表述进行修改、斟酌把关，令我感动不已！

余恕莲于2023年9月